할머니가 손자에게

김초혜

i-Scream media

사랑하는 손자 재면이에게

일 년 삼백육십오 일, 매일매일 일기를 쓰듯이 써서 할머니가 네게 주는 글이다. 늘 새해가 되면 다시 되풀이해 읽으며 할머니가 왜 이 글을 네게 주었는지 마음에 새기기 바란다.

2008년 1월 1일

개정판을 내면서 '사랑하는 재면아'로 시작했던 첫머리에 제목을 넣기로 했다. 더 많은 사람들에게 자연스럽게 다가가기 위한 출판사의 요청이었다. 할머니와 재면이가 동의한 결과다. 2008년에 쓴 것을 2020년에 개정판을 내며.

2020년 3월 1일

김초혜

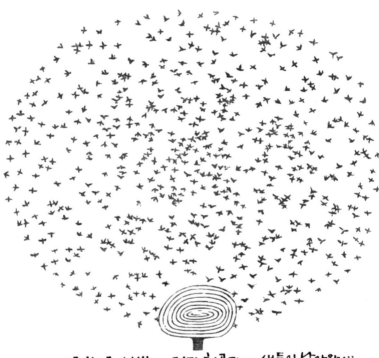

···나무 한그루 서있는··· 거기 허공에··· 새들이 날아와···

`어느날···´ 철수 2018···

1월

1월 1일

달은 별 중에 으뜸
해는 밝은 것 중에 으뜸
재면이는 사람 중에 으뜸

사람 중에 으뜸

할머니는 우리 재면이에게 무언가를 많이 해주고 싶은데, 네게 그 어떤 것을 준다 해도 마음에 차지 않을 것 같아 이 노트에 할머니의 마음을 담아주기로 했단다.

무엇보다도 귀한 글을 네게 주고 싶다. 할머니가 이 세상에 와서 사는 동안 읽으며 감명을 받았던 글이나 세상을 사는 데 지혜를 주었던 말들을 골라 네게 들려주려고 한다. 이 글이 재면이가 이 세상을 살아가는 데 조금이나마 도움이 되고, 힘이 되고, 위로가 된다면 할머니는 참으로 행복하겠다.

아가일 때부터 유난히 총명하고 영특했던 재면아!

네가 가는 인생길에는 꽃밭만이 펼쳐지기를……. 사랑하는 재면아! 이 세상에서 가장 소중한 우리 재면아!

1월 2일

시간을 관리하는 방법

재연이는 이런 생각을 해보았느냐. 나는 무엇을 가장 잘할 수 있나. 나는 무엇을 할 때 가장 행복한가. 나는 무엇을 가장 좋아하는가. 그리고 나는 어떤 사람이 되기를 원하는가. 이 질문들은 네가 스스로에게 하는 것인 동시에 그 답도 네가 스스로 구해야 하는 것이다. 이런 성찰을 꾸준히 하다 보면 구체적인 응답들이 또렷하게 떠오르게 될 것이다. 그리고 무엇을 어떻게 해야만 그 목표에 도달할 수 있는지 방법과 요령까지도 터득하게 될 것이다.

영어도 수학도 과학도 축구도 수영도 여행도, 모두 하고 싶고, 또 해야 할 것들이 수도 없이 많을 것이다. 그러나 두서없이 이것저것 하다 보면 정말 중요한 곳에 써야 할 시간을 낭비해 버릴 위험이 크다. 그러니 사려 깊게 중요한 것부터 우선순위를 정해 시간을 도둑맞는 일이 없도록 해야 할 것이다. 어려서부터 시간관리 방법을 익히고 그 시간을 유용하게 쓰는 습관을 들이거라. 시간을 잘 관리하는 사람만이 인생의 주인이된다. 한번 지나간 시간은 다시는 돌아오지 않는다. 헛되이 하루를 보내는 것은 하루를 잃어버리는 것과 같다.

1월 3일

네 인생의 주인은 너 자신

봄바람이 저절로 꽃을 피우는 것이 아니란다. 겨울의 혹독한 추위를 견뎠기에 꽃이 피어나는 것이다. 우리의 인생에서 스무 살까지는 봄바람을 고이게 하는 시기이고 그 다음부터는 꽃을 피우는 시기이다. 청소년 시절에 그 기틀을 바로 세우지 못하면 삶의 꽃을 피워보지도 못하고 불행하게 일생을 보내게 된다. 조금 귀찮고 힘들고 따분하고 싫증이 나도 마음 다잡아가며 잘 견디어 나가기 바란다. 모든 만족은 괴로움의 대가라는 것을 늘 유념하거라.

좋은 습관은 매일매일 벽돌을 쌓아 나가는 것과 같은 실천으로 이루어진다. 작은 일이 모여서 큰일을 이룬다는 것을 언제나 마음에 새겨두거라. 너를 완성된 인간으로 만드는 사람은 아빠도 엄마도 아니고 오직 너 자신이란 것을 명심하거라.

네 인생의 주인은 너 자신. 이 사실은 밥을 먹지 않으면 배가 고프다는 말처럼 너무나 평범하고 상식적이다. 그런데도 사람들은 너무 쉽게 망각하고 또 경시한다.

1월 4일

책은 삶의 지팡이

아직 어린데도 요점만 명확하고 간단하게 말하는 너의 어법에 할아버지 할머니는 깜짝깜짝 놀랄 때가 많다. 네가 이렇게 커간다면 너는 어른이 되어서도 틀림없이 훌륭하고 교양 있는 사람이 될 것이다. 차분하고 명확하게 또렷한 목소리로 의사표시를 하는 너의 깊은 눈을 바라보며 할아버지 할머니는 그저 흡족하고 흡족할 뿐이다.

사랑하는 재면아!

어릴 때부터 익힌 좋은 습관은 일평생 지혜가 되어 너의 인생을 환하게 꽃피울 것이다. 그 좋은 습관 중의 첫 번째가 책 읽는 일이다.

하루에 10분씩이라도 책을 읽는 습관을 들이거라. 날마다 밥을 먹고 잠을 자듯이 말이다. 책 속에는 세상의 모든 진리와 이치와 지혜가 담겨 있기 때문에 너의 인생에 크나큰 스승이 될 것이다. 책을 가까이하지 않으면 눈먼 장님처럼 앞이 캄캄하여 바른 인생을 살 수가 없게 된다. 어렸을 때부터 차곡차곡 쌓아 나아가면 그 습관은 너의 인생을 튼튼하게 지켜주는 지팡이가 될 것이다.

1월 5일

칭찬하고 또 칭찬하라

사람들은 자기와 가까운 사람이나 같은 시대에 살고 있는 훌륭한 사람을 인정하려 하지 않고 무시하려 드는 경향이 있다. 그리고 자기보다 똑똑한 사람이나 자기보다 잘난 사람을 인정하는 데에도 인색하단다. 가까이 있는 사람을 귀히 여기지 않고 멀리 있는 사람만 귀하게 생각하는 것은 심저에 질투심이나 시기심이 도사리고 있어서 그렇다. 이런 비이성적 본능이 발동하거든 스스로 부끄럽게 생각하고 빨리 고치려고 노력하거라.

다른 사람의 결함이 보이면 흉을 보려 하지 말고 나는 어떤지 반성의 기회로 삼아라. 다른 사람의 훌륭한 점을 보게 되면 흔쾌한 마음으로 칭찬해 주어라. 그리고 상대가 나를 이해해 주기를 바라기 전에 언제나 내가 먼저 상대의 입장을 이해하려고 애쓰려무나. 그건 그다지 쉽지 않은 일이나 겸손한 마음으로 지속적으로 노력하다 보면 조금씩 가능해지는 일이다. 인격이란 그런 노력으로 형성되어 나아간단다. 진심 어린 칭찬은 많이 할수록 좋은 것이다. 칭찬을 많이 한다고 내게 있는 것이 없어지는 게 아니다. 칭찬은 인간이 행할 수 있는 가장 아름다운 일이다.

세상에서 가장 무서운 것

네가 잘 아는 탈무드에 이런 얘기가 있더라. 세상에 무서운 것이 많이 있지만 그 중에서 자기를 파멸로 이끄는 아주 무서운 것이 있다고 한다. 그게 무엇인고 하면, 짐승도 아니고 사람도 아니고 바로 자기 마음속에 도사리고 있는 탐욕이라는 것이다. 탐욕이란 욕심이 쌓이고 또 쌓인 것을 말한다.

그 욕심이라는 것은 처음에는 나하고는 거리가 먼 남과 같이 보이고, 그 다음에는 손님처럼 보이고, 그 손님과 친해지다 보면 어느새 손님이 너의 주인으로 둔갑해 너를 마음대로 부리게 된다. '바다는 메워도 사람 욕심은 못 메운다'는 평범하면서도 뜻깊은 속담에 인생의 지혜가 들어 있지 않니. 돌이 항아리에 떨어지면 항아리가 깨지고, 항아리가 돌에 떨어져도 항아리는 깨진단다. 탐욕은 돌이고 항아리는 바로 나 자신이라는 것을 명심해야 한다. 평생토록 탐욕을 남과 같이 먼 거리에 두거라. 왜냐하면 탐욕을 부려서 망하지 않은 사람이 없기 때문이다. 탐욕은 그 어떤 독약보다 무서운 독이다. 항상 마음을 청결하게 가져야만 바른 인생길이 열린다. 청청한 영혼을 지닌 훌륭한 사람이 되거라.

11

1월 7일

오늘이 중요하다

사람들은 대부분 자기의 습관대로 산다. 그것이 나쁜 습관인 줄 알지만 고치려고 생각도 안 하는 사람들이 대부분이다. 더러는 고치려고 노력하는 사람도 있지만 실천으로 옮기지 못한다. 그만큼 자기를 넘어서기가 어려운 탓이다.

학교에서 공부를 하든 사회에 나가서 일을 하든지 간에 경쟁 대상은 다른 사람이 아니고 바로 나, 자기 자신이다. 공부든 일이든 모두 자기와의 약속이고 자기와의 싸움이다. 약속을 했으면 하기 좋으나 싫으나 해야 하는 것이 약속인 것이다. 오늘만 쉬고 내일 하겠다는 것은 하지 않겠다는 또 다른 말이다.

내일은 없다. 자고 나면 또 오늘이다. 내일로 미룬 일은 영원히 하지 못하게 된다. 언제나 오늘부터, 오늘이 중요하다. '오늘'은 가면 두 번 다시 돌아오지 않는다. 오늘이 모여서 일생이 되는 것이다. 네 스스로 생각해서 나쁜 습관이 있거든 빨리 깨달아 고치고, 좋은 습관은 몸에 익혀가며 건강하고 행복한 생활을 누리거라.

재면이는 꼭 그렇게 하리라 믿는다.

1월 8일

나는 누구인가?

무척 하고 싶은 일이 있어도 그것을 억제하고 절제할 수 있는 힘을 길러야 한다. 그 억제나 절제가 몸에 익어서 천성이 되어야 한다. 꾸준히 노력하게 되면 그것이 가능하게 된다. 하고 싶은 일도, 하기 싫은 일도 모두 스스로 통제할 수 있어야 네가 뜻한 것을 이룰 수 있다. 무엇을 할 것인가 목표를 세우고, 방법을 생각하고, 방법이 정해졌으면 그것을 곧 실천으로 옮겨야 한다. 자기 자신을 절제하지 못하는 사람은 꿈이 있어도 이루지 못하는 사람이다.

하루에 한 번씩 '내가 누구인가? 나는 무엇을 위해 사는가? 내가 할 일은 무엇인가?' 하고 자기 성찰을 꾸준히 해나간다면 후회 없는 인생을 살게 될 것이다. 자기 자신을 통제할 수 있는 사람만이 큰일을 할 수도 있고, 다른 사람에게 신뢰와 존경을 받을 수도 있다.

사랑하는 재면아!

할머니는 재면이의 할머니로서 날마다 이런 글을 쓸 수 있는 것이 한없이 흐뭇하고 행복하고 즐겁단다.

1월 9일

사람 사는 순리

살다 보면 슬프고 괴로운 일을 많이 겪을 수 있다. 그러나 그 슬픔과 괴로움 속에 너무 깊이 빠져 헤어나지 못하면 안 된다. 슬픔이, 괴로움이 부러진 뼈를 잇게 해주지도 않고 그 문제를 해결해 주지도 않는다. 괴로워하고 슬퍼하면 몸과 마음이 더욱 상하게 된다는 것을 할머니는 경험을 통해서 알게 되었다.

슬프고 괴로운 일이 있으면 지난 일은 하루빨리 잊으려 노력하고 새로운 일에서 즐거움과 보람을 찾아야 한다. 세월이 흐르다 보면 슬픔도 그리움으로, 그리움은 추억으로 너를 성장시켜 나갈 것이다. 그리고 오늘은 곧 세상이 끝날 것처럼 괴로운 일이지만 몇 년이 지나 되돌아보면 별것 아닌 일로 여겨지곤 하는 것이 우리 인생사이고, 세월의 힘이란다.

세상에서 제일로 귀하고 소중한 재면아!

기쁨 뒤에는 슬픔이 오고 슬픔이 지나간 뒤에는 다시 기쁨이 찾아오는 것은 모두 하늘의 뜻이고 우리의 인생살이다. 만나고, 사랑하고, 헤어지고, 슬퍼하고, 다시 만나고. 이것이 사람 사는 순리다.

1월 10일

반면교사(反面教師)

나약한 마음은 나약한 행동으로 이어질 수밖에 없으니, 마음을 언제나 굳세게 가져야 한다. 착하고, 예의 바르고, 동정심이 많은 너의 성품이 혹여 너를 나약한 사내로 만들까 봐 걱정이란다. 착하다는 것은 귀한 덕성이고 높은 품성이지만, 남자다운 강건함이 없는 착함은 너를 혼돈에 빠지게 할지도 모른다. 이 세상을 착한 마음만 가지고 살아가기가 힘들다는 것을 너도 차차 알게 될 날이 올 것이다.

사랑하는 재면아!

거짓말 잘하고, 게으르고, 불결하고, 교만하고, 허풍쟁이고, 시끄럽고, 인색하고, 염치가 없고, 불손하고, 성을 잘 내고, 고집이 세고, 질투심이 많고, 시간과 약속을 잘 안 지키고, 게다가 자기 억제를 못해서 담배와 술과 노름(게임)에 중독되고…… 이런 사람들과는 가까이하지 말아라. 어쩔 수 없이 친구나 동료로 옆에 두어야 한다면 그들을 모두 반면교사로 삼거라. 좋든 싫든 어차피 네가 겪어내야 할 인간관계라면 그들을 반면교사 삼아서 너의 인생을 설계하거라.

1월 11일

행복과 불행

아무리 남다른 학식을 가졌다 해도, 아무리 많은 돈을 가진 부자라 해도 불평불만이 습관화된 사람이라면 그는 세상에서 가장 불행한 사람이다. 그와 반대로 언제나 즐거운 마음으로 감사하며 사는 사람은 이 세상 그 누구보다도 행복한 사람이다. 행복과 불행은 누가 그저 갖다주는 것도 아니고, 공부만으로 얻어지는 것도 아니다. 우리가 일생을 행복하고 즐겁게 보낼 수도 있고, 불행하고 우울하게 살 수도 있는 것은 네 스스로의 인격수양이 좌우할 것이다. 자기 자신의 마음을 잘 다루며 행복한 일생을 엮어가기 바란다.

사랑하는 재면아!

네가 커서 이 글을 읽으며 "할머니, 저 지금 충분하게 행복합니다" 하고 말할 수 있기를! 소크라테스는 "참된 행복이란 외부로부터 받아서 생기는 것이 아니라 내부의 지식과 도덕과 습관에서 생기는 것이다"라고 말했다.

1월 12일

길이 아닌 길

몸을 상하게 하는 불량식품은 알아보기가 쉽기 때문에 물리치기가 어렵지 않으나, 정신을 흐리게 하는 오락이나 도박과 같이 나쁜 습관은 자극적이고 현혹적이어서 그 유혹을 물리치기가 어렵단다.

사랑하는 재면아!

'내가 누군데' 하는 긍지와 자부심을 가지고 이성적으로 판단하여 길이 아닌 길이라 생각되거든 단호하게 떨쳐버리거라. 인간에게 긍지와 자부심은 매우 존귀한 재산이다. 그 두 가지 정신무장만 되어 있으면 태산인들 못 옮기고 바위라고 못 뚫겠느냐. 무슨 일이든 미리 할 수 없을 것이라고 약한 마음을 갖는 것은 병보다 더 나쁜 것이다. 매사에 긍지와 자부심을 가지고 생활한다면 네가 뜻하는 바를 이루지 못할 것이 없을 것이다. 작은 일에도 치밀한 목표를 세우고 그 목표를 향해 꿋꿋하고 굳세게 나아가라. 자신감 있게 목표를 세우지 않고서는 그 어떤 일도 이룰 수 없단다.

1월 13일

행운의 열쇠

늘 겸손한 얼굴을 지니거라. 겸손함은 얽힌 것을 풀어주기도 하고, 곤란하고 어려운 일을 수월하게 해결해 주기도 한다. 겸손함 속에 깃들어 있는 예절은 경계심을 풀어주기도 하고, 닫힌 마음을 열어주기도 하는 최상의 행운의 열쇠가 아닌가 한다.

사랑하는 재면아!

혹여 화가 나거나 분노를 삭일 수 없을 때는 얼른 거울을 보려무나. 그런 얼굴이 네 마음에 드는 얼굴일까? 늘 마음의 여유를 갖고 웃는 연습을 하도록 해라. 웃는 연습을 하는 동안 화와 분노는 저절로 사그러들어 자취를 감출 것이다. 네 엄마처럼 항상 웃는 상냥함을 배우거라. 네 엄마는 생활의 어려움을 웃음으로 견뎌내더구나. 낯꽃이 좋은 네 엄마를 닮았으면 좋겠다. 자기의 감정을 감추지 못하고 드러내는 사람은 무슨 일이든 성공하기가 힘들지 않겠니?

얼굴 표정은 속마음을 비춰주는 거울이다. 미소가 감도는 부드러우면서 무게 있는 인상, 그건 연습으로 되는 것이 아니다. 근본적으로 마음이 그래야만 한다.

1월 14일

구름 뒤에는 햇빛이!

슬프고 괴로울 때는 세상에는 그보다도 더 슬프고 불행한 일이 많다는 것을 생각하거라. 그리고 슬프고 괴로운 것이 꼭 나쁜 것만은 아니다. 그건 인생을 살아가는 데 필요한 자양분일 수도 있으며, 긴 인생의 경험을 쌓아가는 과정이기도 하다. 아무리 힘들었던 일이라도 지나고 나서 돌아보면 추억 속에 그리움으로 자리 잡아 삶을 아름답게 꾸며주기도 하더라. 행복했던 시절만 아름다운 것은 아니다. 어려웠거나 괴로웠을 때의 추억이 더 그립고 소중하더라. 추워서 손을 호호 불던 어린 시절은 말할 것도 없고 시험공부 하느라 졸린 눈을 비비던 그때도 참으로, 행복했던 때로 그리워지더구나. 독일 속담에 '쓴맛을 맛보지 않은 사람은 단맛도 모른다'고 했다. 구름 뒤에는 햇빛이 있고 낮이 지나면 밤이 온다. 그리고 기쁨 뒤에는 괴로움이 있기 마련이고, 괴롭고 슬픈 일이 있은 다음에는 또 기쁨이 찾아온다. 모든 힘든 일들은 잘 견뎌내는 데 의미가 있단다. 오늘이 네 아빠의 생일이다. 할머니에게는 아주 의미 깊고 기쁜 날이다.

1월 15일

진실한 인간의 조건

진실한 인간의 조건은 어떤 것일까, 하고 생각할 때가 있다. 글쎄, 어떤 것일까. 첫째 정직할 것. 둘째 성실할 것. 셋째 박학다식. 그러기 위해서는 항상 배울 것. 언제나 반성하는 자세를 가질 것. 모든 일에 인내할 것. 일 년 삼백육십오 일 부지런할 것. 불평불만을 하지 않을 것. 부끄러움을 알 것. 남을 이유 없이 비방하지 말 것. 몸가짐, 마음가짐을 항상 청결히 하고 의복을 단정하게 할 것. 여기에 더하여 웃어른을 공경하고, 어버이의 뜻을 따를 것.

"할머니, 너무 복잡해요." 하면서 손사래를 치는 네 모습을 그려본다.

사랑하는 재면아!

좋은 생각을 하면 좋은 일을 하게 되고, 그래서 좋은 열매를 맺는 것이란다. 할머니가 쓰는 이 글이 네가 세상을 살아가는 데 조금이나마 도움이 되고 위로가 된다면 할머니는 참으로 행복할 것이다.

1월 16일

세 사람을 해치는 일

작은 불씨가 큰 산을 태우고 무심코 한 사소한 행동이 큰 사고를 부르기도 한다. 매사에 신중하게 대처해 나가기 바란다. 그리고 제삼자를 판단할 때는 다른 사람의 말만 듣고 판단하지 않도록 해야 한다. 인간관계는 상대적이기 때문에 네가 직접 보고 겪은 것만 믿어야 한다. 옳지 못한 편견을 가지고 다른 사람을 판단하는 것은 지극히 위험한 일이다. 할머니는 그저 떠도는 소문과 평판을 듣고 어떤 사람을 평가했다가 실수를 한 적이 있었단다.

바빌로니아 율법서에, 모략과 중상은 세 사람을 해치는 일이라고 쓰여 있다. 즉 말하는 사람, 말을 듣는 사람, 중상을 당하는 사람을 모두 해친다는 뜻이다. 확인 안 된 소문과 평판만큼 위험한 것도 없다. 어느 누구든 무책임하게 남에 대해 얘기하는 경솔을 범해서는 안 된다. 나 자신도 잘 모르면서 어떻게 남을 안다고 하겠니. 네 도덕의 학교에 교장이 되어서 나쁜 것은 침입하지 못하게 하려무나. 너는 네 스스로를 밝히는 빛이 되어야 한다.

1월 17일

권리와 의무

어떤 경우에 있어서나 권리를 주장하기보다는 의무를 다하도록 노력해야 한다. 할머니는 주변에서 권리만 주장하고 의무를 다하지 않는 사람을 너무 많이 보아왔단다. 사람이란 권리를 특권으로 남용하기가 쉽다. 그런 잘못을 저지르는 것은 사람의 가장 역겨운 모습이다. 작은 권리를 큰 권력으로 행사하는 것처럼 딱한 일도 없다. 모든 사회인들에게 지워진 의무는 다 공평할 뿐 덜한 것도 더한 것도 없다. 오늘 할 일을 다하지 않고서는 의무가 끝났다고 생각하지 마라. 의무를 충실히 행하되 즐거운 마음으로 해야 하는 것, 그 또한 의무란다.

학생이 공부를 하는 것은 바로 의무를 이행하는 것이다. 열심히 공부하는 것은 칭찬받을 일을 하는 것이 아니고 할 일을 하는 것뿐이다. 그리고 언제나 스스로를 정신적으로 발전시킨다는 생각을 갖기 바란다. 되도록 개인의 안녕보다는 사회적으로 공헌할 만한 일을 찾아서 그 일에 네 능력을 보태기 바란다. 사람의 능력은 무한한 것이기에 쓰면 쓸수록 커진다는 것을 할머니는 경험했단다. 네가 가진 능력을 충실하게 활용하기 바란다.

1월 18일

반성하는 습관

남이 저지르는 잘못은 모두 용서하도록 노력하거라. 그러나 절대로 용납해서는 안 되는 것이 있다. 그것은 자기 자신이 저지른 잘못이다. 대개 사람들은 남의 잘못은 심하게 질타하면서도 자기의 잘못에 대해서는 무감각하고 관대할 뿐 아니라 또 금방 잊어버린다. 남의 잘못은 마음에 담아두지 말고 그저 흘러가는 바람결인 듯 대하거라. 네가 생활하는 데 도움이 되지 않는 일은 너그럽게 대하고 빨리 잊는 것이 좋다.

사랑하는 재면아!

지나온 일 중에서 잘못된 일은 언제나 반성하는 습관을 갖도록 하거라. 그렇다고 반성이 탄식이 되어서는 안 되고, 잘못된 일을 다시는 반복하지 않기 위해서 반성을 해야 한다는 말이다. 진솔한 자기 반성은 자기 자신을 신선하게 변화시켜 준다. 그 변화는 다가오는 삶에서 후회를 줄이고 밝은 새 길을 열어줄 것이다. 나는 네가 관대하고 너그러움을 지닌 멋진 사람이 되기를 소망한다. 너는 분명 그렇게 될 것이다.

1월 19일

사랑한다는 것은 참는다는 것

곤경에 처한 사람이나 실의에 빠진 사람을 진심으로 위로해 주도록 해라. 인간이란 겉으로는 강한 척해도 속으로는 한없이 나약한 존재이기에 위로받고 보호받고 싶어한단다.

너의 위로가 넘어진 사람을 일으켜 세운다면 그 얼마나 다행스럽고 보람된 일이냐. 모든 사람을 사랑하는 일은 힘들고 어려우면서도 뜻깊은 일이다. 인간이 완성으로 가는 길이 사랑이다. 사랑한다는 것은 참는다는 것이다. 참는 마음이 없이는 누구를 사랑할 자격이 없다는 뜻이기도 하다. 성경에 있는 것처럼 칠십 번의 일곱 번까지도 참고 또 참고, 그리고 용서하거라. 그 쉽지 않은 행위가 모아져 결국 인품이 되는 것이다.

무엇에 비할 데 없이 귀하고 소중한 재면아!

네가 행복한 일생을 보내게 해달라고 기도한다. 할머니의 진정한 생명의 꽃인 재면아! 사랑을 할 수 있는 사람은 사랑을 받을 수 있는 사람이다.

1월 20일

내가 가야 할 길

하루하루가 모여서 한 달이 되고, 그 한 달이 모여서 일 년
이 된다. 이 평범하고도 쉬운 이치를 모르는 사람은 없다. 그러
나 하루하루를 잘 보내야 행복한 내일이 열릴 것이라고 알고
믿으면서도 정작 매일매일을 알차고 의미 있게 엮어가는 사람
은 뜻밖에도 많지 않다.

사랑하는 재면아!

어제 한 일의 결과는 오늘 나타나고 오늘 한 일의 결과는 반
드시 내일 나타나는 것이 우리네 삶이다. 날마다 내가 해야
할 일이고 나날이 내가 가야 할 길인데, 어제 빈둥거리고 게으
름을 피웠으면 오늘은 어제의 일까지 더해져 숨가쁘게 뛰어야
하지만 오늘 할 일을 오늘 다 하면 내일은 편안하고 행복하게
새 길을 걷게 되는 것 아니겠니. 매일매일 꾸준히 한다는 것이
아주 쉬운 일 같지만 사실은 그것이 가장 어려운 일이다. 그래
서 작심삼일(作心三日)이라는 교훈이 수천 년 전부터 전해져 내
려오는 게 아니겠니.

꾸준히 성실하게 오늘 일은 꼭 오늘 하기 바란다.

1월 21일

검소와 인색

검소와 인색을 혼동해서는 안 된다. 나에게는 아무리 검소해도 검소함으로 끝나지만 남에게 검소하면 인색이 된다. 인색은 인간의 도리를 그르치게 된다. 검소와 인색은 오른손과 왼손의 차이가 아니라 선과 악의 차이라는 것을 알기 바란다.

인색은 병이고, 병 중에서도 고질병이고, 죄를 짓는 것과 다를 바가 없다. 친구를 위해서나, 가족을 위해서나 조금씩 손해 본다는 마음가짐으로 양보하고 베풀며 살면 행복이 찾아올 것이다. 세상을 사는 데 걸림돌이 되는 것은 수없이 많지만 인색함이 그 중에 으뜸이라는 게 할머니의 생각이다. 그리고 그 다음의 걸림돌이 게으름이고, 거짓말이고, 불평불만이 아닌가 한다. 인색한 것과 마찬가지로 나쁜 것이 불평불만이다. 습관화된 불평불만은 자신의 인격에 허물이 있다는 것을 토로하는 것과 같다. 언제나 넉넉한 마음과 여유로운 생각으로 주변의 여러 사람들을 따뜻하고 부드럽게 대해라. 인색이란 돈만이 아니라 마음까지 포함하는 것이다.

잘 자라거라, 총명한 재면아!

1월 22일

횡재를 바라지 마라

노력의 대가로 얻은 재물은 자랑해도 괜찮겠지만 횡재로 얻은 재물은 자랑해서는 안 된다. 땀 흘려 일하지 않고 얻은 재물은 재물로서의 가치가 반감된다는 것을 기억해야 한다. 노력을 바치지 않았으니 그 재물을 얼마나 가볍고 쉽게 생각하게 되겠니.

나의 노력이 바쳐지지 않은 횡재는 꿈도 꾸지 마라. 횡재는 누구의 마음이나 혼탁하게 하고 병들게 한다. 지치지 않는 성실로 일하면 반드시 목적하는 바를 이룰 수 있고, 그러한 노력은 재물을 따라오게 할 뿐만 아니라 신분마저 귀한 대접을 받게 해준다.

이 세상에서 가장 귀한 재물은 지금 처해 있는 상황을 행복하다고 여기는 마음이다. 할머니는 무슨 일이든 만족하게 생각하려고 노력하며 살아왔다. 그래서 언제나 부자였고 또 행복했단다. 날씨가 청명하면 청명한 것을 즐겼고 비가 오면 비오는 것을 즐겼다. 꽃이 피면 꽃이 피어서 행복했고, 꽃이 지면 꽃이 진 대로 행복했다. 할머니의 그런 인생철학을 굽어보고 하늘이 우리 재면이를 보내준 것만 같다. 할머니는 너만 생각하면 천국의 문이 열린다.

1월 23일

험담에서 비켜서라

다른 사람의 험담을 들었을 때 함께 가담하거나 동조해서는 안 된다. 남의 험담을 들었을 때는 침묵하면서 자기 자신을 돌아보는 성찰의 기회로 삼아야 한다. 되도록 네 입으로 남의 험담을 하지 말아라. 그 대신 칭찬의 말은 백 번 천 번 한다 해도 모자람이 없다.

사랑하는 재면아!

본래 말이 적고 자신에 대한 자랑을 쑥스러워하고 다른 사람의 험담을 하지 않는 재면이란 걸 할머니는 이미 잘 알고 있다. 묻지 않는 말에는 아예 입을 봉해버리고 꼭 해야 할 말만 간단하고 정확하게 말하는, 어리지만 어른의 소견을 지닌 사랑스런 손자 재면아. 괜한 소리를 하고 있는 줄 알면서도 그래도 다시 다짐해 두고 싶은 마음, 그게 할머니의 마음이란 걸 이해해 다오.

물은 가장 깊은 데에서 잔잔하게 흐르는 법이고 빈 수레가 요란한 거란다. 재면이의 깊고 넓고 착한 마음이 너의 앞날을 환하고 밝게 비출 것을 믿는다.

1월 24일

일만 시간의 법칙

말콤 글래드웰의 『아웃라이어』라는 책에 '일만 시간의 법칙'이라는 것이 있다. 재능을 갖춘 사람이 일만 시간을 투자하면 무슨 일이든 다 해낼 수 있다는 얘기다. 그 예로 모차르트나 빌 게이츠 같은 사람들이 자기가 하는 일에 일만 시간을 바치고 결국 원하는 바를 얻은 사람들이다.

일만 시간이면 하루에 3시간, 일주일에 20시간, 만 10년 동안이다. '10년 한길'이라는 말이 있듯이 10년 동안 열성을 다 바쳐 노력하면 어떤 일에서나 으뜸이 될 수 있다. 그러나 10년을 한결같이 치열하게 열중한다는 것이 그렇게 쉬운 일이 아닐 것이다. 무언가를 이룬 사람보다 이루지 못하는 사람들이 훨씬 많은 것을 보면 말이다.

그러니 우선 하루에 한 시간씩만 투자한다고 해도 1년이면 365시간이다. 그 1년이 10년이 된다고 하면 얼마나 많은 시간이 되겠느냐. 그 어떤 일이든 연습과 노력을 많이 한 사람은 절대로 지지 않는다. 축구도 농구도 골프도 피아노도 공부도 지치지 않는 끈기로 연습을 많이 한 사람이 이기게 되어 있다. 돈만 저축하는 것이 아니라 시간도 연습도 저축해야 한다.

1월 25일

끝없는 행복

수천의 어여쁜 언행으로 할아버지 할머니를 끝없이 즐겁게 해주는 재면아! 너의 손을 잡으면 수천만 가지의 기쁨이 온몸으로 퍼져나가 시들었던 영혼이 새롭게 살아난단다. 그러면서 이 세상 어떤 그늘도 너에게 접근하지 못하도록 할아버지 할머니는 옷자락을 넓혀 그 그늘을 가로막고 싶어진다.

할아버지 할머니의 웃음이고 행복인 재면아!

별로 기쁜 일이 없어도 너만 만나면 할아버지 할머니의 마음은 웃음으로 가득 넘쳐흐른단다. 그 어떤 슬픈 일도 어려운 일도 고통스러움도 재면이만 떠올리면 금세 자취 없이 사라지고 기분은 평화로워진단다. 요술쟁이 재면아! 네가 있어서 할아버지 할머니는 끝없이 행복하다.

행여 잠을 잘 때 꿈도 꾸지 마라. 깊은 잠을 방해하는 꿈이 너를 피곤하게 할까 봐 걱정이다. 깨어 있을 때도 근심하지 마라. 그 근심이 꿈속에 나타나 너를 괴롭힐까 마음 쓰인다. 네가 소파에 누웠다가 눈물을 흘렸다는 네 어미의 말을 듣고 할아버지 할머니의 가슴이 미어졌단다.

1월 26일

세상 사람은 다 스승

아무리 무지하고 경박하고 가난한 사람들일지라도 그들을 무시하거나 경멸해서는 안 된다. 고장난 시계도 하루에 두 번은 제 소임을 다한다고 하는데 사람이야 더 말해 무엇하겠느냐. 이 세상 사람은 다 너의 스승이다. 나보다 훌륭한 사람에게서는 그 훌륭한 점을 배우니 스승이고, 나보다 못한 사람에게서는 '나는 절대로 저렇게 하지 않겠다'고 마음을 먹게 되니 그 역시 스승이다.

그런 대상을 곧 반면교사(反面敎師)라고 하는 것이다. 그러니 그 두 사람이 다 스승이 아니겠느냐. 이 세상은 여러 부류의 사람들이 함께 어울려서 사는 크나큰 마당이다. 그리고 어떤 사람이든 이 세상에 올 때 모두 다 그 나름의 역할을 가지고 태어났단다. 그러니 모두가 소중한 존재들이다.

내게 인연 지어진 사람을 싫다 내치지 말고 꾸준한 인내심과 큰 아량을 가지고 대해주어라. 나와 다른 너를 이해하려고 노력하면 마음에 상처를 받지 않고, 남에게도 상처를 주지 않는다. 그것이 쌓여 인품이 되는 것이다.

1월 27일

할머니의 기도

할머니의 기도는 언제나 같다. 진흙이 연꽃을 더럽히지 못하듯이 세상잡사 궂은 일들이 네 옷깃에 스치지도 말게 해달라고 기원한다. 천사들이 다니는 길로만 인도해 달라고 기도한다. 할머니의 기도가 하늘에 닿아서 너의 일생이 편안하고 행복하기를 바라고 또 바란다. 그것이 과한 욕심인 줄 알면서도 할머니는 그 기도를 멈출 수가 없다. 그런 마음이 이 세상 모든 할머니들의 마음일까. 어렸을 때부터 유난히 총명하고 착한 네가 부조리한 세상을 빨리 만나게 될까 봐 걱정이다. 전화를 해서 할머니, 할머니, 할머니만 연거푸 부르고 전화를 끊은 너를 할머니는 밤늦게까지 생각하고 또 생각했다. 너의 고운 음성에 깃든 할머니에 대한 사랑이 그 어떤 언어보다도 절절한 한 편의 시였다. 너의 응축된 사랑의 표현에 할머니는 그저 한없이 행복하단다.

사랑하는 재면아!

잘 자라. 편안히 잠들어라. 꿈도 꾸지 마라. 꿈을 꾸어 온전히 쉬지 못하면 건강을 해치니까.

1월 28일

훌륭한 사람

훌륭한 사람이란 남이 하기 싫어하는 일을 스스로 하는 것, 정의에 반대되는 행위는 절대로 하지 않는 것, 그리고 주위에 있는 많은 사람들의 결점을 잘 참고 견디는 사람이다. 그러나 대부분의 사람들은 자기가 하기 싫은 일은 남이 해주기를 바라고 남의 눈을 피해가며 슬쩍슬쩍 정의에 반대되는 불의를 저지르기도 한다.

우리 재면이는 어릴 적부터 훌륭한 사람이 될 자질을 많이 가지고 자라나고 있으니 이 세상에 유익한 일을 할 수 있는 사람이 될 것을 믿는다. 할머니는 재면이를 사랑하는 만큼 재면이를 믿는다.

언제나 가까운 데서 행복을 찾고 가지고 있는 것에 만족하고 없는 것을 너무 탐해서 불행해지는 일이 없도록 하거라. 그리고 어리석은 사람이나 무엇인가 모자라는 사람을 비웃지 마라. 어리석은 사람을 탓하면 네가 더 어리석은 사람인 것이고 좀 부족한 사람을 경멸하면 네가 더 부족한 인간으로 전락한다는 사실을 행여라도 잊지 말거라.

1월 29일

덕행을 행하면 덕행을 얻는다

할아버지 할머니의 결혼기념일을 축하해 주어 고맙다. 오늘 결혼기념일이 한층 뜻깊은 것은 할아버지 할머니의 결혼으로 재면이가 태어났기 때문이다. 결혼이란 하늘에서 내린 인연이고 땅에서 완성되는 사랑이다. 할아버지 할머니가 결혼을 했기에 우리 재면이가 이 세상에 왔으니 재면이는 할아버지 할머니 인생의 완성이다.

사랑은 그리고 결혼은 자손만대의 역사다. 행복한 결혼생활을 이루어간다는 것은 자기의 이기심을 버려야 하고, 믿음을 가져야 하고, 서로의 결점을 눈감아 줘야 비로소 완벽해지는 것을 말한다. 사랑은 사랑할 줄 아는 사람에게 오는 것, 서로 사랑하는 결혼만큼 행복한 성공은 없다. 과일나무는 제 열매를 익게 하는 것으로 만족한다고 한다. 할머니는 그렇게 네 아버지를 키웠고 지금은 재면이와 재서가 있어서 인생에 더 큰의미와 보람을 느낀다. 사랑을 하면 사랑을 얻고 덕행을 행하면 덕행을 얻는 것이다. 부디 착한 마음으로 착한 사람과 인연을 맺거라.

1월 30일

자기와의 약속

일하지 않는 자는 거지와 다를 게 없다. 꾸준히 책을 읽으며 쉼 없이 일하는 자세를 평생토록 유지하기 바란다. 무언가 새로운 것을 찾아 항상 변화하고 더 나은 내일을 꿈꾸기 바란다.

사랑하는 재면아!

이 세상에서 가장 강한 사람은 힘이 센 사람이 아니라 자기와의 싸움에서 이기는 사람이다. 자기와의 싸움에서 이긴 사람은 다른 사람과 겨룰 필요도 없이 이미 승자의 자리에 오르게 된다. 자기와의 싸움에서 이긴다는 것은 자기와 한 약속을 지킨다는 것이다. 할머니는 남과 한 약속은 비교적 잘 지키는 편인데 정작 나와 한 약속은 거의 지키지 못하고 한평생이 흘러가고 있다. 한 예로, 할머니가 중1 때 오빠한테 선물받은『톨스토이 인생독본』은 1월 1일부터 12월 31일까지 365일 동안 매일 읽게 되어 있는데 열네 살부터 지금까지 한 번도 실천해 본 적이 없구나. 매년 신년이면 올해는 하루도 빠짐없이 꼭 다 읽겠다고 굳게 약속을 하고는 했지만 할머니는 자기와의 싸움에서 번번이 지고 말았다. 재면이는 할머니를 닮지 말고 스스로 한 약속을 꼭 지켜 훌륭한 사람으로 거듭나도록 해야 한다.

1월 31일

형제간의 우애와 도리

오늘은 형제끼리의 우애와 도리에 대해서 얘기하려고 한다. 이 세상에서 가장 가까운 사이는 어머니 아버지의 피와 살을 함께 나눈 형제일 것이다.

부모 슬하에서는 그 진한 형제애를 의심할 여지가 없지만 어른이 되어서 각자 가정을 꾸려서 살다 보면 형제의 관계가 다소 멀어지거나 삐걱거리기도 한단다. 그러나 아우가 괴로워하는 인생의 문제를 형이 몰라서도 안 되고, 형의 고뇌를 동생이 몰라서도 안 된다.

아우의 고통을 똑같이 나누어 가질 수야 없겠지만 형은 언제나 아우가 기댈 수 있는 언덕이 되어야 하고 위로가 되어야 한다. 형제라야 너와 재서 단둘뿐이니 서로 온 정성 다해 돕고 사랑해야만 한다. 동생과 더불어 보낸 세월이, 그 추억이 얼마나 많은데 어른이 되어 삶의 여건이 달라졌다고 소원해져서야 되겠니. 재면이가 동생을 지극정성으로 사랑하면 재서는 형을 얼마나 잘 따르겠느냐. 세상에 둘도 없는 사이좋은 형제가 되어라. 동생을 사랑하지 못한다면 그 누구를 사랑할 수 있겠니!

지금도 싸움 한 번 하지 않고 사이좋게 지내니 평생토록 그 도타운 형제애를 지켜가며 남들의 모범이 되도록 해라.

걷는 걸음에가며 챙고… '길잃어
가며…
철수 2018

2월

2월 1일

먼 길을 함께 갈 친구

오늘은 친구와의 우정에 대해서 얘기하려 한다. '친구란 두 육체에 깃든 하나의 영혼'이라는 말이 있다. 이정표도 없는 인생이라는 먼 길을 가는 데 꼭 필요한 존재라는 뜻이다. 친구 중에는 훌륭한 친구도 있을 것이고 어리석은 친구도 있을 것이다. 그러나 반드시 훌륭한 친구만 좋은 친구는 아니다. 그다지 똑똑하지 못한 친구에게서도 배울 게 있단다. 어리석은 친구를 비웃으면 그 친구보다 네가 더 어리석어지는 것이다. 나보다 좀 못한 사람을 비웃으면 너는 더 모자라는 사람이 되는 것이다.

아름다운 깃털이 아름다운 새를 만드는 것과 같이 어떤 친구든 진심으로 대하면 그 친구도 너를 진심으로 감싸서 너를 빛내줄 것이다. 우물이 흐리면 새도 오지 않는다고 한다. 네가 네 성품을 기품 있게 가꾸어가면 좋은 친구들이 네 곁에 계속 모여들 것이다. 그러나 시간관념이 없는 사람, 금전문제에 흐린 사람, 거짓말을 자주 하는 사람과는 깊은 사귐을 갖지 않도록 하거라. 친구에게 피해를 준다면 그런 사람이 어찌 인생의 길벗이 될 수 있겠느냐. 신의가 없는 친구는 적보다도 무서운 법이다.

2월 2일

부자유친

네가 커서 할아버지가 쓰신 소설을 읽게 되면 어떤 느낌으로 할아버지를 이해하게 될지 궁금하구나. 할아버지가 너를 더할 수 없이 사랑하는 것은 확실하지만 더러 단호하신 면이 있어 네가 할아버지를 무서워하거나 멀리할까 봐 할머니는 걱정이다. '엄하긴 하나 무섭지 않고 다정다감한 할아버지, 그리고 나를 끔찍이도 사랑하시는 할아버지'로 네가 기억했으면 좋겠구나. 더러 단호하게 말씀하시는 것은 네게 스스로를 지키고 이끄는 생활태도를 가르치려는 사랑이지 다른 뜻은 없단다.

할아버지는 옳지 않은 일은 어떤 것도 하지 않는 훌륭한 분이시란다. 엄격한 아버지가 어려워서 아버지를 슬슬 피하는 네 아빠를 할머니는 늘 불행하게 생각했다. 그러나 너와 아빠 사이에서는 부자유친(父子有親)의 관계가 아름답게 이루어지기를 소망한다. 할아버지는 재면이를 생각하면 '뼈가 녹는다'고 표현하시고 '재면이는 할아버지 후반기 인생의 완성'이라고도 하신단다. 재면이가 부럽다. 그렇게 뜨겁고 뜨겁게 사랑해 주시는 할아버지 할머니가 있으니까.

2월 3일

자연의 섭리

시집 『사람이 그리워서』 출간 기념으로 네가 선물한 한문으로 쓴 병풍을 보면서 할머니는 지금 행복에 겨워하고 있단다. 고맙다 재면아! 네 정성이 담긴 선물을 받으니 할머니는 월계관을 쓴 것처럼 행복하구나. 이번 시집은 할머니에게 특별히 의미 있는 시집이다. 왜냐하면 어린 네가 제목만 듣고 그려낸 표지 그림 때문이다. 초등학교 1학년인 네가 표지화의 작가가 된 것이다. 이런 시집은 세상에 없을 성싶다. 그래서 할머니는 더욱 행복하구나.

세상을 살다 보면 매일매일 좋은 날만 있는 것은 아니란다. 일 년 삼백육십오 일 밤낮으로 햇볕만 내리 쪼인다면 이 세상은 사막으로 변하고 만다. 비가 오고 눈도 내리고 바람이 부는가 하면 구름이 끼기도 하고 어둠이 오고 다시금 햇빛이 찬란한 날도 오는 법이다. 우리네 인생도 자연의 섭리와 같이 슬픈 날도 있고 기쁜 날도 있게 마련이다. 그런 삶의 순환을 이해해 희망의 해를 키우며 살 줄 아는 지혜로움이 있어야 한다. 어떤 실패나 괴로운 일이 닥쳤을 때는 그것을 절망이라고 받아들이지 말고 그 절망을 희망으로 바꾸는 지혜를 갖도록 하거라.

2월 4일

행복에 이르는 길

아홉 살이라고는 하지만, 사실은 세상에 나온 지 7년 4개월밖에 안 된 네게 할머니는 매일 아침 친구에게 하듯 이 편지를 쓴다. 그때그때 생각나는 것을 쓰기도 하고 네가 평생토록 간직하기를 바라는 이야기를 쓰기도 한다.

세상을 살아가다 보면 풍파 없이도 배가 뒤집히는 것을 볼 때도 있을 것이고, 평지에서 자동차가 뒤집힌다는 것도 알게 될 것이다. 그러나 그때마다 낙심하고 절망할 필요는 없다. 그런 일을 만나거든 새로운 경험이 쌓였다고 좀 여유롭게 생각하거라. 할머니는 그런 일이 있을 때마다 불행을 느끼거나 좌절하지 않고 더 힘들고 어려운 일을 생각하며 스스로를 위로하면서 살아왔단다. 이 정도는 견딜 수 있는 일이라고 마음먹으면 근심이나 절망이 차츰 스러졌고, 그런 세월이 쌓여 한평생이 평화로웠다. 고기를 잡으려고 그물을 쳐놓아도 더러 엉뚱한 것이 걸려들기도 할 것이다. 더러 그런 것이 걸려들어도 낭패라고 생각하지 말고 아무것도 안 걸린 것보다 낫다고 여긴다면 자족하는 삶을 살아나갈 수 있을 것이다. 그게 행복에 이르는 길이다.

2월 5일

식물인간의 삶

수학경시대회에서 금상을 탄 것을 축하한다. 지난번에 금상을 못 타서 좀 섭섭했을 것이다. 그러나 그 자리에 머물러 있지 않고 더 열심히 한 덕분에 이번에 금상을 탄 것 아니냐. 인생이란 바로 그런 것이다. 지난번에 금상을 못 탄 것도 오늘 금상을 탄 것도 모두 다 축복이다. 지난번의 실패가 오늘의 성공을 있게 한 경험이고 교훈이었으니 축복이 되었고, 어제의 실패를 거울삼고 발판삼아 오늘의 기쁨을 탄생시켰으니 그 또한 축복이 아닐 수 없잖느냐. 실패의 경험을 성공의 어머니로 삼을 줄 아는 우리 재면이 장하고 장하다.

어떤 어려운 일이 있어도 그 자리에 머물러 있지 말고 그것을 딛고 일어서야 한다. 지난 일에 연연하는 것처럼 어리석은 일은 없다. 인생에 부족한 것 없이 모든 게 다 갖추어져 있다면 그것처럼 불행한 일도 없을 것이다. 왜냐하면 자기 스스로의 힘으로 무언가를 이루고자 하는 욕구가 없는 삶, 무슨 일을 애써서 이룩해 낸 성취감도 맛볼 수 없는 삶, 그것이 다름 아닌 식물인간의 삶이 아니고 무엇이니. 만족할 줄 알려면 반드시 부족한 것이 있어야 한다.

2월 6일

습관은 제2의 천성

할머니는 인생이란 강을 건너오면서 허황된 생각을 한 적이 더러 있었단다. 어리석게도 최소의 노력을 하고서는 최대의 효과를 바란 적이 있지 않았겠니. 최선의 노력을 하고서 최소한의 효과에 만족한다면 불행이나 좌절 없이 한평생을 행복하게 살 수 있는데 최소한의 노력을 하고서는 최대의 결과를 바란다면 언제나 불평불만 속에서 불행한 인생을 살 수밖에 없다.

물론 쉽지 않은 일이다만 열의 노력을 하고서 하나의 결과에도 실망하지 않는 마음을 간직하도록 늘 너를 일깨우고 다스려라. 전에도 말했던 것처럼 좋은 습관은 제2의 천성이다. 천성을 창조해 나가는 지혜로운 재면이가 되려무나. 우리 재면이는 총명하니까 할머니의 말을 잘 이해하리라 믿는다.

사랑하는 재면아!

할머니는 재면이의 할머니가 된 것이 일생일대의 큰 축복이고 고마움이다. 할머니의 노년에 네가 없었다면 어찌할 뻔했느냐. 얼마나 삭막하고 쓸쓸했을까. 너는 할머니의 언 마음을 녹여주기도 하고 화난 마음을 가라앉혀주기도 하는 마술사다. 사랑한다. 재면아! 건강하고 슬기롭게 커가기를!

2월 7일

노력과 연마

끈기가 부족하고 무기력한 것은 건강한 생활을 해나가는 데 가장 큰 장애물이다. 할머니의 단점 중 하나는 끈기가 부족한 거란다. 게다가 오십 대에는 무기력증으로 우울한 나날을 보내기도 했단다. 지금 생각하면 그 좋은 시절을 왜 그렇게 보냈나 너무 후회스러워 내가 재면이에게 이런 이야기를 하게 된 것이다. 네 할아버지는 일생 동안 끈기 있고 활기찬 생활을 해오신 분이다. 무기력이 무슨 뜻인지 모르고 사시는 분이다. 한시도 긴장을 늦추거나 무기력하게 처져 있는 것을 보지 못했단다. 그래서 큰 작가가 되신 것이다. 너도 할아버지를 닮았으면 좋겠구나.

사랑하는 우리 재면아!

하루하루를 쉬지도 못하고 벅차게 생활하는 네가 딱해서 네 엄마에게 많이 놀리고 편히 쉬게 하라고 조언을 했다만 제대로 실행되지 않는다는 것을 안다. 재면아! 스무 살까지의 노력과 연마가 그 이후 평생의 삶을 좌우하는 바탕이 된다. 누구나 겪어야 하는 그 과정을 웃으면서 활기차게 엮어가기 바란다. 할머니가 대신 해줄 수 없어 안쓰럽기만 하구나.

2월 8일

쉽고도 어려운 길

가장 쉬운 것 같으면서 어려운 일이 자기 자신의 마음을 다스리는 것이다. 자기 자신의 마음을 잘 다스리는 사람은 인생의 성공을 이미 절반은 이룬 사람이다. 사람은 누구나 참되고 올바른 생각을 마음에 세우기 어렵고 그것을 변함없는 끈기로 실천에 옮기는 것 또한 더욱 어렵다. 이 세상에서 성공한 모든 사람들은 한 사람도 빼놓지 않고 일평생을 통해서 끈질긴 노력을 굳세게 한 사람들이다. 화려한 성공 뒤에 가려져 있는 그 피나는 노력을 모르고 성공만을 부러워하는 것이야말로 가장 어리석은 일이다.

이런 말이 있다. 어부는 배를 잘 다스려야 고기를 많이 잡을 수 있고, 목수는 나무를 잘 다스릴 줄 알아야 튼튼하고 실한 집을 지을 수 있고, 화가는 물감을 잘 다스려야 좋은 그림을 그릴 수 있고, 서예가는 붓을 잘 다스려야 글씨를 잘 쓸 수 있고, 성악가는 목을 잘 다스려야 노래를 잘할 수 있으며, 사람은 마음과 몸을 잘 다스려야 행복하고 건강하게 일생을 보낼 수 있다. 마음이나 몸의 노예가 되지 말고, 주인이 되어 몸도 보호하고 평안하고 건강한 인생을 꾸려 나가거라.

2월 9일

바른 마음가짐

불교의 실천 덕목은 법륜에 있다고 한다. 법륜은 수레바퀴라는 뜻인데, 수레바퀴는 한시도 쉬지 않고 굴러가듯이 우리도 미래를 향해서 나아가야 한다는 뜻이기도 하다. 불교에서는 불법, 즉 부처님의 가르침을 상징하는 것이다.

법륜은 여덟 가지 올바른 길을 말하는 것인데 그중에서 ① 바른 견해: 사물이나 현상에 대한 바른 의견이나 생각 ② 바른 생각: 사물을 헤아리고 판단하는 바른 작용 ③ 바른 말: 사람의 생각이나 느낌을 표현하는 바른 언어 ④ 바른 행동: 몸의 바른 움직임 ⑤ 바른 직업: 적성과 능력에 맞는 바른 일 ⑥ 바른 노력: 바른 기억과 바른 마음 통일이다.

할머니는 동국대학교에 다닐 때 법륜 배지를 가슴에 달고 다녔다. 법륜이 학교의 교표였기 때문이다. 그걸 가슴에 달고 다니면서 바른 마음을 가진 사람이 되려고 노력했다. 법륜의 깊은 뜻을 오늘 네게 전하며 대학시절을 잠시 떠올려보았다. 종교 선택은 자유이긴 하나 불교대학을 다녀서인지 네 증조할아버지가 법사님이어서 그런지 할머니의 정서는 불교에 가깝구나. 그러나 어떤 종교든 다 소중하다.

2월 10일

자투리 시간 이용법

백 번 천 번 해도 옳고 과하지 않은 말이 있다. '독서'와 '사색'에 끝없이 시간을 투자하라는 것이다. 흔히 학생들은 공부하느라 책 읽을 시간이 없다고 하고 일반인들은 사는 게 바빠서 책 읽을 시간이 없다고 한다. 과연 그럴까? 그건 대책 없는 핑계고 변명이다. 물론 세상 모든 사람들의 일상은 바쁘고 분주하다. 그러나 그 생활 틈틈이에서 찾아낼 수 있는 자투리 시간은 얼마든지 있다. 잠자기 전, 버스를 타고 가며, 버스를 기다리며, 이런저런 일로 줄 서서 기다릴 때…… 이런 자투리 시간들을 이용해 1년에 60권 이상의 책을 읽고 있다고 어느 미국 작가가 썼더구나. 거의 모든 사람들이 꾸준하게 책을 읽을 마음이 없는 것이지 시간이 없는 게 아니란다. 하루에 10분, 15분, 그것이 하루도 빠짐없이 1년, 10년이 계속되고 60년이 계속되면 어찌 되겠니. 그 어마어마한 시간은 네게 수천 권의 책을 읽게 해줄 것이고, 그 실천은 네 인생을 얼마나 기름지게 해주겠니.

천재란 머리가 좋은 사람들이 아니고 다방면의 책을 평생에 걸쳐 줄기차게 읽은 사람들이라는 말이 있단다.

2월 11일

책의 중요성

사과나무를 심으면 사과가 열리고 배나무를 심으면 배가 열리고 책을 읽으면 지식의 열매가 열린다. 그러나 사과나 배의 수확은 금방 나타나지만 책의 열매는 그렇게 빨리 손에 잡히거나 눈에 보이지 않는다. 그렇지만 우리의 내면에 쌓여서 사람다운 사람으로서의 품격을 높여주는 동시에 크나큰 지혜를 준다.

그 아무리 천재적인 두뇌를 타고났다 해도 책을 읽지 않고서는 원하는 것을 절대로 얻을 수 없다. 어제에 이어 연달아 책 읽기에 대해 언급하는 것은 독서가 그만큼 중요하기 때문이라는 것을 잘 알 것이다.

우리 인류의 모든 문명과 문화는 바로 책으로부터 탄생했으며 인간이 이루어낸 모든 탐구와 연구의 열매가 담겨 있는 것이 바로 책이다. 그래서 책이 가장 위대한 스승이며 책 속에 길이 있다고 하는 게 아니겠니.

내일과 내년은 없다. 오늘과 올해가 있을 뿐이다. 오늘 할 일을 내일로 미루는 그 흔한 게으름은 못난이들이나 하는 바보 같은 짓이다. 날마다 책 읽기를 단 하루도 미루지 마라.

네 인생에서 한번 흘러간 십 대는 다시는 오지 않는다. 십 대에 책을 얼마만큼 읽었느냐에 따라 네 인생의 진로가 달라질 것이다.

2월 12일

칼릴 지브란의 시

오늘은 칼릴 지브란의 시를 네게 소개해 주마.

나는 수다쟁이로부터는 침묵을
참을성이 없는 사람으로부터는 인내를
불친절한 사람으로부터는 친절을 배웠습니다.
그럼에도 참으로 이상한 것은
내가 이 스승들에게 조금도
고마워하고 있지 않다는 것입니다.
편협한 자는 돌처럼 귀가 먼
웅변가와 같습니다.
질투는 침묵 속에서도 너무나
무섭습니다.
그대가 배움의 삶 그 끝에 이르렀을 때
그대는 느낌의 삶 그 시작에 닿는 것입니다.

할머니가 종종 읽으며 음미했던 글이다.
너도 음미해 보기 바란다.

2월 13일

인생은 오직 한 번뿐!

재면이는 반찬 없이 밥을 먹어보았니? '하루'를 무의미하게 보낸다는 것은 바로 반찬 없이 맨밥을 먹는 것과 같은 일이다. 그보다 싱겁고 몸에 해로운 일은 없을 것이다. 인생에서 가장 중요한 것은 하루하루를 무의미하지 않게 무기력해지지 않게 알차게 보내는 일이다.

하루가 쌓여서 한 달이 되고 한 달이 쌓여서 일 년이 되고 그 일 년이 쌓여서 인생이 된다는 것을 아는 것은 무척 쉬운 일이다. 그런데 그 쉬운 일을 마음에 새겨 착실하게 실천으로 옮기는 사람은 그다지 많지 않다.

재면아! 인생은 오직 한 번일 뿐이다. 그러므로 오늘 하루의 중요성이 강조되는 것이다. 인생이 무엇인지 느끼고 싶으면 가끔씩 시계 초침을 응시하기 바란다. 초침은 한순간도 멈춤이 없이 돌아간다. 그건 바로 네 인생이 사라져가고 있는 모습이다. 그렇게 지나간 시간은 다시는 오지 않으니 오늘 하루가 소중한 것이다. 어떤 큰일을 계획하는 것보다도 오늘 하루를 게으름 피우지 않고 보내는 것이 소중한 일임을 가슴에 새겨두거라. 행복과 성공은 '하루'를 알차게 보낸 사람에게만 찾아온다.

2월 14일

한발 물러서서 생각하자

살다 보면 남에게 터무니없는 오해를 살 수도 있고 이유 없이 중상모략을 당할 수도 있다. 그때마다 분노가 끓어올라 화를 낸다면 네 인생은 더없이 남루해질 것이다.

스스로 어긋난 행동을 한 일 없이 당당하면 상대방의 오해나 중상모략을 가벼운 마음으로 흘려버려라. 네가 초연하게 무시해 버리거나 잊어버리면 그런 것들은 한때의 바람소리처럼 흔적 없이 스러질 것이다. 사람은 식욕이며 재물욕이며 명예욕을 비롯해서 수없이 많은 본능을 타고난 존재다. 그 중에 질시와 시샘도 포함된다. 대부분의 중상모략이나 험담은 바로 그 질시와 시샘에서 비롯된다. 그런 인간의 본능을 이해하고 의연하고 담담하게 대응하는 연습을 하다 보면 너는 마음이 깊고 품격 높은 인격자로 대접받게 될 것이다.

무슨 일에건 크게 놀라지 말고 겁내지 말고 화내지 말아라. 화를 내면 자기 몸만 상한다. 아무리 속상하고 괴롭고 슬픈 일도 지나고 나서 돌아보니 별로 대단한 일도 아니더라. 한발 물러서서 생각해 보면 그것은 나뭇잎을 스치는 바람에 불과한 것일 뿐. 나뭇잎은 바람을 맞으며 튼실해진단다.

2월 15일

행복해지는 방법

마음이 우울하고 적적할 때는 스스로 행복해지는 방법이 있다. 너와 가까운 사람들과의 정다운 일과 즐거웠던 추억 등을 떠올려보아라. 절로 웃음이 나고 생기가 돌 것이다. 할머니는 요즈음 우울하거나 아프거나 화가 나거나 무섭거나 슬프거나 할 때는 재면이가 태어나서 지금까지 커오는 동안의 이모저모를 떠올린다. 그러면 금방 행복해지고 먹구름이 끼었던 마음에도 밝은 햇살이 가득 퍼진다. 우리 재면이도 아빠, 엄마, 재서, 친구들, 할아버지, 할머니를 번갈아 생각하다 보면 어두운 그림자가 금방 사라지게 될 것이다.

그 어떤 사람이든 단점만 있는 것이 아니듯 반드시 한두 가지씩은 좋은 점이 있는 법이다. 그들의 장점과 나의 좋은 점이 어울려 만들어낸 좋은 추억을 떠올려보면 저절로 웃음이 나오고 기분도 좋아질 것이다. 이것은 할머니가 살아오면서 마음의 병을 치유한 방법이란다. 자기 자신을 우울하게 하는 것도 슬프게 하는 것도 자기 자신이니 그것을 고치고 위로할 사람도 자기 자신 아니겠니. 이 세상에는 이겨낼 수 없는 것이란 하나도 없단다. 이겨낼 생각을 안 하는 것뿐이다.

2월 16일

친구는 삶의 재산

발이 둘이 있어야 제대로 걸을 수 있고 두 손으로 꼭 해야할 일이 있으니 손 또한 둘이어야 한다. 아랫니만 건강해도 안되고 윗니만 건강해도 안 된다. 아랫니와 윗니가 같이 있어야만 음식을 씹을 수 있다.

한자 사람 인(人) 자를 보면 두 사람이 서로 기대고 있는 것처럼 보인다. 사람은 누구나 혼자서는 살 수 없는 존재라는 것을 뜻한다. 마음에 차지 않더라도 서로 의지하고 기대면서 살아야 하는 것이 우리네 삶이다.

나와 다르다고, 몰염치하다고, 거짓말 잘한다고, 건방지다고, 약속을 잘 안 지킨다고, 이기적이라고, 매사에 불평불만이 많다고, 이 사람 저 사람을 멀리하다 보면 사귈 만한 사람은 하나도 없게 된다. 왜냐하면 이 세상에 완벽한 사람은 단 한 명도 존재하지 않기 때문이다. 그런 사람들을 탓하거나 멀리하지 말고 언제나 반면교사로 삼으며 이해하도록 노력해라. 친한친구가 많다는 것은 착한 품성으로 양보를 많이 한다는 의미이기도 하다. 친한 친구는 삶의 가장 큰 재산이다.

2월 17일

성찰의 시간

사랑과 희생은 아버지 어머니에게서 배우고, 어려운 공부의 과정을 거치고 나서는 인내를 배우게 되고, 몸이 아프고 난 후에는 건강의 소중함을 알게 되고, 그런 여러 체험들이 네가 세상을 살아가는 데 초석이 되고 힘이 되고 지팡이가 될 것이다.

사랑하는 재면아!

이 세상 그 어떤 일도 바람 불고 물 흐르듯 저절로 이루어지는 것은 없다. 겪은 만큼 노력한 만큼 얻어지는 것이다. 살아가면서 우연히 횡재를 했다고 해도 그리 좋아할 일은 아니다. 횡재에는 그만큼 악재가 뒤따르는 법이니 땀 흘리지 않고 얻은 횡재를 만나거든 걸음을 멈추고 마음을 다잡으며 더욱 겸손해져야 한다.

저녁에 잠자리에 들 때면 꼭 자신을 돌아보는 성찰의 시간을 갖고 아침에 자리에서 일어나면 오늘 하루도 열심히 알차게 보내겠다는 다짐을 하거라. 할머니는 네가 훌륭한 사람으로 평탄한 인생길을 가기를 언제나 기도한다.

2월 18일

책 읽는 습관

천재란 두 가지 공통점을 가지고 있다고 한다. 첫째는 머리가 좋은 것보다는 한 가지 일을 이루어내기 위해서 평생에 걸쳐 노력을 한 것이고, 둘째는 다방면의 책을 줄기차게 읽었다는 것이다. 그 두 가지를 요약하면 '노력'과 '독서'가 될 것이다. 또 다시 책 읽기 이야기를 꺼내는 것은 요즈음 사회 분위기가 틀에 박힌 학교공부나 학원공부만 너무 강압하면서 독서를 경시하고 있어서 걱정스럽기 때문이다. 책을 꾸준히 읽으면 수없이 많은 지혜의 눈을 갖게 된다. 책을 많이 읽어 세계를 넓게 보는 안목을 기르고 세상을 미리 점치는 혜안을 가져야 한다.

수많은 학부모들이 당장 눈앞의 성적에 급급해 책 읽기를 공부의 방해꾼인 양 생각하는 것처럼 어리석은 일도 없다. '무한경쟁'이라는 사회풍조 속에서 부모들의 인식을 이해하지 못하는 것은 아니지만, 그런 단견은 결국 자식을 균형 잡히지 못한 '의식의 불구자'로 만들게 된다. 재면아, 너는 학교성적이 몇 점 뒤지더라도 그런 것에 개의치 말고 꾸준하게 책을 읽도록 해라. 그리하여 재면이가 평생에 걸쳐 책 읽는 습관을 가진 사람이 된다면 할머니는 더 바랄 게 없겠다.

2월 19일

행복의 샘

행복하다는 것은 무엇일까. 그건 돈이 많은 것도 아니고 명성이 높은 것도 아니다. 진정한 행복은 그렇게 세상에 드러나는 것이 아니라 자기 스스로를 사랑할 수 있고 또 많은 사람들을 감싸안을 수 있는 인품과 안분지족(安分知足)에 있단다. 돈이 많고 명성이 높은 사람은 행복할 가능성은 갖추고 있지만 꼭 행복한 사람이라고 단정할 수는 없다. 그런 사람들이 몰인정한 이기주의자이거나 교활한 기회주의자라면 누가 그런 사람과 가까이하려고 하겠느냐. 세상으로부터 존경받지 못하고 경멸당하면서 돈이 많으면 혼자서 무얼 할 것이며 제아무리 명성이 높다 한들 무엇에 쓰겠느냐.

프랑스의 로맹 롤랑이라는 소설가는 "행복이란 자기의 분수를 알고 그것에 만족하는 일이다"라고 하였다. 할머니가 위에서 말한 안분지족과 같은 뜻이다. 행복이란 사랑을 하는 것 그리고 사랑을 받는 것이다. 이것보다 더 큰 행복은 없다.

사랑하는 재면아!

할머니는 재면이를 무한정 사랑하기에 지금 너무 행복하구나. 모든 사랑은 행복의 샘이다.

2월 20일

좋은 습관

이 세상에서 가장 어리석은 사람이 누구겠니? 어떤 행동을 불쑥 하고 나서는 그걸 고민하고 후회하는 사람이다. 그와 반대로 현명한 사람은 충분히 고민하고 헤아린 다음에 행동하는 사람이다. 모든 일을 차분하게 생각하고 점검한 다음에 행동하는 습관을 갖거라.

그것을 습관화하는 좋은 방법이 한 가지 있다. 누구나 하루 일과를 끝내고는 세수를 한다. 그때 한 5분쯤 거울을 들여다보는 습관을 가져보거라. 멋을 부리기 위해서도 아니고 얼마나 잘생겼나 보기 위해서도 아니다. 거울에 비친 자신을 응시하면서 자기와의 대화시간을 가지라는 것이다. 자신의 눈을 똑바로 쳐다보고 넌 오늘 네가 할 일을 다 했느냐, 무언가 실수한 것은 없느냐, 누구를 기분 나쁘게 한 일은 없느냐, 그런 자기반성의 습관은 현재를 알차게 함과 동시에 미래를 여는 열쇠의 역할을 할 것이다. 이 평범한 사실을 모르는 사람은 별로 없다. 그러나 하루도 빠짐없이 실천하기는 쉽지 않다.

그 좋은 습관이 네 인생을 순탄하게 항해하는 데 노(櫓) 역할을 할 것이다.

2월 21일

내가 옳으면 너도 옳은 것

자기 의견에 전적으로 동의해 주고 자기 말을 잘 들어준다고 그 사람과 친하게 지내는 것은 아닌지. 그가 수다쟁이고 허영심이 많고 허풍이 세고 게으른 사람인데도 불구하고 말이다.

네 생각과 다른 생각을 가진 사람의 말이라 하더라도 그가 올바르고 진실한 사람이라면 그의 의견에 귀를 기울여야 한다. 그것이 너 자신을 성장시켜 나가는 좋은 방법이기 때문이다. 반드시 나만 옳다는 생각은 상당히 위험한 발상이다. 내가 옳으면 그도 옳은 것이다. 나와 그에게서 가장 옳은 것을 취하는 태도가 지식인의 올바른 자세일 것이다.

이 산도 저쪽에서 보면 저 산이고 저 산도 저쪽에서 보면 이 산이다. 내 것만이 내 생각만이 옳은 것은 아니다. 자기만 아는 척 고집을 부리거나 잘난 척 나서는 것은 못내 수치스럽고도 어리석은 짓이다. 그런데도 많이 배웠다는 사람들이 그런 행위를 하는 것을 심심찮게 보게 된다. 머리 좀 좋고 많이 배웠다는 사람들이 예사로 교만을 부리는데 그것처럼 보기 흉한 것도 없다. 진정한 지식은 신중하고 겸손하다.

2월 22일

노력한 만큼 얻는다

언제나 인생의 질을 높이는 일에 관심을 두기 바란다. 그것이 힘들고 고단한 일일지라도 참고 노력하면 값비싼 보물보다 훨씬 귀한 것으로 네 인생을 보람되게 하고 살찌울 것이다.

자신이 진심으로 믿고 노력할 만한 가치가 있다고 생각되는 일이 있다면 그것을 위해 시간을 투자해야 된다. 그 일이 양심을 지키는 일이라고 한다면 그 노력은 더욱 값진 가치가 있을 것이다.

사리사욕만을 채우기 위해 하는 일도 있지만 그것은 큰 구덩이를 파놓고 스스로를 그곳으로 떠미는 것과 같은 어리석음이다. 인생이란 네가 노력한 만큼만 네 소유의 열매를 맺게 해준다. 처음에는 가볍던 인생의 짐이 살아갈수록 무거워지게 마련인데 그 짐을 가볍게 하는 방법은 마음에 욕심이나 노여움이 깃들지 못하게 언제나 스스로 반성하는 생활습관을 갖는 것이다. 그 습관은 인생을 즐겁고 보람되게 해줄 것이다. 사랑하는 재면아! 잘 자라. 꿈속에서 만나자.

2월 23일

참된 인간의 길

교육 수준이 높고 이 사회에서 누린 특권이 많은 사람이 저지른 잘못은 그렇지 못한 사람이 저지른 잘못보다 더 크게 질타당하고 비난받아야 마땅하다. 그가 누린 혜택이 많다면 이 사회를 위해서 치를 도덕적 책임과 공헌도 커야 하는데 오히려 잘못을 저지른다면 절대로 용서해서는 안 될 일이다. 많이 배우고 능력이 많은 사람들이 사회적 약자를 위해 조금씩 마음쓰고 실천한다면 이 사회는 좀 더 따스하고 포근한 삶의 터전이 될 것이다.

존경받는 사람으로 살려면 나를 위하는 마음 그 한켠에 나보다 못한 사람들을 배려하려는 등불 하나를 언제나 켜놓아야 되지 않겠니. 그것이 참된 인간의 길이다.

자기 자신만을 생각하고 모든 생각을 자기의 이익에만 집중시키는 사람은 결국 불행해질 것이고 남을 먼저 생각하는 사람은 행복한 생활을 하게 될 것이다. 남을 먼저 생각한다는 것은 종국에는 나 자신을 위하는 일이다.

2월 24일

배우고 배우지 않은 차이

오늘은 할머니가 독서의 중요성과 공부의 필요성에 대한 좋은 글을 소개하려 한다. 당송 8대가 중의 한 사람인 한유(韓愈)가 아들에게 보낸 글이다.

나무가 둥글게도 깎이고 모나게도 깎이는 것은
오로지 목수의 손에 달려 있고
사람이 사람답게 자라게 되는 것은
글을 얼마나 많이 읽었느냐에 달려 있다.
열심히 공부하면 얼마든지 자기 것으로 만들 수 있지만
게을러서 빈둥빈둥 놀리기만 하면 머릿속이 텅 비게 된다.
배움의 이치란
누구나 태어났을 때엔 현명함과 어리석음이 같지만
배우지 못하면 그 삶이 완전히 달라진다.

두 집안에서 아들이 태어났다고 하자.
둘 다 어린 시절에는 별 차이가 없고
조금 자라서 같이 모여 놀 때에는 서로 비슷하다,

열두서너 살이 되면 서로 능력이 달라지고

스무 살쯤 되면 그 차이가 점점 더 벌어져

맑은 시냇물과 더러운 구정물을 비교하는 것처럼

차이가 커진다.

그후 서른 살이 되어 골격이 굵어질 나이가 되면

한 사람은 용이 되고 한 사람은 돼지가 된다.

신마(神馬)와 비황(飛黃)은 높이 뛰어 달릴 뿐

두꺼비 정도는 돌아보지도 않는다.

결국 한 사람은 말의 고삐를 잡는 시종이 되어

채찍으로 맞은 등에서는 구더기가 드글거리고

다른 한 사람은 재상(宰相)이 되어

대저택에서 의기양양하게 살게 된다.

　여기서 네게 묻는다. 무슨 까닭으로 이렇게 되었을까. 그것
은 바로 배우고 배우지 않은 차이다. 금(金)이나 옥(玉)이 귀한
보배라고 하지만 없애버리기가 쉽고 깊이 간직하기는 더 어렵
다. 하지만 학문은 몸에 간직되는 것이다. 그 배움은 아무리
많이 써도 몸에 그대로 남아 있는 것이다.

2월 25일

평생 책과 가까이

할머니가 너에게 이 글을 다시 들려주는 이유는 네가 머릿
속에 꼭 담아두기를 바라는 마음에서다. 어제의 계속이다.

군자(君子)와 소인(小人)이 되는 것은
부모와 관계있는 것이 아니다.
삼공(三公)의 후예들이 헐벗고 굶주리면서
몸을 실을 당나귀 한 마리 없이 고생하는 것을.

문장(文章)은 귀한 것이다.
경서(經書)를 가르치는 것이 전답(田畓)과
비교할 수 있겠느냐.
길바닥에 고인 물은 근원이 따로 있는 것이 아니다.
아침에는 구덩이에 가득 찼다가도
저녁이면 말라 없어지는 것이다.
사람으로 태어나 고금(古今)과 통하지 않으면
말과 소가 사람의 옷을 입는 것이나 다름없다.
자신이 못 배운 상태에서

어떻게 명예를 바라겠는가.

지금 계절은 오랜 장맛비가 갠 가을이다.
맑고 시원한 기운이 들판에 일어나
점점 등불을 가까이할 계절이니
책을 읽기에 좋은 시절이다.

어떻게 아비가 아침저녁으로
너를 걱정하지 않겠느냐.
너를 생각하면
세월이 빨리 흐르는 것이 아쉽기만 하다.
자식을 사랑하는 마음과
엄하게 교육시키려는 마음은
일치하기 어려워서
이렇게 시를 써서 공부에 정진하라고 말하는 것이다.

재면아! 평생 동안 책에서 눈을 떼지 말아라. 언제나 가까이
에 두고 읽는다면 그것이 좋은 습관이 되어 하루라도 밥을 먹
지 않으면 살 수 없는 것과 같이 하루라도 책을 읽지 않으면
잠들 수 없게 될 것이다.

2월 26일

인내와 노력

세상에는 힘든 일이 많이 있지만 그 중에서 가장 힘든 것이 인내, 즉 참음이다. 훌륭한 사람들이 이루어낸 공적은 모두 저절로 이루어진 것은 하나도 없다. 전부 남다른 인내를 함으로써 얻은 결과물이다. 훌륭한 인격체가 되는 길은 다른 사람이 참을 수 없는 것을 참아내는 데 있다. 다른 사람도 다 할 수 있는데 내가 하는 것은 아무런 자랑거리가 못 된다. 가장 잘 참는 자가 훌륭한 사람이다. 인내는 불가능한 일을 가능한 일로 만드는 고귀한 덕성이다. 참고 견디면 태산도 옮길 수 있다는 마음가짐이 중요하다.

아무리 머리가 좋은 천재라도 인내와 노력이 따르지 않고서는 성공할 수 없다. 참음이 가장 큰 수양이고 가장 큰 미덕이다. 그래서 '참는 자에게 복이 온다'는 속담도 있고 '참을 인(忍) 자 셋이면 살인도 면한다'는 말이 있다. 잘 참는 사람은 자기가 바라는 바를 이룰 수 있다. 그래서 '인내는 쓰나 그 열매는 달다'고 하지 않느냐.

2월 27일

나는 어떤 사람으로 살 것인가

게으름을 피우고 싶을 때는 '나는 어떻게, 어떤 사람으로 살 것인가' 하고 자문하는 시간을 갖도록 하거라. 진정으로 3분만 생각한다면 그 게으름은 멀리 도망갈 것이다. 강한 사람은 자기가 하고 싶은 일을 목표로 삼고 끝내 그것을 이루어내는 사람이다. 힘든 일을 이겨낸 후의 보람이 또 다른 일을 해낼 수 있는 원동력이다. 어려움을 어려움으로 주저앉히는 사람은 일생을 어렵게 살아간다. 그러나 어려움을 희망의 안내자로 삼아서 열심히 노력하면 어려움은 우리에게 긍정적인 힘을 키우는 스승이 될 것이다. 아무리 생각해도 가장 아름다운 삶의 기술은 참고 노력하는 데 있는 것 같다.

나의 희망은 무엇인가? 내가 가장 하고 싶은 일과 해야 할 일은 무엇인가? 그 일을 찾아내어 꾸준히 정진하거라. 이 세상 사람들은 누구나 자신의 삶의 희망과 인생의 설계도를 꾸민다. 그러나 평생을 살고 나면 이룬 것 별로 없이 시시한 인생 결산서를 받게 된다. 왜 그리 되었을까.

2월 28일

쓴맛도 단맛으로!

그리운 기별인 듯 눈이 많이 내리는구나. 눈은 언제나 감성을 새롭게 하는 마력을 지닌 것 같다. 어렸을 때부터 노인이 된 지금까지 눈이 내리면 신비하게도 닫혔던 마음이 열리는 것 같기도 하고 그동안 소원했던 사람들의 소식이 새삼 그립기도 하단다. 눈은 나를 새롭게 보게 하고 그리움을 일깨워주는 하늘의 선물인지도 모르겠구나. 어릴 적 어머니 생각도 나고 고향의 선산에 묻힌 육친에 대한 정으로 마음이 먹먹해지기도 하는구나.

사랑하는 재면아!

어찌 보면 세상에 잘 적응하며 사는 것이 행복한 삶 같지만 사실은 정직하고 양심적인 삶을 사는 소탈한 기쁨이 훨씬 더 값지고 가치 있는 삶이다. 단맛만 알지 말고 쓴맛도 단맛으로 익힐 줄 아는 지혜로운 재면이가 되어라.

눈밭에 나가 눈싸움을 즐기는 너를 그려본다. 감기 들지 않게 몸조심하거라. 지금도 밖에는 눈이 하염없이 내리는구나.

2월 29일

자신감이 재산

눈이 오고 나니 세상이 한층 정답게 느껴지는구나. 할머니의 하루 중에서 재면이에게 글을 쓰는 이 시간이 제일 행복한 시간이다. 네가 읽으면서 취할 것은 취하고 버릴 것은 버리려무나. 그러나 네가 다 취하기를 바라는 할머니의 욕심을 어쩐다냐.

사랑하는 우리 재면아!

조심스럽고 내성적인 성격이 나쁜 것은 아니지만 더러는 그 성격이 앞길을 방해하거나 발목을 붙잡아 자기가 원하는 일을 그르치게 할 수도 있다. 매사에 조심하는 것이 아주 바람직한 일이지만 결단력이 부족하여 능력보다 결과가 나쁠까 봐 걱정할 수도 있다. 지능이 뛰어나고 총명하고 속이 깊은 재면이는 빠른 판단력과 결단력으로 어떤 일이든 잘 대처하리라고 믿는다.

무엇이든지 지나쳐도 안 좋고 못 미쳐도 안 좋다. 항상 마음을 강하게 먹고 이 세상에 내가 못할 일은 없다고 자신감을 갖거라. 재면이가 말수가 너무 적은 것이 할머니는 조금 신경 쓰인다. 우리 재면이가 완벽하기를 바라는 할머니 욕심이 지나친 것은 아닐지.

어제 닦아 놓은 길을
오늘 달립니다.

'산다는 건……'
권수 2013

3월

3월 1일

타인의 잘못은 용서하자

누구나 행복하고 성공한 삶을 살기를 원한다. 그럼 가장 행복하고 성공한 삶을 사는 사람은 누구일까. 그건 사랑할 줄 알고 용서할 줄 알고 참을 줄 아는 사람이 아닐까 싶다.

늘 타인의 잘못을 단호하게 책하고 비정한 마음으로 비판하고 싸늘하게 꾸짖기만 한다면 그는 모든 사람들로부터 격리당할 것이고 감옥에서 혼자 사는 것과 같이 고적할 것이다. 그러면서 그런 결과를 남의 탓으로만 돌리니 얼마나 가엾은 사람이냐. 그런 사람의 인생은 우울한 그늘 속에 갇혀 얼마나 외롭겠느냐. 오묘한 인생의 의미를 모른 채 비정한 자신의 인간성을 이성이라 착각하면서 불행하고 고독한 인생을 보내게 될 것이다.

사랑하는 재면아!

주위에 있는 사람들을 많이 사랑하되 그들의 잘못은 많이 용서하고 다독거리는 넓은 마음을 갖도록 하거라. 그리고 특히 가족이나 친구의 경우는 더 많이 사랑하고 용서하거라.

사랑한다, 재면아! 이 세상 그 어떤 것보다도 소중한 나의 손자 재면아.

3월 2일

매일 책 읽는 사람

노인이 초라해지는 것은 노년의 삶을 인정하지 않고, 젊은 척 젊음을 흉내내기 때문이란다. 할머니는 노인으로서 노년의 삶을 아주 행복하게 지내고 있다. 봐라, 노인이 되지 않았으면 재면이를 만나지 못하지 않았겠니. 이 노년의 삶이 할머니의 인생에서 가장 행복한 때가 아니고 무엇이냐.

날마다 새롭게 피어나는 꽃송이가 할머니의 인생밭에 피어나고 있으니 더 무엇을 바라겠느냐. 행운의 여신은 재면이를 할머니에게 보내주었고 날로 주름살이 늘어가는 늙은 세월 속에서도 아름다운 꿈을 꿀 수 있게 해주었다. 재면이를 사랑하고 마음속에 그리는 것은 그 어떤 것에도 비교할 수 없는 즐거운 삶이고 희망찬 꿈이기도 하단다.

재면아, 총명한 재면아!

지금은 말할 것도 없고 어른이 되어서도 매일 책을 읽는 습관을 가지거라. "하루라도 책을 읽지 않으면 입에 가시가 돋는다"고 한 안중근 의사의 말씀을 가슴에 새기거라.

3월 3일

습관은 제2의 천성을 만든다

남들이 하는 뒷말에 관심을 두지 말아라. 남들이 나를 어떻게 생각할까 하고 마음을 쓰는 것은 가치 없고 부질없는 일이다. 남들이 무엇이라고 하든 내가 나를 바라보았을 때 부끄러움이 없고 떳떳하다면 그들이 기분을 상하게 해도 담담하게 흘려버릴 줄 알아야 한다.

혹시 잘못 알려진 일로 오해를 받는다 해도 그대로 두어라. 언젠가는 진실이 밝혀질 것이니 남이 하는 말에 신경 쓸 필요가 없다. 진실은 언젠가는 반드시 밝혀지더구나. 진실이 아닌 말은 하찮은 쓰레기일 뿐이다. 언제나 자기 스스로를 믿고 자기를 지키고 너 자신이 너의 주인이 되어야 한다.

매일매일 새롭게 태어나거라. 하루, 그 하루를 의미 있게 보내는 것이 새롭게 태어나는 것이란다. 그 노력이 쌓이는 동안 좋은 습관이 너의 천성이 되어 너를 훌륭한 인격자로 만들 것이다.

사람은 남의 흉을 보는 재미로 산다는 말도 있다. 그렇듯 사람들은 모여 앉으면 무심결에 남의 흉을 보게 된다. 그것도 습관이니 경계해야 한다.

3월 4일

오늘이 중요한 날

언제나 오늘이 제일 중요한 날이라고 생각하며 생활하기 바란다. '오늘' 그 하루하루가 쌓여 나가며 네 미래의 인생이 되는 것이다. 다시 말하면, 현재를 충실하게 사는 사람만이 성공한 내일을 맞을 수 있다는 뜻이다.

할머니는 젊었을 때 그 하루하루의 소중함을 절실하게 깨닫지 못했던 것 같다. 막연하게 오늘보다 내일이 더 나을 것이라 생각하며 오늘이라는 귀중한 하루를 허투루 보낸 적이 많지 않았나 싶다. 오늘이 모이고 모여 일생이 되는 게 아니겠니. 젊은 시절의 하루가 모여서 행복의 열쇠가 되기도 하고 불행의 씨앗이 되기도 한다. 인생은 네가 노력한 만큼만 네 것이 된다. '인생이 무엇인가를 알았을 때는 이미 인생을 허비한 후'라는 말이 있다. 자각이 부족한 사람들의 인생을 행여 네가 답습할까 봐 노파심에서 하는 말이다.

할머니가 지금과 같은 깨달음으로 새롭게 인생을 산다면 현재보다 몇 갑절 많은 일을 할 수 있을 것 같다. 그러나 이건 부질없는 후회다. 이런 후회를 손자인 너는 되풀이하지 말기를 바라는 것이 후회의 소득이구나.

3월 5일

겸손과 근면의 결과

"할머니, 저 회장 됐어요."

어떤 보석보다 더 반짝이고 생기 넘치는 네 목소리를 듣고 할머니는 참으로 참으로 기뻤단다. 네가 회장 후보로 나서서 늠름하게 소견을 발표하는 광경을 떠올리며 얼마나 흐뭇했는지! 이보다 더 기쁜 소식이 어디 있겠느냐.

미국의 시인이며 사상가인 에머슨이란 사람이 "겸손한 사람만이 다스릴 것이요, 애써 일하는 자만이 가질 것이다"라고 했다. 회장이 되었다고 자만하지 말고 학급을 위해서 학우를 위해서 좋은 회장이 되기 바란다. 네가 어른이 되어 사회생활을 할 때도 에머슨의 말을 잊지 않도록 해라.

재면이의 회장 당선을 축하한다. 이번 회장 당선은 회장을 뽑는 2학년의 첫 번째 선거였기에 그 의미가 크다. 우리 재면이의 처음 학교생활이 이렇게 열렸으니 앞길이 환히 열리는 것 같구나. 학급이나 학우들에게만이 아니고 이 세상에서도 꼭 필요한 존재가 될 수 있도록 하는 출발점이 되어야 한다. 근면의 결과가 너를 그런 사람으로 만들 것이다.

3월 6일

중도에서 멈추지 마라

이 세상에서 재면이를 가장 사랑하는 사람은 누구일까? 아빠, 엄마, 재서, 할아버지, 할머니도 물론 너를 사랑하지만 그래도 너를 제일 사랑하는 사람은 바로 너 자신일 것이다. 네가 너의 본질을 제일 잘 알 것이고 또 네 고민을 제일 잘 아는 사람도 바로 너 자신이다. 아무리 다른 사람이 잘 안다고 해도 누가 너만치 너를 알 수 있겠느냐. 그러니 자기 자신이 자기를 제일 사랑해야 한다. 무척 많은 사람들이 다 큰 어른이 되어서도 자기의 단점이나 장점이 무엇인지 모르는가 하면 어떻게 살아야 하는지도 모르고 방황하는 경우가 많다. 그것처럼 불행한 일은 또 없다.

마음을 복잡하게 하는 생각들을 몰아내는 것도 자기애(自己愛)요, 자기 일을 충실하게 하는 것도 자기애다. 힘들어도 자기를 점화(點火)시키는 불을 가지고 네가 해야 할 일을 열심히 하는 습관을 들이거라. 한번 결심한 일은 중도에서 멈추지 말고 꿋꿋하게 그 길로 가야만 한다. 고통을 잘 참아내는 사람에게만 길이 열린다.

사랑하는 재면아! 슬기롭게 자라거라.

3월 7일

지는 것과 이기는 것

남에게 정신적으로 굴복하는 것은 수치 중의 수치다. 그러
나 육체가 굴복하는 것은 얼마든지 있을 수 있는 일이다. 힘쓰
는 것만을 능사로 하는 사람 앞에서는 무력으로 그를 이기려
고 하지 마라. 완력이 앞서는 사람은 논리와 이성적인 면에서
한참 뒤지는 사람이다. 육체, 즉 힘으로 사람을 제압하는 것은
악덕이고 정신으로 사람을 설득시키는 것은 미덕이다. 정신의
성숙이 너 스스로를 지키는 무기다.

정신을 강건하게 하기 위해서는 자기가 좋아하는 일만 하지
말고 또한 해야 할 일을 즐기면서 하기 바란다. 그리고 몸에
피해를 입지 않도록 언제나 조심 또 조심해야 한다. 힘으로 지
는 것은 지는 것이 아니다. 완력이 강한 자가 너를 해치려 하
거든 양보해 버려라. 지는 것이 이기는 것이라는 말을 유념하
면서 자기 자신을 발전시키고 귀하게 하는 일이 무엇인가를
찾아서 노력하거라. 어려운 일을 잘 견디어내는 사람이 가장
훌륭한 사람이다.

3월 8일

시간은 해결사

슬프고 괴로워도 너무 슬퍼하거나 쉽게 절망하지 말아라. 그런 때는 '이보다 더 슬프고 괴롭고 절망스런 일들이 얼마든지 있을 수 있는데 이것쯤은 아무것도 아니다'라고 슬기롭게 생각을 바꿔야 한다. 이미 그르쳐진 일에 대해서는 너무 오랫동안 마음에 담아두지 말아라. 잊어버려라. 잊어버린다는 것은 그 일을 밑거름으로 하여 더 나은 방향으로 나아간다는 뜻이다.

세상을 사노라면 전혀 예상도 못했던 일도 일어나고 아주 슬픈 이별도 맛보아야 하고 사랑하는 사람과의 사별도 겪어야 한다. 그때마다 너무 거기에 젖어 있지 말고 빨리 털어내도록 노력하거라. 비가 온다 해도 일 년 열두 달 내리는 일도 없고 태풍이 휘몰아친다 해도 한 달 내내 계속되지도 않는다. 무슨 일이든 지나가기 마련이고 시간은 해결사이니 그때그때 지혜롭게 잘 견뎌내 대처하기 바란다. 인간만이 깊이 괴로워한다고 한다. 그래서 웃음을 만병통치약으로, 특효약으로 사용하는 것이란다.

3월 9일

인간관계의 시작

혹시 누가 너를 미워하거나 비판한다 해도 조금도 마음 쓰지 말아라. 스스로에게 부끄러움이 없다면 동요하지 말고 꿋꿋하고 행복하게 생활하거라. 사람들이 가장 쉽게 범하는 어리석음은 자기 자신의 결점은 보려 하지 않고 남의 결점만 보려는 것이다. 그리고 자기의 생각과 다른 생각을 무작정 배척하려고만 한다. 각기 개성이 다른 사람들의 의견이나 행동이 같을 수는 없다. 나와 다른 그를 수용하고 용납하는 것이 사회생활의 첫 걸음이고 인간관계의 시작이다.

이 세상에서 고립되어 살 수 있는 사람이란 단 하나도 없다. 누구나 싫은 물건에는 관심이 없는 것과 같이 너를 싫어하는 사람에게는 관심을 두지 마라. 상한 음식을 먹지 않고 버리는 것과 같은 이치다. "비방을 비방으로 응수하는 것은 불속에 장작을 집어넣는 것과 같다. 그러나 자기를 비방하는 자에게 평화로운 태도로 대하는 자는 이미 비방을 이겨낸 사람이다"라고 한 톨스토이의 말을 항상 기억하거라.

3월 10일

귀한 사람, 천한 사람

사람은 처음부터 귀하게 태어나는 것도 아니고 천하게 태어나는 것도 아니다. 아무리 귀하게 태어났다 해도 노력하지 않고 백수건달로 먹고 놀기만 한다면 천한 사람이 될 것이고 아무리 천하게 태어났다 해도 꾸준히 심신을 연마한다면 그 존재가 자연히 돋보여 모든 사람의 귀감이 될 것이다.

배움을 다하지 않고 덕망이 없고 불의를 보고도 눈감아버리고 악습을 즐기는 천한 사람이 될 것인가. 아니면 많이 배우고 윤리와 도덕의식을 지니고 선행을 하는 데 앞장서는 귀한 사람이 될 것인가. 스스로에게 물어보아라.

자기 자신을 귀하게 만드는 것은 부모도 아니고 친구도 아니다. 바로 너 자신이라는 것을 항상 마음에 새겨두고 정진하거라. 내면으로 성장해 가는 네 모습을 가장 잘 알고 가장 잘 살필 수 있는 것은 너 자신이다. 자기성찰은 아무리 많이 한대도 지나친 법이 없으니 늘 자신을 돌이켜보며 반성의 시간을 많이 갖기 바란다.

3월 11일

바른 이성과 좋은 습관

바른 길로만 가라, 바른 것만 생각해라, 바르게 말하거라, 바르게 행동해라, 바르지 않은 것에는 아예 눈을 돌리지 마라.

일생을 바르게 살아가려고 노력한다면 네 주위에는 바른 일만 생길 것이다. 그리고 바른 사람만 모여들 것이다. 최고의 선은 올바르다는 것이다. 그 올바름 앞에서는 모든 나쁜 일들이 무릎을 꿇게 마련이다.

사랑하는 재면아!

할머니가 매일 너에게 따분한 얘기만 하는 것은 아닌지 글을 쓸 때마다 마음이 쓰여 다시 또 생각하고는 한다. 시간은 한순간도 쉬지 않고 끊임없이 흐른다. 우리는 그 흐름 속에서 인생이라는 긴 강을 건너고 있단다. 한순간도 '적당히' 보내서는 안 된다. 공부만 열심히 하는 게 아니라 휴식도 열심히 하라는 말이다. 바른 이성과 좋은 습관과 꾸준한 노력이 너를 바른 길로 인도하는 안내자 역할을 할 것이다. 할머니가 쓰는 이 글이 네게 필요 없는 글이 되기를 바란다.

3월 12일

강하지도 약하지도 않게!

거문고의 맑고 고운 소리는 줄의 강약을 잘 조절해야만 나온다고 하는구나. 무작정 강하게 튕기면 줄이 끊어지고, 약하게 튕기면 제대로 소리가 나지 않는단다. 세상의 모든 이치도 이와 같아서, 거문고의 조화로운 이치를 생각하면서 세상살이를 한다면 별 탈 없이 순조로울 것이다.

사랑하는 재면아!

그러나 강하지도, 약하지도 않게 중도를 지킨다는 것이 참으로 어렵더구나. 중도라는 것은 어중간한 자리에서 엉거주춤 회색분자가 되라는 것이 아니고, 객관적인 판단을 명확히 하여 균형을 잘 잡는다는 뜻이다. 선과 악의 중간쯤에 어정쩡하고 우물쭈물한 입장에 서는 것이 중도가 아니다. 이쪽과 저쪽의 입장을 통찰하며 냉철한 판단을 균형 잡히게 하는 것이 중도다. 자칫 잘못하면 한쪽으로 치우치는 어리석음을 범할 수 있기 때문이다. 중도는 균형이다. 허나 중도는 자유와 정의와 선을 말할 때는 자칫 악덕이 될 수도 있음을 항상 유의해야 한다.

3월 13일

한마디의 말

네 앞에서 듣기 좋은 소리만 하고, 네 의견을 무조건 따르는 친구가 반드시 좋은 친구는 아니다. 너의 결점이나 잘못을 지적해 주는 친구가 어쩌면 진정한 친구인지도 모른다. 그런 친구의 말을 싫다 말고 곰곰이 새겨들을 줄 아는 지혜가 있어야 한다.

누가 남이 듣기 싫어하는 소리를 하고 싶겠느냐. 마음과 진실이 담기지 않은 말로 달디단 소리만 하는 친구가 있거든 그런 말은 한 귀로 듣고 한 귀로 흘려버릴 줄 알아야 한다. 진정으로 너를 아끼고 사랑하는 사람이 너의 잘못을 일깨워주고 남들이 듣지 않게 충고도 해줄 것이다. 그럴 때는 듣기 싫다, 귀찮다 말고 그런 말들을 깊이 새겨들으며 보물로 간직할 줄 알아야 삶을 발전시킬 수 있다.

영국의 시인 셸리는 "입에 꿀을 가진 벌은 꼬리에 침을 가지고 있다"고 말했고, 미국의 실업가며 저술가인 카네기는 "성실한 한 마디의 말은 백만 마디의 헛된 찬사보다 낫다"고 했다. 그저 듣기 좋은 말보다는 믿음 있는 말이 훨씬 아름답단다.

이 세상에서 가장 현명하고 발전적인 사람은 남의 진정한 충고를 흔쾌하게 받아들여 자기를 변화시킬 줄 아는 사람이다.

3월 14일

자연의 뜻

오늘은 죽음에 대해서 미리 이야기해 두려고 한다. 이 세상에 태어난 사람은, 누구나 한 번은 죽는다. 이 두 가지 공평함이 자연의 섭리이기도 하다. 아침에 일어나 활동을 하고 밤이 되면 휴식을 위해 잠을 자듯이, 이 세상에 와서 많은 일을 하고 인생의 끝자락에서 깊은 잠에 드는 것이 죽음이다. 밤이 되어 잠을 자는 할머니를 슬퍼하지 않았듯이 영원히 깊은 잠에 든 할머니의 부재를 슬퍼하지 말아라. 어차피 한 번은 가야 할 길을 가는 것이니 할머니를 그리워하지도 말고, 보고 싶어하지도 말아라.

할머니는 열심히 살았고, 잘 보낸 일생을 마치고 영원한 잠에 든 것이라고 생각해라. 태어나는 것이 자연의 뜻이었다면, 죽음 또한 자연의 숭고한 뜻이란다.

이 세상에서 재면이를 제일로 사랑한 할머니가 지금은 하늘나라에서 재면이의 행복을 위해 기도하고 있음을 믿거라. 재면이 마음에 슬픔이 고일까 봐 죽음은 깊은 잠일 뿐 특별한 의미가 없다는 것을 미리 말해 두는 것이다. 언젠가는 재면이와 헤어진다고 생각하니 할머니 가슴이 저려오는구나.

3월 15일

행복한 인생을 사는 법

도덕적이고 선한 일은 아무리 많이 해도 넘침이 없고, 죄악이라 생각되는 일은 아무리 사소한 것이라 할지라도 피해야한다. 좋은 행동은 또 다른 좋은 행동을 낳게 하는 원동력이되지만, 죄악이나 거짓말은 또 다른 죄악이나 거짓말을 낳는단다. 습관이 되면 그것이 나쁜 일이라는 것을 모르게 된다. 습관이란 그렇게 둔감한 독을 품고 있다.

사랑하는 재면아!

네가 베푼 친절을 사람들이 잊는다 해도 마음 쓰지 말아라. 네가 다른 사람들에게서 받은 친절만 잊지 않는다면, 너는 평안하고 행복한 인생을 살아가게 될 것이다. 남에게 베푼 친절은 속히 잊어버리고 마음을 비우거라.

악에 악으로 대응하지 말아라. 악에는 선으로 대응해야 이긴다. 그 시간이 오래 걸릴지라도 참고 이겨내야 최후에 이기는 자가 된다. 악을 선으로 대하는 사람은 웃으며 살고, 악을 악으로 갚는 자는 울며 살게 된다. '맞은 사람은 발 뻗고 자지만 때린놈은 발 못 뻗고 잔다'는 속담이 괜히 생긴 게 아니란다.

3월 16일

작은 성자

말을 조심조심, 꼭 해야 할 말만 하는 재면이의 태도에 할머니는 부끄러울 때가 많구나. 너의 그 듬직한 성품, 신중한 태도 때문에 재면이가 무슨 말을 하면 할머니도 덩달아 신중해지면서 '재면이가 이 말을 하게 된 속뜻은 무엇일까? 그렇다면 할머니는 어떻게 대답해야 옳은가?' 하고 할머니도 정확하게 대답하기 위해 신중해진단다. 필요 없는 말은 한 마디도 하지 않는 재면이에게서 할머니는 작은 성자의 모습을 보고는 한다.

누가 무슨 말을 하면 조용히 듣고, 의문 나는 점은 정확하게 묻고, 무엇을 물어보면 영특하고 총명하게 대답하는 너의 모습을 보며 할아버지와 할머니는 깜짝깜짝 놀란단다.

중국 속담에 '문이 많은 방은 바람이 많이 들어오고, 말이 많은 사람은 재앙을 많이 입는다'고 했다. 겨우 초등학교 2학년인 재면이의 말솜씨는 아주 탁월하다. 그런 면면으로 살아간다면 네 앞날에는 꽃피는 봄만 열릴 것이다.

말수 적고 신중한 것은 아버지를 꼭 빼닮아 좋다만, 할머니와 할아버지는 재면이가 이것저것 재미나는 얘기를 좀 더 많이 했으면 좋겠다. 손자의 재잘거림은 그 어떤 노래보다 듣기 좋으니까.

3월 17일

참된 말

할머니는 누군가와 전화 통화를 한 후에는 주고받은 대화에 대해서 다시 되짚어 생각해 보곤 한다. 어떤 말을 주고받았나, 해도 되고 안 해도 그만인 시답잖은 대화는 아니었나, 불편한 말로 상대방의 심기를 어지럽게 하지는 않았나, 하고 나 자신을 되돌아보는 습관을 길러왔단다. 전화뿐만 아니라 사람을 만나고 돌아와서는 불필요한 대화를 주고받은 것 때문에 나 자신에게 실망이 되어서 소화불량이 된 적도 꽤나 있었다. 세상에 나온 지 7년 5개월 18일밖에 안 된 재면이도 범하지 않는 잘못을 할머니는 적잖이 저지르곤 했단다. 매번 반성하고 또 반성을 거듭하면서도 좀처럼 나아진 것 같지 않아서 이 글을 쓰면서 다시 다짐해 본다.

사랑하는 우리 재면아!

참된 말이란 듣는 사람에게 도움이 되고 위로가 되는 말이다. 경솔하고 사려 깊지 못한 말로 상대방에게 상처를 주거나 감정이 상하게 해서는 안 된다. 톨스토이는 "시간은 흘러가 버리지만 한번 입 밖에 낸 말은 그대로 남는다"고 했다.

3월 18일

인생의 길

인간은 누구나 신(神)이 아니기 때문에 모든 것에 완벽할 수가 없다. 완벽에 이르기 위해서 노력해야 하고, 최대한 실수를 줄이기 위해서 노력해야 한다. 그러나 우둔한 우리 인간들은 어리석게도 명예를 잃고 난 후에야 명예의 소중함을 알고, 부모를 잃고 난 후에야 부모님의 고마움을 알고, 공부할 때를 놓친 후에야 학문의 중요성을 깨닫게 되고, 건강을 잃고 난 후에야 돌이킬 수 없는 후회를 하게 된단다. 그 소중한 것들을 잘 지키기 위해 평소부터 미리 대처해 나간다면 후회를 최대한 줄일 수 있는 슬기로운 삶을 꾸려갈 수 있을 것이다.

사랑하는 재면아!

'우리가 알아야 할 모든 것은 유치원에서 다 배웠다'는 말이 있다. 일생을 살아갈 양식은 서른 전에 쌓아두어야 한다. 건강하고 총명한 영혼을 가졌을 때 착실하게 차곡차곡 쌓아두지 않으면 나이들어 후회하게 된다. 그 준비 과정 중에 자기의 개성과 재능을 발견하는 일도 그 어떤 것보다 중대하다. 그것은 곧 인생의 길이기 때문이다. 고등학교를 다 마치게 될 때까지 그것을 발견하지 못한 것처럼 큰 불행은 없다.

3월 19일

의무와 도덕

세상을 살아가는 데 꼭 필요한 것이 두 가지가 있는데 그 하나는 의무이고, 또 하나는 도덕이다. 의무를 다하는 일이 힘들다 해도 의무를 다하는 사람은 그 가치를 인정받아 훌륭한 사회인으로 건강하게 세상을 살아갈 수 있다. 반면에 의무를 다하지 않고 자기변명만 일삼는 사람은 불신을 받아 불행한 인생을 보낼 수밖에 없다. 의무를 꽉 짜인 틀 안에서 행하는 힘들고 따분한 일이라고 생각할 수도 있다. 그러나 의무는 인간이 사회생활을 하는 한 인간의 근본이다. 의무는 신성하고 거룩한 것이다. 왜냐하면 의무 이행을 해야만 권리 행사가 보장되기 때문이다.

그리고 인간이 인간답게 살기 위해 진실함과 아름다움을 추구하는 것이 도덕이다. 의무와 도덕은 같은 말이기도 하다. 의무는 줄기고, 도덕은 꽃이다. 줄기가 잘 자라고 있는데 꽃이 피지 않을 리 없다. 꽃이 피면 열매는 저절로 열리지 않겠니. 건강하게 잘 자라거라.

3월 20일

이기주의자와 이타주의자

할머니는 어렸을 때 자기 자신만을 생각하고, 자기 자신에게 유익한 일만 하는 사람이 이기주의자인 줄 알았다. 좀 더 커서 어른이 되어서야 이기주의자의 참뜻을 알게 되었다.

한번은 할머니를 이기주의자라고 하는 언니와 다투고 그 억울함을 오라버니에게 하소연한 적이 있었다. 전후 사정을 듣고 난 오라버니가 내린 판단에 할머니가 몹시 부끄러웠던 적이 있었다. 이기주의자란 내 이익만을 위해서 행동하는 것뿐만이 아니라, 남을 배려할 줄 모르는 행동도 포함된다고 충고해 주셨다. 그때부터 할머니는 습관처럼 꼭 남을 먼저 생각하는 마음을 가지려고 노력해왔다. 그것이 생각처럼 쉽지는 않았지만, 이기주의자에 대한 개념은 확실히 익히게 되었다.

재면아!

누구에게나 편안한 사람이 된다는 것은 어렵지만 아주 중요한 요소라는 것을 늘 기억하려무나. 성품이 까탈스럽고 자기밖에 모르는 속 좁은 사람이 되면 누구나 그 사람을 가까이 하려 하지 않을 것 아니냐.

3월 21일

소년기와 청년기

중대한 일은 대부분 청년기에 이루어진다. 청년기를 보람 있게 보내려면 소년기가 알차야 한다. 소년기는 13세쯤부터 19세까지를 말하고, 청년기는 20세부터 30세쯤까지를 말한다. 일생에서 가장 중요하게 자신을 연마해야 하는 기간이 소년기와 청년기다.

소년기와 청년기에는 어떤 일에건 좌절하거나 절망하지 말아라. 젊다는 것은 힘의 원동력으로, 무슨 일이든 마음을 다잡아 다시 일어날 수 있기 때문이다. 정신도 육체도 강건한데 이루지 못할 일이 뭐가 있겠느냐.

청년 시절을 바르고 알뜰하게 지낸 사람만이 노년을 평안하게 지낼 수 있단다. 어떻게, 어떤 모습으로 늙었느냐는 것은 젊음을 어떻게 보냈느냐에 따라 좌우되는 것이다. 젊은 시절 시간을 소중하게 쓰고, 학문을 쉼 없이 연마하고, 열심히 노년으로 가는 길을 닦기 바란다.

그런데 마흔의 나이에도 자기가 육십이 되리라는 것을 생각하지 못하는 것이 사람이다. 그게 어리석음인지 오만의 소치인지 분명하지 않다. 그러니 스물의 나이에야 어떠하겠느냐.

3월 22일

환경을 극복하는 사람

이 세상에서 가장 강한 사람은 고통을 잘 참아내는 사람이고, 스스로의 힘으로 자기 일을 해결하는 사람이다. 그리고 올바르게 행동하고 그 신념을 바탕으로 앞으로 나아가는 사람이란다. 또한 어떤 어려운 일에 부딪혔을 때 최선의 방법을 찾아가며 포기하지 않는 사람이고, 몸과 마음이 나태해지려고 할 때 그 게으름을 물리치고 근면한 힘을 발휘하는 사람이다. 뿐만 아니라, 자기가 처한 환경에 불만을 갖지 않고 그 환경을 극복하는 사람이기도 하단다.

누가 뭐라든 간에 자기에게 주어진 길을 꿋꿋하고 지침 없이 걸어가는 사람도 강한 사람이다. 그리고 많이 베풀 줄 아는 사람, 많이 사랑할 줄 아는 사람도 강한 사람이다.

사랑하는 재면아!

재면이같이 즐거운 마음으로 공부하는 사람도 강한 사람이란다. 우리 재면이는 두서너 살 때부터 벌써 퍼즐 맞추기를 할 때는 서너 시간씩 꼼짝을 하지 않고 집중을 하고는 했다. 그런 집중력은 공부를 잘 할 수 있는 탁월한 재능이다. 모든 일에 유쾌한 마음으로 임하기 바란다.

3월 23일

좋지 않은 기억은 잊어라

누구에겐가 심한 모욕을 당할 수도 있다. 그때 그 모욕을 갚겠다고 곱씹으며 분해한다면 너는 그 모욕에서 벗어나지 못하고 오래도록 불행할 것이다. 모욕을 갚는다고 해서 모욕이 끝나는 것이 아니다. 모욕은 또 다른 모욕을 불러올 뿐이다. 완전히 무시해 버려야 한다.

모욕을 하찮은 일로 무시해 버린다면 그 모욕은 다시 그 주체로 돌아갈 수밖에 없다. 좋지 않은 기억은 잊어라. 첫째도 둘째도 잊는 것이 최선의 방법이다. 망각이라는 신이 내린 특효약은 생활을 지혜롭게 꾸려가게 하는 슬기로움이다.

세네카의 명언 가운데 "건강한 귀는 병든 말을 들어도 참을 수 있다"는 말이 있다. 나 자신이 당당하고 올곧으면 천둥과 벼락이 쳐도 태양을 가슴에 안을 수 있다.

그러나 모욕을 삶의 동력으로 삼아 치열하고 굳세게 살아가는 사람들도 있다. 모욕당한 것을 성공으로 갚으려는 각오를 품고. 성공으로 갚으려는 각오를 하는 것도 삶의 방법이라고 할 수 있다.

3월 24일

아름다운 꿈

이 세상에서 가장 귀중하고 아름답고 값진 것이 젊음이다. 풍요로운 꿈도 꿀 수 있고, 또 그 꿈을 이룰 수 있는 황금 시기다. 평생을 빈한하고 우울하게 보내지 않으려면 젊을 때 아름다운 꿈을 꾸어라. 그리고 그 꿈에 충실해라. 꿈을 꾸면 이루어진다.

사랑하는 재면아!

젊음은 꿈을 이루어낼 수 있는 힘을 가지고 있다. 삶의 여건들이 다 갖추어져 있다고 해도 꿈이 없다면 그 모든 것은 허망한 그림자에 지나지 않는다. 젊음과 꿈이 있다면 인생이라는 밭을 풍요로운 꽃밭으로 가꿀 수 있을 것이다.

노년이 슬픈 것은 꿈이 없기 때문이다. 꿈을 꿀 수 없기 때문이다. 백발만이 노년의 꿈이기에 노년은 우울한 것이란다. 그러나 할머니의 노년은 행복하다. 재면이가 있어 꿈을 꿀 수 있고, 재면이의 꿈을 바라볼 수 있으니 어찌 행복하지 않겠니!

3월 25일

남의 단점에는 눈을 감자

남의 단점을 들추어내는 순간 나의 단점이 드러나는 법이니, 남의 단점에 대해서는 귀머거리가 되고 장님이 되고 벙어리가 되어야 한다. 남의 단점에 대해서 말하는 것은 자기 자신에게 돌을 던지는 것과 같은 어리석은 짓이다. 오물을 뒤집어쓰는 것과 다를 것이 없다.

사랑하는 재면아!

한평생 살아온 할머니에게도 나를 안다는 것, 더구나 남을 안다는 것은 지극히 어려운 일이 아닐 수 없구나. 남의 단점은 무조건 덮어주어라. 그러면 남들도 너의 단점을 덮어줄 것이다.

재면이가 발가락을 다쳐서 병원에 가 깁스를 했다는 전화를 받고 할아버지와 할머니는 얼마나 놀랐는지 한동안 말을 잇지 못했다. 깁스를 하고도 담담하게 전화를 받는 재면이의 목소리는 참으로 신비스러웠다. 불편하겠지만 며칠만 참으려무나. 재면이가 아프면 할아버지 할머니도 아프다.

3월 26일

칭찬은 많이 할수록 좋다

남들을 칭찬하는 습관을 몸에 익히도록 하거라. 그것이 귀중한 자산이 되어 너를 인격자로 만들 것이다. 무조건적인 칭찬이 아니라, 칭찬할 만한 일을 칭찬하라는 것이다. 칭찬에 인색한 사람은 인품이 없는 사람이다. 듣기 좋으라고 하는 칭찬은 아첨에 불과하니 진실한 마음으로 칭찬하거라.

사랑하는 재면아!

그러나 나에게 누가 칭찬의 말을 건넸다 해서 너무 좋아해서는 안 되겠지? 하기사, 우리 재면이는 칭찬을 제일 쑥스러워하니 이 말이 별 의미가 없겠구나. 재면이가 지금처럼만 커간다면 할머니의 걱정은 하나 마나 한 걱정이 되겠구나. 어쩌면 어린 나이에 그렇게도 의젓하고 점잖은지 할머니는 재면이가 너무나 자랑스럽고 사랑스럽단다.

나 자신에 대한 칭찬은 그 어떤 것이든 내 입에서 나와서는 절대로 안 된다는 것, 자랑도 칭찬과 같은 뜻으로 받아들여지는 말이니 명심하거라.

3월 27일

건강은 행복의 어머니

인생에서 두 가지 큰 복은 건강과 지성이다. 지성은 행복의 아버지고, 건강은 행복의 어머니다. 지성이 없는 생활은 암흑이고 지옥이다. 젊은 날에 지식에 투자하는 것만큼 확실한 투자는 없다. 사람을 사람답게 가꾸어주는 것이 지성이다.

건강은 하나밖에 없고, 질병은 천 개가 넘는다. 다음은 서울대학교 의과대학의 권용욱 교수가 제안한 것인데, 어렸을 때부터 잘 지키는 것이 건강을 지키는 정도라고 하더구나.

술은 두 잔 정도, 금연, 지방은 먹지 말 것. 스트레스를 받지 말 것. 스트레스를 받으면 활성산소가 나오고 코티졸이 증가하여 각종 병을 키운다고 한다. 운동은 필수다. 운동을 하면 심장과 혈관이 건강해지고 기분이 좋아지고 성장 호르몬이 많이 분비된다고 한다. 땀이 나고 숨이 찰 정도로 하루 20분 이상씩 운동을 해야 한다. 근력운동도 빼놓지 말고, 편식하지 않고 골고루 먹는 식습관을 가져야 한다는구나.

1. 흰쌀, 밀가루 같은 탄수화물을 너무 많이 먹지 말 것.
2. 지방이 없는 양질의 고기만 섭취할 것.

3. 단백질은 콩, 생선, 달걀에서 섭취할 것.

4. 야채, 과일, 해초는 활성산소를 없애고 항산화기능이 있으니 골고루 섭취할 것. 항산화기능이 많은 식품은 연어, 게, 새우 등이다.

다음은 숙면에 대해서다. 잠을 자는 동안에 성장 호르몬이 분비되어 키도 크고 뇌도 휴식할 수 있으니 일찍 자고 일찍 일어나는 생활습관을 가져야 한다. 멜라토닌은 잠을 자야 분비되기 때문에 되도록 밤 10시쯤은 잠자리에 들어야 한다. 잠을 자는 동안 손상된 뇌세포가 회복되기도 하고, 뇌가 쉬면서 하루의 일을 정리하기도 한단다.

그리고 화내지 않기, 명상으로 다스릴 것, 과식하지 않기. 과식을 하면 인슐린 분비가 많아지고 활성산소가 많이 나와서 건강을 해친다고 하니 절제하도록 하거라. 과식을 하면 몸에 있는 장기가 모두 손상된다는구나. 어릴 때부터 몸을 잘 보살펴야 건강한 어른으로 살 수 있단다.

제일의 부(富)는 건강이다.

3월 28일

세상을 사는 지혜

'작전상 후퇴'라는 말이 있다. 물러서야 할 때는 망설임 없이 물러서야 한다는 뜻이다. 물러선다고 아주 물러서기야 하겠느냐. 한 발 물러서서 두 발 앞으로 나아갈 수 있는 힘을 쌓으라는 뜻이다. 이것이 세상 사는 지혜이고 슬기로움이다.

사랑하는 재면아!

누구에게나 관대함을 베푸는 사람이 되어라. 자기 자신에게는 엄격하되, 다른 사람에게는 늘상 관대한 마음으로 대하기 바란다. 대개 자기 자신에게 엄격한 사람은 다른 사람에게도 엄격하기 때문에, 그에 미치지 못하는 사람은 그 사람을 싫어하고 멀리하게 될 수밖에 없다. 남의 잘못은 너그럽게 용서하고, 자기의 잘못만 엄격하게 관리하는 사람이 훌륭한 사람이다. 나에게도 이롭지만 남에게 더 이로운 사람이 되어야 한다. 할머니가 매일매일 네게 당부하는 말이 행여라도 너를 귀찮게 하지는 않을지 걱정이다. 사랑한다, 재면아!

3월 29일

충고와 조언의 차이

누가 네게 조언이나 충고를 원하거든 진실하고 솔직하게 성의를 다해 답변해 주어라. 솔직하고 진실한 조언이나 충고는 그 무엇보다도 값지다. 그러나 조언이나 충고는 상대방이 원치 않으면 절대로 하지 말아야 한다. 상대방에게 도움을 주기 위한 진실한 조언이나 충고도 그가 마음을 열지 않은 상태에서는 아무런 효과가 없고, 오히려 인간관계만 그르치게 된다.

할머니가 세상사를 겪어보니, 충고나 조언은 그것이 꼭 필요한 사람이 오히려 가장 싫어하더구나. 남에게 할 충고나 조언이 있으면 자기 자신을 한번 돌아보기 바란다. 그리고 재면이는 남의 충고나 조언을 흔쾌하게 받아들이도록 마음의 문을 열어놓고 살도록 해라. 그런데 절대로 해서는 안 되는 충고나 조언이 있다. 손윗 사람에게는 충고나 조언이 마음을 거스르게 할 수도 있고, 진실한 직언(直言)이지만 오히려 너를 향해 날아오는 화살이 될 수도 있다. 오죽하면 '충고란 그동안 맺어온 우정에 대한 배신'이라는 말이 있겠니. 상황에 따라 현명하게 대처하기 바란다.

3월 30일

진실이 이긴다

자기에게 아무런 잘못이 없는데 오해를 받아 꾸짖음을 받게 되는 일이 있어도 화내지 말아라. 화를 내는 것은 그것을 인정하는 것이다. 평온한 마음으로 차근차근 앞뒤를 가려서 그 부당함을 상대방에게 설명하기 바란다. 성실히 설명을 해도 상대방이 마음을 고치지 않으면, 더 이상 말하지 말고 겸허히 물러나라. 그리고 침묵으로 네 뜻을 전달할 수밖에 없다. 상대방이 마음을 닫고 있다면, 아무리 설명을 하고 진실을 말해 보았자 효과 없이 자기 자신만 상하기 때문이다.

진실은 진실 자체만으로 빛이다. 진실은 언젠가는 밝혀지게 마련이지만, 설령 진실이 밝혀지지 않는다 해도 낙심하지 말아라. 네 양심과 이성으로 판단해서 아무 잘못이 없다고 생각되면 그것으로 정리하거라. 무가치한 일로 신경 쓰는 것은 아까운 인생을 소모하는 것일 뿐이다. 진실을 부정하는 사람은 끝내는 후회하기 마련이고, 그 스스로 불행을 안고 살아갈 수밖에 없다.

3월 31일

쓴맛이 단맛이다

세상을 사는 동안 어려움에 부딪혀도 너무 힘들어하거나 슬퍼하지 말아라. 괴로움이나 슬픔은 오래 머물지 않는다. 시간이 지나면 잊히게 마련이다. 다행히도 조물주는 견딜 수 있는 괴로움과 슬픔만을 준단다. 폭풍우가 일 년 열두 달, 십 년 내내 지속되는 일도 없고, 낮만 계속되지도 않고, 밤이 영원하지도 않다. 잠깐 견디면 곧 물러간단다. 그것이 작은 괴로움이든 큰 괴로움이든 얼른 떼쳐버리고 나를 수습해서 앞을 향해 나아갈 수 있는 이유다. 굳은 의지를 가지면 인생사 모든 괴로움은 다 이겨낼 수 있다. 굳은 의지만큼 훌륭한 친구는 없다.

슬픔과 괴로움에 잠겨 있으면 소심증이 일어 마음도 몸도 상하게 되니 빨리 떨쳐버리는 연마를 하거라. 모든 것은 마음먹기에 달려 있다. 사랑하는 재면이가 이 세상을 행복하고 평화롭게 건너기를 할머니는 매일매일 기도하고 또 기도한단다. 다행히도 구름 뒤에는 태양이 있고, 슬픔 뒤에는 기쁨이 찾아온다. 단맛은 쓴맛을 본 후에 더욱 달다.

인기척이 지나가고, 다시 적적해진 솔숲치에 눈발 흩날리다

4월

꽃도 인기척에 놀라지 않고, 솔숲은 눈밭 마다하지 않으니 ……
　　　' 나는 이렇게 늙었다 - 솔숲이 눈발 날리다 '

4월 1일

분노를 이기는 것

아무리 작은 분노라도 속마음을 드러내면 성품이 경박한 사람으로 보일 수도 있고, 인내심이 부족한 것처럼 보여 인격적으로 결함이 있는 것이 아닌가 의심받을 수도 있다.

'아무개' 하면 '아, 그 성질 나쁜 사람' 아니면 '다혈질인 사람' 하고 안 좋은 말을 듣게 된다. 그러니 아무리 화가 나는 일이 있어도 숨을 한 번 고르고 '나는 누구인가, 나는 조재면이다. 천하의 조재면이 이런 일로 화를 내서 인격적으로 결함이 있는 것처럼 보여서는 안 되지. 누가 감히 나를 화날 수 있게 하겠느냐. 나는 너희들이 아무리 화나게 해도 동요하지 않는다' 하고 마음을 가라앉히면 그 화나는 순간을 넘길 수 있다. 그리고 얼마가 지나고 나면 그렇게 화낼 일도 아니었다는 것을 깨닫게 된다.

사랑하는 재면아! 분노한다고 해서 일이 해결되지 않는다. 분노를 이기는 것은 자신을 이기는 것이다. 참으면 이기고, 분노하면 백전백패다.

4월 2일

훌륭한 대화

대화라는 것은 마주앉아 이야기를 주고받는 것이다. 혼자서만 계속 말하는 것은 대화가 아니다. 서로가 기쁨을 나눌 수 있고 즐거움이 되고, 도움을 주고받을 수 있는 것을 대화의 화제로 삼아야 한다.

서투른 사람은 상대방의 의사는 아랑곳하지 않고 자기 생각에 도취해 혼자서만 말을 많이 하는 경우가 적지 않다. 듣는 상대방은 흥미도 없을뿐더러 얼마나 지루하고 따분하겠느냐. 그렇게 혼자서 말을 많이 하는 이들의 특징은 남의 말에는 제대로 귀를 기울이지 않는 사람이다.

그러나 일단 대화의 상대가 되었을 때는 좋은 태도로 끝까지 친절하게 들어주어라. 꼭 마음에 맞는 사람만 네 곁에 둘 수가 없으니까. 인생살이 중에 가장 중요한 것이 대화다. 대화가 없다면 인간은 서로를 고립시켜 사회란 존재할 수가 없었을 것이다. 아무리 설익은 대화라 하더라도 대화는 인간관계를 유지시켜 주는 끈이다. 훌륭한 대화는 인생을 아름답게 하는 서로의 선물이다.

4월 3일

좋은 습관

아무리 작은 잘못이라도 알고 행동하는 것은 모르고 백번 하는 것보다 더 나쁘다. 청정한 영혼을 가진 사람은 어렸을 때부터 사회를 어지럽히고 자기 자신에게 해가 되는 일은 하지 않는다. 비록 여가에 하는 오락이라도 헛되고 무익하고 해로운 것에 빠져드는 것은 결코 바람직하지 않은 일이다. 처음에는 대수롭지 않게 생각하고 손을 댄 것이 계속되다 보면 손에서 놓을 수 없게 빠져들 수가 있기 때문이다.

'세 살 버릇 여든까지 간다'는 속담은 진리다. 꿀벌은 꿀이 아닌 것은 절대로 빨지 않는다고 한다. 곤충인 벌도 그러할진대, 하물며 만물의 영장인 사람이 자신에게 해로운 일을 해서야 되겠니. 좋은 습관을 몸에 익혀 언제 어디서나 유익한 것만 얻도록 노력하거라. 일시적인 쾌락보다는 불멸의 지혜를 닦도록 하거라. 쾌락에 빠진다는 것은 참된 자신의 모습을 잃어버리는 치욕이다. 재면이에게는 상관없는 이야기일 테지만 할머니의 노파심으로 하는 말이다.

4월 4일

부탁과 거절

아무에게도 의지하지 않고 혼자의 힘으로 인생을 경영하겠다는 생각을 가진 사람은 결국 꿋꿋하게 그 길로 나아갈 수 있다. 물론, 그것이 그리 쉬운 일은 아니다.

할머니는 누가 무엇을 부탁했을 때 가능하면 거절하지 않겠다는 마음으로 살았다. 그러나 나는 어떤 어려운 일이 있어도 누구에게도 부탁하지 않았다. 그리고 힘이 부족한 사람이 할머니에게 힘을 보태달라고 했을 때는 최선을 다해서 도와주려고 했다. 하지만 역부족으로 일을 해결할 수 없을 때도 있었다. 그럴 때면 성의를 다하지 않은 것 같아 상대방에 미안해서 마음이 괴롭더구나.

할머니가 누구에게도 부탁을 하지 않는 것은 바로 그런 이유다. 친한 사람끼리는 상대방의 의중을 읽는 일이 중요하다. 꼭 말하지 않더라도 그가 원하는 것이 무엇인가 생각하여 도움을 청하기 전에 도와줘야 한다. 부탁도 힘들지만 거절이 더 힘든 법이다. 부탁과 거절 모두 안 하고 살 수 있으면 얼마나 좋겠니. 그러나 그럴 수 없는 것이 인생사다.

4월 5일

실수는 지혜의 지팡이

어떤 사람이 한 번 나쁜 일을 저지르고 거짓말을 했다고 해
서 나쁜 사람이라고 단정지을 수는 없다. 한 번의 실수로 그
사람의 성정을 판단해 버리거나 규정해서는 안 되겠지. 반복
해서 자꾸 잘못을 저지른다면 문제가 되겠지만, 어쩌다 저지
른 실수로 그 사람을 평가하는 것은 경솔한 일일 것이다.

사람은 누구나 실수할 수 있다. 그러나 그 실수를 거울삼아
올바른 행실을 갖추게 된다면 실수는 지혜의 지팡이가 될 것
이다. 모르는 것을 아는 척하는 것도 실수고, 정직한 사람을
의심하는 것도 실수고, 남의 허물을 입에 올리는 것도 실수다.
누구나 일상생활에서 이런 실수를 많이 하게 된다. 그런데 그
것이 습관이 되어버리면 성정을 아주 그르칠 수가 있다. 언제
나 의기(義氣)로운 생각을 하려무나. 마음에는 천사와 악마가
동거하고 있다. 늘 천사가 이기게 하고 악마가 지게 하거라. 재
면이 마음엔 천사만 살고 있지만, 악마에게 지는 천사가 되지
는 말아라.

112

4월 6일

다툼에서 피해 서자

성정이 올바르고 깨끗한 재면이와는 아무 상관도 없는 이야기지만, 더러는 부조리와도 만날 수 있어 노파심에서 이르는 말이니 너무 신경 쓰지 말고 들어두어라. 작은 일에도 화를 잘 내는 사람은 남을 괴롭힐 뿐만 아니라 자기 마음에도 상처를 많이 내는 사람이다. 가려운 피부를 자꾸 긁으면 결국 피가 나는 것처럼 사소한 일에 화를 내다 보면 마음이 자꾸 긁혀 치유할 수 없는 상처가 될 수도 있다.

더러 화가 날 수도 있다. 그럴 때는 너 스스로 마음의 주인이 되어 화를 다스리려무나. 세상을 건너가다 보면 때론 몰염치한 사람도 만날 수 있고, 견디기 어려울 정도로 나쁜 성정을 지닌 사람도 만날 수 있다. 그때마다 화를 내고 다투게 된다면 얼마나 피곤한 일이겠니. 두 사람이 다투게 되면 한 사람은 좋은 사람이고, 다른 한 사람만 나쁜 사람이라고 생각하는 사람은 아무도 없단다. 두 사람 모두 나쁜 사람으로 보기 쉬우니, 다툼에서 피해 서거라.

4월 7일

좋은 습관은 유형무형의 재산

오늘은 건강에 대해서 이야기해 보려고 한다. 첫째, 건강을 지키는 것은 부모에 대한 의무이고, 나에 대한 의무이고, 가족에 대한 의무이기도 하다. 여기서 가족이란 결혼을 했을 경우 아내와 자식을 말한다.

무엇보다도 중요한 것이 건강이니 젊었을 때부터 건강에 관심을 갖고 건강을 지키기 바란다. 재면이가 결혼을 했거든 네 아내와 같이 읽도록 하여라. 첫째, 평소부터 사과와 양배추를 꼭 먹도록 해라. 약간의 꿀을 넣어서 주스를 만들어 먹어도 좋다. 사과에는 펙틴이라는 물질이 있어서 장에 있는 나쁜 균의 번식을 막고, 양배추는 비타민 B가 풍부한 채소로, 위에 좋은 비타민 U도 들어 있다. 꿀은 담즙의 분비를 활발하게 해서 해독작용을 한다. 둘째, 버섯은 풍부한 영양소에 비해 칼로리가 적은 다이어트 식품이며 면역력을 높이는 식품이다. 셋째, 하루 세 번, 3분씩 올바른 양치질을 하거라. 그리고 음식은 적어도 20번 이상은 씹어 먹어야 한다. 오래 씹으면 침의 분비량이 늘어나 입안을 청결하게 하고 소화를 촉진시킨다. 혹시 한쪽으로만 씹는 습관이 있다면 즉시, 꼭 고치도록 하거라. 한쪽으로만 씹으면 치열이 삐뚤어지고 잇몸병이 생기고 두통이나 어깨 근육통도 생긴단다. 씹는 동작이 머리의 혈액량을 늘리기 때문에 뇌세포의 대사작용이 활발하게 일어난단다. 넷째, 컴퓨터 앞에 오래 앉아 있거나 책을 많이 보면 시력이 떨어진다. 그것을 보완할 수 있는 방법은 음식으로 해결하는 것이다. 가지와 적색양배추와 포도를 많이 먹어야 한다. 여기에는 피로한 눈을 회복시키는 단백질을 생성하는 안토시아닌 색소가 있다고 한다. 다섯째, 일주일에 두 번 이상 자전거를 타는 습관을 갖도록 하거라. 자전거를 타면 각 기관에 충분한 산소를 공급해 불순물을 정화하고 순환을 원활하게 한다. 여섯째, 입으로 숨을 쉬지 말고 코로 쉬어야 한다. 항상 입을 다문 채 코로 깊게 들이마신 후 내뱉도록 하거라. 하루 3회 이상 깊게 숨을 쉬는 습관을 들이거라.

좋은 습관은 제2의 천성이라는 말이 있는 것처럼 지금 잘못하는 것이 있으면 곧 고치도록 하거라. 어렸을 때 들인 좋은 습관은 평생을 행복으로 이끄는 크나큰 재산이다.

4월 8일

거짓말하지 말기

누구든지 본의 아니게 실수를 할 수가 있다. 만약에 실수를 하였거든 솔직하게 그 실수를 시인해라. 그렇게 하지 않고 변명에 급급한다면 자기 스스로 비열하고 저급한 인간이라는 것을 실토하는 것이나 마찬가지다.

변명은 거짓말의 다른 말이다. 한 번의 실수는 솔직하게 시인하면 면제가 되지만, 변명은 거짓말을 낳는 것이다. 어떤 일이 있어도 절대로 거짓말은 하지 말아라. 거짓말을 하면서 상대방이 속을 것이라는 생각은 아예 하지 말아라. 그보다 더 어리석은 일은 없다. 지능이 얼마나 낮으면 상대방이 속을 것이라고 생각하겠니. 네가 상대방의 거짓말에 속지 않듯이 상대방도 너의 거짓말에 결코 속지 않는다. 거짓말은 그동안 가졌던 신뢰가 깨질 뿐만 아니라, 경멸의 대상이 된다. 물건을 잃어버리면 다시 구하면 되지만 한번 잃은 신뢰는 절대로 회복할 수 없다는 것을 항상 염두에 두거라. 잘못을 시인하고 반성하고 다시는 그런 일을 저지르지 않으려고 노력하는 삶이야말로 가장 현명하고 바람직한 삶이다.

4월 9일

시간의 중요성

오늘은 재물과 시간의 중요성에 대해 이야기하려 한다. 재물과 시간을 중요하게 여기지 않는 사람은 없지만, 그 귀한 것을 지혜롭게 쓰지 못하기 때문에 인생을 낭비하게 되는 것이다. 100원을 하찮게 여기는 사람은 언젠가는 100원이 없어서 운다고 한다. 아무리 작은 돈이라도 재물을 소중히 여겨야 한다는 뜻이다. 시간도 마찬가지다. 오늘 10분을 가볍게 생각하는 사람은 내일 그 10분 때문에 후회하게 될 것이다. 그까짓 한 시간쯤 하고 생각하는 사람은 그 습관으로 하루쯤, 일 년쯤 하면서 세월을 허송하게 된다. 그런 사람에게는 세월이 100년이 주어진다 해도 아무것도 이루지 못하고 빈손인 채 인생을 마감하고 말 것이다.

사랑하는 우리 재면이는 말을 배우기 시작하고부터는 짧은 시간도 그냥 보내지 않으려고 온갖 질문이나 알아맞히기 게임을 하자며 할머니를 그냥 두지 않았단다. 스무 살까지의 재면이의 성장과 발전이 네 평생을 좌우할 것이다. 지금같이만 커가면 얼마나 훌륭하게 될지, 할머니 가슴이 뿌듯하구나!

4월 10일

책은 삶의 등불

신신당부하는 말이다. 평생 동안 책을 손에서 놓지 말기 바란다. 책만큼 네 인생을 빛나게 하고 알차게 해주는 것은 없을 것이다. 흔히 시간이 없어서 책을 못 읽는다는 것은 변명 중에서 가장 치졸한 변명이다. 잠깐씩 자투리 시간이 날 때마다 한 페이지, 두 페이지 읽다 보면 한 권이 될 것이고 그 한 권이 쌓이면 열 권도 되고 백 권도 된다. 책을 한 권도 읽지 않은 사람과 책을 많이 읽는 사람의 삶은 엄청나게 다르다. 한두 마디만 해보면 그 사람의 인품을 알 수 있다. 책에 의해서 그리 달라지는 것이다. 인생의 나무에 꽃을 피우게 하는 것도 책이고, 열매를 맺게 하는 것도 책이다. 책을 읽어야 정신이 자란다.

책은 삶의 등불이다. 책은 등대이다. 책은 길이다. 책은 나침반이다. 책은 망원경이다. 책은 신앙이다. 책은 기쁨이다. 책은 상속재산이다. 책은 학교다. 책은 스승이다. 책은 무기다. 책은 힘이다. 책은 황금이다. 책은 우물이다. 캐내도 캐내도 고갈되지 않는 금광이다. 책이 얼마나 중요한 것인가를 말해 주는 나열법이다. 밥 먹듯 책을 읽어라.

4월 11일

두루 사랑하라

물길을 남쪽으로 내면 남쪽으로, 동쪽으로 내면 동쪽으로
물이 흐른다. 좋은 마음으로 사람을 대하면 그 사람도 좋은
마음으로 상대방을 대할 것이다. 사람이 하는 일 중에서 가장
훌륭한 일은 사람을 두루 사랑하는 일이다. 그러나 그건 가장
힘든 일 중의 하나이기도 하다. 좋은 사람, 나쁜 사람, 힘들게
치대는 사람, 싫은 사람, 이간질 잘하는 사람, 부담스러운 사
람, 말이 헤픈 사람, 이중성을 가진 사람, 그런 모든 사람을 좋
은 낯빛으로 대하기란 매우 어려운 일이다.

두루 사랑한다는 것은 그런 모든 사람들을 사랑해야 한다
는 것이다. 이런 일은 영혼이 위대한 사람만이 할 수 있는 일
이다. 할머니는 우리 재면이가 위대한 영혼의 소유자라고 생
각한다. 넘어진 사람을 발길로 차고, 힘있는 사람 앞에서는 허
리 굽혀 아부하는 것이 인간의 나쁜 본성 중에 하나다. 사람
의 마음속에는 천사도 살고 악마도 산다. 그 악마를 내치고
천사만을 키워가는 것, 그것을 실행하는 사람이 위대한 영혼
의 소유자일 것이다.

4월 12일

교육의 힘

네 일생 중에 악마가 활동하는 일이 없었으면 좋겠다. 그러나 세상사가 그렇게 평탄치만은 않다. 그래도 천사를 안고 살면 네 주위에는 천사만 모여들 것이다. 인간을 신에 가까운 종교적 동물이라고 하고, 악마를 닮은 간악한 동물이라고도 한다.

세상에는 불가사의한 것도 많이 있지만 인간만큼 불가사의한 것도 없는 것 같다. 할머니는 일생을 살아오는 동안 인간에 대해서 많이 갈등하고 회의하고 고민했었다. 그런데 결론에 이르른 것이, 인간의 본성을 착한 것이라고 믿고 그쪽으로 이끌어가야 한다는 생각이었다.

인간은 교육에 의해서 많이 달라지고 다듬어지기에 악한 본성도 줄기찬 교육의 힘으로 변하게 할 수 있다. 모두에게 유익한 착한 본성으로 말이다. 프랑스 극작가 몰리에르는 "인간은 확언하노니 간악한 동물이다"라고 했고, 그리스의 철학자며 수학자인 피타고라스는 "인간은 하느님의 소우주"라고 했다. 둘 중에 어떤 정의가 옳을까.

4월 13일

공통의 언어

만약 기쁨이 없다면 사람은 살아가지 못하고 절망의 늪에 빠져 허우적거리다가 스러질 것이다. 부귀에만 기쁨이 있고, 빈천에는 기쁨이 없다고 생각할 수 있다. 그러나 기쁨은 그 대상을 가리지 않고 기쁘고 싶은 사람에게만 간다. 기쁨은 누가 가져다주는 것이 아니고 자기 마음속에 공장이 있다. 그 공장을 폐쇄해 버리면 기쁨도 함께 소멸해 버린다.

돈과 명예만 기쁨이 아니다. 긍정적인 생각 하나도 큰 기쁨이다. 기쁨에는 큰 기쁨 작은 기쁨이 따로 없다. 기쁨 그 자체가 삶을 반짝거리게 하는 보물이다. 마음에 있는 기쁨의 방은 대폭 넓히고, 절망의 방은 아주 폐쇄해 버리거라. 기분이 언짢을 때는 일단 웃고 보자. 웃음은 괴로움을 퇴치시키는 특효약이다. 승리한 사람의 웃음보다 패한 사람의 웃음이 우리를 더 감동케 한다. 웃음은 모든 불편했던 관계를 개선, 복원시켜 주는 특효약이다. 인간은 웃을 줄 아는 유일한 동물이다.

웃음은 말이 통하지 않는 외국 사람에게도 감정과 속내를 어느 만큼 전달할 수 있는 만국 공통의 언어다. 진정한 웃음을 웃어서 손해 보는 일 없고, 무시당하는 일도 없다.

4월 14일

예의와 양보

처음 사람을 대할 때 예의를 잘 갖추면 그 사람과의 교제는 이미 절반은 성공한 것이다. 억지스럽지 않고, 꾸밈없이 자연스럽게 모든 사람들에게 예의 바른 행동을 하는 것은 인간의 첫 번째 덕목이다. 예의를 지키지 않으면 아무리 학식이 높고, 높은 지위에 있다 해도 사람들은 그런 사람을 경멸하며 가까이하려 하지 않을 것이다. 예의라는 것은 남을 위한 것이 아니라, 나의 인격을 나타내는 것이기 때문에 예의를 잘 갖추는 것에는 지나침이 없다. 그리고 예의란 상대를 존중하는 겸손한 마음가짐으로 평소의 일상생활을 통해 몸에 익혀 나가는 것이다. 실례를 저지르고 무례를 범하는 사람은 어느 사회에서나 환영받지 못할 뿐 아니라, 배척당하게 될 것이다. 상대방을 배려하고, 늘 약간씩 양보를 한다고 해서 손해를 입는 것은 아니다. 행한 만큼 돌아오기 마련이다. 예의는 너를 지키는 수호신이니 공자의 말씀대로 "예가 아니면 듣지 말고, 예가 아니면 보지 말고, 예가 아니면 말하지 말고, 예가 아니면 행하지 말아라."

4월 15일

시간 설계사

사람들은 시간은 돈이라고 하면서도 시간을 아껴 쓰려고는
하지 않는다. 돈보다 더 아껴 써야 하는 것이 시간이다. 써도
써도 남는 것이 시간인 줄 알지만, 그건 크나큰 착각이다. 젊
음은 그다지 긴 것이 아니다. 인생에서 가장 중요한 시기가 태
어나면서부터 스무 살이 될 때까지라고 할머니가 누누이 강
조하는 것은 그만큼 그 시기의 준비가 평생을 좌우하기 때문
이란다. 젊은 날을 알차게 보낸 사람은 자기가 원하는 인생을
순조롭게 꾸려나갈 수 있다. 그러나 건성으로 대충대충 보낸
사람은 남의 뒷바라지나 하면서 그늘진 삶을 살 수밖에 없다.

그렇다고 공부만 하라는 것은 절대 아니다. 신나게 놀 줄도
알아야 한다. 가능하면 사람이 하는 것은 무엇이든지 다 할
줄 알아야 한다. 공부만 잘하고 놀 줄 모르는 반편이를 할머
니는 절대 원하지 않는다. 신바람 나게 놀고, 미친 듯 공부하
고. 시간은 고무줄과 같아서 쓰기 나름이다. 공부도 제대로
못하고, 놀기도 제대로 못하면서 엉거주춤 시간만 보내는 것
은 가장 실패한 삶이다. 현명하게 젊은 날을 설계, 운영해라.

4월 16일

건강이 전부다

어렸을 때부터 잠자기를 유난히 싫어하는 네가 걱정이 되어 오늘은 '잠'에 대해서 얘기를 나누려고 한다. 잠을 충분히 자지 않으면 두뇌가 쉬지 못하기 때문에 모든 병을 유발하는 원인이 된다. 잠을 잔다고 해서 완전히 쉬는 것도 아니다. 혈류가 계속 흐르며 뇌 활동을 하기 때문이다. 깨어 있는 동안에도 1초도 쉬지 못하는 것이 두뇌인데, 휴식하지 않는다면 건강한 육체와 건전한 정신을 지탱시킬 수가 없다. 비록 명석한 두뇌를 가졌다 해도 잠이 부족해 건강하지 못한 두뇌가 된다면, 얼마나 애석하고 불행한 일이겠느냐. 타고난 천재적인 자질을 제대로 활용할 수 없다는 것은 자신뿐만 아니라, 이 사회에도 손해가 되는 일이다. 잠을 충분히 자기 바란다. 이 세상에서 너를 가장 믿고, 너를 가장 사랑하고, 너를 가장 위대하게 만들 사람은 바로 재면이 자신이다.

우리 재면이에게 가장 나쁜 습관이 있다면 졸리운데도 잠을 자지 않으려고 애써 참아내는 것이다. 절대 그러지 말고, 졸리면 푹 자거라. 건강이 천하다.

4월 17일

책은 마음의 재물

책은 마음의 재물이다. 많이 읽고, 많이 사색하기 바란다. 할머니는 재면이 서재에 날마다 거듭 읽어야 하는 책이 세월 따라 계속 늘어나기를 소망한다. 그리고 아무리 바쁘다 해도 손에서 책을 놓지 않기를 소망한다. 책에서는 그 어떤 놀이나 공부보다도 큰 감동과 행복을 느낄 수 있단다. 할머니는 인생을 경험보다는 책에서 훨씬 더 많이 배웠다. 독서는 충실한 인간을 만들고, 좋은 친구가 되어 결점을 고쳐주기도 하고, 보완할 점을 가르쳐주기도 한단다. 올바른 가치관과 사물의 소중함과 끈질긴 인내를 책을 통해 배우면서 커가기 바란다.

책이 없는 방은 영혼이 없는 육체라는 말도 있고, 돈이 가득 든 주머니보다 책이 가득 쌓인 서재를 가지라고도 했다. 운동을 해야 몸이 튼튼해지는 것과 같이 책을 읽어야 정신이 단련된다는 것을 평생 동안 잊지 말아라. 밥을 한 끼라도 먹지 않으면 배가 고프듯, 하루라도 책을 읽지 않으면 영혼의 배고픔을 느껴야 한다.

4월 18일

너의 수호신은 너 자신

할머니는 매일매일 재면이에게 당부하는 글을 쓰면서 마음에 많은 갈등이 일어난단다. 할머니의 말대로 세상을 사는 것이 정답인지, 또 다른 정답이 있는지, 언젠가는 세상 속으로 뛰어들어야 하는 너를 생각하면서 걱정이 많다. 세상에는 눈속임도 많고, 비바람도 거세고, 중상모략이 도처에 숨어 있고, 시기와 질투가 난무하고, 이런 위험들이 줄을 서 있는데 네가 어떻게 잘 헤쳐나갈 수 있을지 걱정이구나.

수호신이 있어 네 옆을 지켜주면 좋을 텐데, 너를 지키는 수호신은 너 자신일 뿐이란다. 진실이 반드시 이기고, 정의는 언젠가는 꼭 밝혀진다고 할머니는 말하고 있지만, 현실에서는 존재하지 않는 것처럼 보이기도 하더구나.

넓고 넓은 바다를 항해해야 하는 너에게 순풍만 기다리고 있기를 간절히 바란다. 셰익스피어는 오죽하면 "오! 하느님, 정의가 힘을 지배하게 하소서"라고 기도했겠느냐. 언제나 강한 너를 완성시켜 가는 과정이라고 생각하며 정진하거라.

4월 19일

이성과 감정

마음에는 이성과 감정이 꼭 붙어 산다. 이성은 하지 말라 하고, 감정은 하라고 한다. 그러므로 그것을 조절하는 지혜가 있어야 한다. 그러나 이성은 언제나 감정에 잘 속기 때문에 중요한 일을 그르칠 수가 있단다. 이성은 지혜로운 상담자이며, 무장한 조언자이다. 어둠 속에서 길을 잃었을 때 길을 찾아 밝혀주는 등대이며, 판단 착오로 불속에 뛰어드는 순간 손을 잡아 이끌어주기도 한다. 욕심에 눈이 어두워졌을 때는 눈을 밝혀주기도 한다. 그런 이성을 소유하려면 많은 지식을 쌓아야 하고, 많이 사색하고 명상해야 한다.

그렇다고 냉철한 이성만을 소유해서는 안 되겠지. 감정이 없는 이성은 절름발이에 불과하기 때문이다. 불과 물이 모두 있어야 살 수 있듯 이성과 감정을 잘 부려 쓸 줄 아는 현명한 재면이가 되어라. 이성을 괴롭히는 것은 감정이고, 감정을 괴롭히는 것은 이성이다. 서로 괴롭힘이 많을수록 올바른 길을 갈 수 있다.

4월 20일

교육의 힘

평생에 걸쳐서 배우고 익히면 그것이 삶의 윤활유가 된다. 열심히 노력한 사람에게는 그만큼의 빛나는 결실이 따라오게 되어 있다. 할머니는 게으른 사람, 태만한 사람을 아주 싫어한다. 그런 사람들은 모든 잘못된 것을 부모 탓, 남의 탓으로만 돌린다. 아무리 어려운 일이라도 열심히 노력해서 안 되는 일은 없다. 재면이는 생각이 깊고 침착하고 총명하나 혹시나 활동성이 부족하지 않을까 걱정스럽구나. 할머니의 노파심이지만 무슨 일에든 자신을 가지고 용기 있게 대처해 나가거라. 그리고 미술, 문학, 음악, 역사, 경제, 정치 등에 대한 지식도 고루 갖추었으면 좋겠다. 일반적 상식을 갖추지 않으면 정서가 고갈되어 정신의 황폐함을 느끼게 된다. 전문적 지식만 갖추고 있으면 정감 있는 교양인이 될 수가 없는 것이다. 개괄서 몇 권씩만 잘 골라 두고두고 읽으면 그런 상식을 육화시키기는 어려운 일이 아니다.

사랑하는 재면아! 사랑한다는 것은 이렇게 염려가 많은 것이구나. 건강, 건전하거라.

4월 21일

인품과 교양

개도 옷을 단정하게 입고 몸매무새가 깨끗한 사람을 보고는 짖지 않는다고 한다. 동물도 옷을 단정하게 입은 것을 알아본다고 하는데, 하물며 사람이야 더 말해 무엇하겠니. 의복은 그 사람 됨됨이에서부터 그 사람의 인품과 교양과 지식 수준까지를 나타낸다. 옷을 입는 것도 습관이다. 아무렇게나 입어버릇하면 거기에 익숙해져서 아무 옷이나 함부로 걸치게 된다. 평소부터 단정한 옷차림에 신경을 쓰거라. 의복을 사소한 것이라고 생각하지 말아라. 사소하게 여긴 옷차림 때문에 인격적으로 무시를 당한다면 얼마나 억울한 일이겠니. 이왕이면 멋스럽게 입어서 보는 사람도 즐겁고, 입은 사람도 자신 있게 행동할 수 있으면 얼마나 좋은 일이냐.

'의복이 날개'라는 말도 있고, '제복이 사람을 만든다'는 말도 있다. 그만큼 옷차림이 중요하다는 것을 의미한다. 그렇다고 지나치게 의복에 돈과 시간을 낭비하라는 뜻은 아니다. 옷은 인간의 품격을 나타내는 것이니 값의 고하 간에 색깔을 잘 조화시켜 단정하게 입으라는 말이다. 재면이에게는 필요 없는 말이 되기 바란다.

4월 22일

남에게 도움이 되는 사람

남의 단점은 아예 보지 말아라. 보고도 못 본 체해라. 남의 결점이나 단점을 들춰내 비방하는 것은 스스로의 인격에 결함이 있다는 것을 드러내는 것과 같다. 무엇 때문에 쓸데없는 일을 언급해서 자신의 인격에 흠집을 내겠느냐. 자기의 인격을 연마하기도 바쁜데 무엇하러 남의 비방에 아까운 시간을 낭비해야 하겠니.

남을 무시하거나 비방하는 것, 남의 결점을 들춰내서 소문을 내는 것, 참으로 소모적이고 무가치한 일이다. 설령 듣고 있는 사람들이 긍정적인 반응을 보였어도, 그들은 분명히 돌아서면서 비방한 사람의 인격을 의심하고, 믿을 수 없는 사람이라고 불신할 것이다. 되도록 남에게 도움이 되거나 즐거움이 되는 말만 하는 것이 좋다. 입이 하나고, 귀가 둘이고, 눈이 둘인 것은 많이 듣고, 많이 보았어도, 말은 보고 들은 것의 절반만 하라고 그런 것 아니겠니. 재면이에게는 해당 없는 말이다. 재면이는 너무 말이 없어 입이 열 개면 좋겠다.

4월 23일

신용을 잃는다는 것

아무리 사소한 말이라도 거짓말은 절대로 하지 말아라. 거짓말로 상대방을 속일 수 있다면 그 단어 자체가 이미 사어가 됐을 것이다. 본인은 감쪽같이 속였다고 생각할지 모르지만 그것은 어리석은 생각이다. 거짓말이 탄로나면 사람들은 그를 신용하지 않을 뿐 아니라, 지속적으로 인간관계를 맺으려고 하지도 않는다. 사람이 신용을 잃는다는 것은 모든 것을 다 잃는 것이다. 아예 거짓말이라는 말을 네 인생에서 빼버리기 바란다.

국가와 사회 그리고 가족관계도 모두 신용으로 이루어진다는 것을 재면이는 잘 알 것이다. 지능지수가 낮은 사람들이 입만 열면 거짓말을 하는 것은 자기 스스로 바보라는 것을 증명하는 것이다. 믿음은 무엇보다도 귀중한 자산이다. 신용을 잃어버리는 것은 바로 죽은 목숨이다. 아니, 죽음만도 못한 목숨이다. 건강을 잃으면 다 잃는다고 하지만 신용을 잃는 것보다 건강을 잃는 것이 더 나을지도 모른다. 신용은 한번 잃으면 절대로 회복이 안 되는 치명상이다. 아무리 사소한 것이라도 거짓말은 절대로 하지 말아야 한다.

4월 24일

절제는 최선의 미덕

절제는 최선의 미덕이고, 모든 미덕의 출발이며 원천이다. 말이나 행동에도 절제는 필수조건이다.

그렇다면 절제는 무엇일까? 화가 나는 것을 다스리는 것도 절제요, 식탐을 막는 것도 절제요, 탐욕을 줄이는 것도 절제요, 사치하고 싶은 것을 참는 것도 절제요, 방탕으로 기우는 마음을 누르는 것도 절제요, 허영심과 과시욕구를 억누르는 것도 절제란다.

절제는 인간세상을 살아가는 지혜고 괴로움에서 벗어나는 길이다. 절제는 실수하는 것을 줄여주고, 악한 일과 나쁜 꾀임에서 멀어지는 길이며, 인생을 행복으로 이끄는 길잡이다. 절제를 멘토로 삼아라. 절제는 네 인생에 최고의 재산이다. 그러니 최고의 동반자로 발을 맞추어라. 그리되면 네 생활이 편안해질 것이고, 헛된 일에 이끌리는 일도 없을 것이다. 인간의 본능이 유발하는 모든 욕구를 절제하면 재면이는 평온한 인생을 행복하게 살 것이다.

4월 25일

부지런한 사람들

어느 분야에서나 성공한 사람들은 남달리 부지런한 사람들이다. 할머니는 부지런한 사람이 가장 훌륭한 사람이며, 부지런한 사람만이 살아 있는 사람이라고 말하고 싶다. 게으르다는 것은 반은 죽은 채로 사는 것이나 마찬가지다. 부지런히 살며 거기에다 분별력까지 갖춘다면, 그는 틀림없이 인생을 탁월하게 경영하는 능력자일 것이다.

단 1분이라도 시간을 헛되이 보내지 말아라. 꼭 공부만 하라는 것이 아니고, 놀 때는 재미있게 놀고, 휴식시간을 보낼 때는 쉰다는 생각조차 잊어버리게 쉬고, 책을 읽을 때는 딴 생각을 말고, 공부할 때는 치열하게 집중해서 한순간도 헛되이 보내지 말라는 것이다. 체계적으로 계획을 짜서 시간을 효과적으로 활용하기 바란다. 시간에 대한 인식과 자기감정의 관리능력이 없어서 일도 제대로 못하고, 놀기도 제대로 못하고, 늘 허둥거리며 사는 사람들이 뜻밖에도 많다. 지혜롭게 자기관리를 하고 생활관리를 하기 바란다. 한 번뿐인 인생이니까 부지런하게 후회 없이 살기 바란다. 할머니는 재면이를 사랑한다.

4월 26일

네가 네 인생의 주인

되도록 가치 있는 일로 젊음을 보내기 바란다. 오락도 재미있을 것이고, 도박도 흥미로울 것이고, 술과 담배와 여자도 세상을 사는 데 필요한 것들이기도 하다. 그러나 오락은 순간적인 재미는 줄 수 있지만, 소모적인 행위일 뿐이다.

오락에 함몰되지는 말고 자투리 시간을 이용해 잠깐씩 즐기면 된다. 오락은 나쁜 것만은 아니고 어쩌면 긴장을 풀어주는 휴식이 될 수 있다. 네가 오락의 주인이 되어 맘대로 부려 쓰면 된다.

도박은 흥미롭고 스릴이 있을지 모르나, 성공을 유혹하는 실패가 기다리고 있어서 패가망신하는 지름길이다. 도박은 불행의 어머니고, 마약만큼 중독이 심하고, 사람을 망치는 독약 중의 독약이다. 아예 눈길도 주지 말아야 한다.

재면이는 반듯한 성품을 지녔기 때문에 절대로 그런 데 빠지지 않을 것을 알면서도 세상의 상식에 대해서 말해 본 것이다.

또한 술과 담배는 건강을 해쳐서 사람을 망가뜨릴 수 있다. 담배는 아예 입에 대지도 말고, 술은 과음만 피하면 한두 잔

정도는 건강에, 사교에, 분위기 조성에 도움을 줄 수 있다. 꽃은 피기 전 꽃봉우리가 아름답고, 술은 취하기 전이 아름답다는 말이 있다.

4월 27일

위대한 젊은 날을!

어제의 연속으로 오늘은 여자에 대해서 이야기해 보려고 한다. 소크라테스는 "위인의 배후에는 여성의 힘이 있다"고 했고, 톨스토이는 "아무리 연구를 계속해도 여자는 항상 완전히 새로운 존재"라고 했고, 하이네는 "여자는 어디까지가 천사이고 어디부터가 악마인지 분명히 알 수 없는 존재"라고 했고 세르반테스는 "여자는 유리로 만들어졌다"고 했고, 공자는 "여자와 소인(小人)은 거느리기가 힘들다. 가까이 대하면 버릇이 없고 멀리하면 원망한다"라고 했고, 도스토옙스키는 "여자는 절대로 흥금을 열지 않는다. 여자는 모두 부정직하다"라고 했다. 빅토르 위고는 "세상에는 아름다운 여인은 많다. 그러나 완전한 여자는 하나도 없다"고 했다.

여자는, 할머니도 여자지만 한마디로 정의 내려 말하기가 참 어렵구나. 참으로 난해한 것이 여자라는 생각을 때때로 한다. 여자 속에는 세 명의 친구가 산다고 한다. 성인과 천사와 악마가 공존하는 것 같다. '여자와 도박과 술은 왕자를 거지로 만드는 길'이라는 말도 있다. 미래를 준비하는 위대한 젊은 날을, 평생을 살아갈 양식을 준비하는 데 유용하거라.

4월 28일

책은 인생의 나침반

어렸을 때부터 감명 깊게 읽었던 책을 모아두는 너의 도서실을 만들어라. 우선 네가 읽고 그리고 네 자식들에게 읽히고 싶은 책을 골라서 모아두는 도서실 말이다. 그 도서실 안에 담긴 너의 인격과 지혜와 지식을 그대로 자식에게 대물림하려무나. 사람은 무얼 먹고 사느냐보다는, 어떤 생각을 가지고 사느냐가 더없이 중요하다. 올바른 가치관과 정의감은 책을 통해서 이루어진다고 해도 틀린 말이 아니다. 좋은 책은 두 번 세 번 되풀이해서 읽어도 언제나 새롭고, 또 다른 의미를 부여하더라. 인생이란 풍파가 심한 바다에 쪽배를 타고 나아가는 것과 같다. 안전하게 안내하는 사람도 없고, 방향을 제시해 주는 표지판도 없다. 두 번 살아본 경험도 없으니 누구나 서투르고 어설프기 마련이다. 그런 인생에 훌륭한 길잡이가 되어 주는 것이 책이다. 책은 인생의 학교이고, 교사다. 그러니 두 번 읽을 필요가 있다고 생각되는 책은 책꽂이에 꽂아두거라. 볼테르는 "아무리 유익한 책이라도 그 반은 독자 자신이 만드는 것이다"라고 했다. 볼테르는 프랑스의 작가이며 시인이다.

4월 29일

지식이 없는 사람은 짐승과 같다

어제에 이어서 오늘도 책 이야기를 하게 되는구나. 로마의 정
치가이며 철학자인 키케로는 "책이 없는 방은 영혼이 없는 육
체와 같다"고 했다. 지식이 없는 사람은 짐승과 같다는 말이다.

키케로는 공화주의자로서 카이사르에 반대하고 폼페이우스
를 지지했던 사람이다. 로마 제일의 웅변가이며, 또한 그의 문
체는 라틴어의 모범으로 유럽 여러 나라의 언어 형성에 큰 영
향을 끼쳤다고 한다. 차차 성장해 가면서 키케로의 『의무란 무
엇인가』 『예의란 무엇인가』 『웅변론』 같은 책을 한번 읽어보기
바란다. 네가 인생을 살아가는 데 가치관을 형성해 줄 책이
아닌가 싶다.

네가 두 달만 있으면 캐나다로 떠난다. 생각만 해도 가슴이
서늘해지는구나. 그러나 헤어질 때의 섭섭함보다는 만날 때의
기쁨을 생각하며 참을 수밖에 도리가 없구나. 6월 20일쯤 떠
날 예정이라니까 50여 일쯤 남았구나. 시간이 너무 빠르구나.
어렵고 힘든 일을 재면이가 겪지 않게 되기를 바라면서 할머
니는 재면이에게 매일매일 편지를 쓴다.

4월 30일

돈과 귀신

돈의 가치를 알고 싶으면 남에게 돈을 꾸어보면 절실하게 알 수 있다고 한다. 또한 보잘것없는 사람을 회장이나 사장 같은 최고의 자리에 앉히는 것도 돈이 발휘하는 마력이다. 속담에 '돈은 귀신도 부린다'는 말이 괜히 있는 게 아니다. 돈의 중요성과 그 막강한 힘을 동시에 말한 것이다. 그래서 오늘은 돈을 어떻게 써야 하는가에 대해서 이야기해 보려고 한다. 돈이란 많고 적고 간에 얼마만큼 효용가치 있게 쓰느냐가 중요하다. 불필요하다고 생각되는 일에는 지갑을 닫아야 하고, 정말로 중요하다고 생각되는 일에만 지갑을 열어야 한다. 돈이 아무리 많아도 돈에 대한 철학이나 계획이 없다면 금방 빈털터리가 되고 말 것이다. 그리고 자기가 가진 능력에 맞춰서 지출을 조종해야 한다. 몇 푼 아니라고 낭비해서도 안 되고, 허영심이나 우쭐하는 기분 때문에 충동적으로 돈을 쓰는 것도 좋지 않은 일이다. 돈은 유익하다고 판단되는 일, 그리고 지출함으로써 정신적으로 기쁨을 누리는 곳에 써야 한다. 그렇다고 인색하라는 것은 아니다. 돈은 약인 것은 확실하지만, 인색하면 욕이 된다. 인색은 난치병이다. 넉넉한 마음은 고결한 인품이다.

당신의 길을
함께 걸으면
언젠가
우리들의 길이라
부르게 되겠지

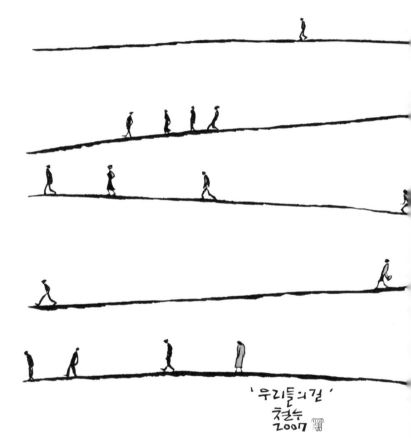

'우리들의 길'
철수
2007

5월

5월 1일

하루가 인생의 전부

너에게 일기 형식의 글을 시작한 지가 벌써 다섯 달째에 접어들고 있구나. 네가 매일매일 읽으며 행복해하면 좋겠다만 찡그리고 귀찮아할까 봐 걱정이 되는구나. 그러나 할머니의 간절한 마음을 생각하며 읽기 바란다. 네가 이 글을 읽는 모습을 그려보며 할머니는 세상에 온 보람을 느낀다. 사랑받는 행복도, 사랑하는 행복도 생명의 꽃인 것을 실감한다. 해도 해도 넘침이 없는 것이 재면이에 대한 사랑이다.

사랑하는 재면아!

다른 것은 다 접어두고라도, 오늘 '하루'가 인생의 전부라는 것만 기억하기 바란다. 인생과 오늘은 다른 말이면서, 같은 말이다. 오늘을 잘 지내면 내일의 오늘도 잘 지내게 될 것이다. 그렇게 오늘이 쌓이고 쌓여 인생이 된다. 오늘은 쉬고 내일 하겠다는 생각은 아예 하지 말아라. 언제나 한 번뿐인 오늘을 소중하게 보내기 바란다. 가장 어려운 일이면서도 가장 쉬운 일이기도 하다. 네 마음가짐에 달렸다. 모든 사람들이 가장 어렵게 생각하는 일을 재면이는 가장 쉽게 하리라 믿는다.

5월 2일

시간을 아끼자

몇 년만 노력해서 네 인생 전체가 순탄하게 열린다면 너는 그 몇 년을 어떻게 보내고 싶으냐. 적당히 놀고 적당히 공부해서 남에게 뒤처지는 인생을 살고 싶지는 않겠지. 학창 시절의 단 한순간도 허투루 보내지 말고, 인내심을 가지고 스스로 공부하는 자세를 길러야 되겠지. 아무 일도 하지 않으면서 빈둥빈둥 세월을 허송하는 젊은이를 볼 때마다 할머니는 그들이 참으로 딱하게 여겨진다. 그런 사람들이 우리 주위에는 생각보다 많더구나. 할머니는 이 세상에서 그 어떤 것보다도 소중한 재면이가 행여 그런 젊은이가 될까 봐 한 가닥 걱정이면서도, 기우라고 생각한다.

동생이나 친구들이 그런 생활태도를 가지고 있거든 그게 얼마나 잘못된 것인지를 일깨워주라고 구태여 이런 글을 쓴다. 재면이와는 상관없는 글이다. 공부하는 시간과 노는 시간을 정해서, 공부할 때는 체계적으로 열심히 하고 놀 때는 맘껏 그 놀이를 즐기기 바란다. 잘 놀 줄 아는 사람이 공부도 잘하는 사람이다. 공부한 후에 놀아야만 즐거움이 한층 크다는 것을 너도 때때로 체험했을 것이다.

5월 3일

집중력과 성취감

생후 15개월 때부터 퍼즐을 즐기며 몇 시간씩 앉아 있던 재면이는 할아버지 할머니의 행복, 그 자체였다. 우리는 퍼즐을 잘 맞추지 못해 쩔쩔매고 있는데 재면이는 아직 어려서 발음도 정확하지 않은 말로 "모서리는 모서리찌리"라고 할아버지 할머니를 가르쳐주곤 했다. 그때 이미 할아버지 할머니는 너의 집중력에 손을 들었다. 한 가지 일에 그렇게 전력추구하던 어여쁜 아가야, 변함없이 그대로 어른이 되거라. 남다른 집중력은 비범한 능력이며 탁월한 끈기다. 공부를 한다거나, 놀이를 한다거나, 책을 읽는다거나, 운동을 한다거나, 그것을 성공적으로 이루어내는 것은 집중력이다. 공부를 하면서 게임을 생각하고, 게임을 하면서 다른 생각을 하면 제대로 되는 일이란 아무것도 없다. 공부를 잘 못하는 아이들은 국어시간에 수학공부를 하고, 수학시간에는 영어공부를 하는 식이다. 그런 아이들은 시간을 체계적으로 쓰지도 못할 뿐더러, 집중력 없는 산만한 아이들이다. 집중력을 가지고 모든 일에 임하기 바란다. 어떤 일에든 최선을 다한다면 네 스스로 그 일에서 성취감을 맛볼 것이고, 그 만족감이 너를 크게 뜻대로 발전시킬 것이다.

5월 4일

자기연마

훌륭한 사람도 깜짝 놀랄 정도로 어리석은 면이 있고, 그저 하찮은 사람인 줄 알았는데 훌륭한 데가 많다는 것을 발견하고 할머니는 무척 놀라는 한편 깊이 반성한 적이 적지 않았단다. 인간의 내면이란 그렇게 깊고 내밀한 것이기 때문에 어느 한 단면만을 보고 사람을 평가한다는 것은 아주 위험한 일이다. 인간만큼 복잡하고 난해하고 미묘한 존재도 없더라. 현명하고 존경받던 지식인이 한 번의 실수로 명예를 실추하는 경우도 있고, 꽤나 어리석다고 생각했던 사람이 뜻밖에 고개를 숙여야 할 만큼 훌륭한 면을 지니고 있기도 한다.

아무리 이해하려 해도 이해할 수 없는 것이 인간이고, 단정적으로 규정을 내리려 해도 또 그럴 수가 없는 것이 인간이다. 인간이야말로 불확실하고 불투명하고 추상화 같은 존재이니 언제나 탐구의 대상이다. 남들만 그런 어려운 대상이 아니다. 나 역시 다른 사람들에게 그렇게 복잡한 존재로 보인다는 것을 항상 잊지 말고 자기연마에 힘써야 한다. 그리고 언제나 스스로를 돌아보면서 반성하고 다잡으면서 앞으로 나아가라. 할머니는 재면이를 믿고 사랑한다.

5월 5일

감사하는 마음

오늘은 어린이날이다. 네가 세상에 태어나서 여덟 번째 맞는 어린이날이다. 네가 이 세상에 온 날부터 할아버지 할머니의 세상은 참으로 찬란하고 아름다웠다. 해마다, 특히 어린이날엔 너의 성장을 바라보며 마음이 마냥 흐뭇하고 즐겁기만 했단다. 재면이는 할아버지 할머니의 천국이었고 행복의 샘이었다. 재면이가 없었다면 할아버지 할머니의 노년은 얼마나 황폐했겠느냐. 재면이는 할아버지 할머니에게 새로운 희망을 주었고, 크나큰 생의 보람을 주었다. 어린 시절의 너의 총명함과 영특함 그리고 사려 깊은 마음가짐은 성인이 되었을 때의 네 모습을 미리 보여주는 것이기 때문에 성인이 된 너의 모습을 그려보며 할머니는 한없이 행복하단다. 할머니의 간절한 소망은 재면이 곁에 오래도록 머무르며 재면이의 성장을 지켜보는 것이다. 그런 세월이 얼마나 될지 모르지만 그 시간 동안 할머니는 무한정 행복할 것이다. 어린이날에 재면이에게 당부하고 싶은 말은 언제나 네게 주어진 모든 일에 감사하는 마음을 지니라는 것이다. 감사하는 마음은 네게 은혜를 내릴 것이기 때문이다. 사랑하는 재면아! 건강하게 자라거라.

5월 6일

일반론을 무시하자

대개 사람들은 일반론을 가지고서 교사나 교수들은 순수하고 정직하며 훌륭한 인격을 가졌다고 평가한다. 그리고 성직자들은 청렴결백하고 세상의 모든 잡사에서 초월했다고도 하고, 미술가는 어떻고, 경찰은 어떻다고 단정적으로 말한다. 그러나 너는 그런 일반론을 무시해 버리거라. 일반론이라는 것은 자기의 생각은 없이 남의 생각을 비판 없이 그대로 수용하는 것이다. 문제는 일반론이 전부 맞지 않는다는 데 있다.

체계적인 지식과 깊은 사고력과 넓은 통찰력을 가지고 모든 사물을 네 나름으로 인식하기 바란다. 무슨 일이든 그 본질에 대해 깊이 생각해 보아야 하고, 잘 모르겠다거나 미심쩍다 싶으면 더 깊이 연구해 보아야 한다. 상대방의 말을 그대로 받아들인다는 것은 바보나 하는 짓이다. 독자적이되 올바른 너만의 가치관을 갖고 세상을 건너야 한다. 꾸준히 학식을 쌓아가며 사물을 유심히 대하면 바르게 분별하는 능력을 갖게 된다. 단순한 사고방식으로 편하게만 살려고 하는 삶은 어리석은 인간이나 하는 짓이다. 어른이 되었는데도 어린애 수준에 머물러 있다면 얼마나 딱하고 가엾은 일이냐.

5월 7일

소리 내어 책읽기

네가 여섯 살이던 때 동화책을 읽다가 갑자기 이런 말을 했다. "할머니, 이건 말이 이상해요. 길을 걸어서 할머니 댁에 갔다고 써 있는데 틀린 말 같아요. 차를 타고라든지 그냥 걸어서라고 하면 될 것을 '길을 걸어서'는 틀린 말인 것 같아요." 할머니는 글을 쓰는 사람으로 부끄럽기도 했고, 그런 문장을 식별해 내는 네가 대견하기도 했단다. 앞으로도 책을 읽으면서 어색한 문장이 있든지, 틀린 말이 있으면 밑줄을 긋고 고치는 습관을 들이거라.

눈으로 책을 읽는 것도 중요하지만 소리 내어 책을 읽으면 내용은 물론 말을 조리 있게 잘하는 능력도 함께 갖추게 된다. 말을 잘하는 것은 네가 전하고자 하는 요점을 상대방에게 충분하고 정확하게 전달하기 위함이다. 또한 말을 잘한다는 것은 머릿속에 지식이 가득 찼다는 뜻이기도 하다. 책을 소리 내서 읽다 보면 발음도 분명해지고 의미 파악도 정확해질 것이다. 책을 많이 읽게 되면 품위 있는 말을 조리 있게 할 수 있는 능력이 길러진다. 한 시간만 상대방과 얘기해 보면 그의 지적 수준을 대강은 눈치챌 수 있는 것도 이런 이유에서다. 화젯거리가 풍부하면 교우관계나 대인관계가 원만하게 될 것이다.

5월 8일

글씨는 마음의 거울

글씨는 마음을 나타낸다. 할머니는 재면이가 완벽한 어른이 되기를 바란다. 그래서 사소하다면 사소한 글씨 이야기도 하게 되는구나. 글씨를 처음부터 잘 쓰는 사람은 없다. 그가 얼마나 관심을 갖고 정신을 집중하는지가 명필과 악필을 좌우하게 된다. 악필로 쓴 편지를 받으면 내용도 허투루 읽게 되더라. 정성 들여 쓴 글씨는 첫인상만큼이나 중요해서 그의 인품까지도 결정하는 계기가 되기도 한다.

지금까지로 봐서는 재면이는 글씨를 잘 쓰는 편이다. 네 스스로 글씨를 잘 못 쓴다는 판단이 서면 좋은 글씨체를 보고 조금만 연습하면 금방 명필이 될 수 있다. 할머니는 중학교 1학년 때 붓글씨를 배운 후로는 글씨를 잘 쓴다는 칭찬을 많이 들었다. 머리가 나쁜 사람이 글씨를 잘 못 쓴다는 말도 있지만, 머리와 관계없이 누구든지 연습만 하면 잘 쓰는 것이 글씨다. 지금은 컴퓨터 시대이긴 하지만 그 문명은 어느 날 갑자기 사양길을 걸을 것이고, 또 꼭 손으로 써야 하는 글도 있으니 글씨에 대해서도 관심을 갖기 바란다. 인쇄된 편지를 받으면 꼭 공문서 같은 무성의한 느낌 때문에 반갑지가 않더라.

5월 9일

인생의 동반자

자기를 스스로 돌아보고 결점이 발견되거든 그 즉시로 고치려고 노력하기 바란다. 남에게 지적당하기 전에 고쳐야 한다. 남에게 지적당하면 얼마나 불쾌하고 수치스러운 일이냐. 자기 결점이나 잘못을 자기 입으로 말하는 것은 수치가 아닌데, 남에게 지적당하는 것은 큰 수치다. 친구를 사귈 때도 너보다 더 훌륭한 친구를 사귀도록 하거라. '초록은 동색이다' '유유상종이다'라고 하는 말은 부도덕한 사람은 부도덕한 사람과 어울리고, 어리석은 사람은 어리석은 사람과 어울린다는 뜻이다. 친구를 보면 그를 알 수 있다고 하는 말은 그런 연유에서 나왔다.

인품으로, 학문적으로 지향하는 가치관이 같은 사람과 친구를 하거라. 무분별하게 아무하고나 어울려 다니면 후에 반드시 후회하게 될 것이다. 신중하게 친구를 사귀기 바란다. 마음으로 사귄 친구가 많아야 한다. 이해관계로 만난 친구는 이해관계가 끝나면 모르는 사람처럼 된다. 아니, 어떤 경우에는 서로 질시하고 욕을 하는 일도 생긴다. 오래도록 인생의 동반자가 될 수 있는 진실한 마음의 친구를 사귀어야 한다.

5월 10일

친구는 인생의 약

친구는 제2의 자기(自己)라는 말도 있고, 가장 훌륭한 친구는 착한 일을 서로 권하는 관계라는 말도 있다. '친구란 두 육체에 깃든 하나의 영혼'이라는 말은 친구가 얼마나 중요한 존재인가를 나타내는 말이다. 할머니는 재면이가 품위 있는 친구와 사귀기를 바란다. 품위 있는 친구란 마음씨가 착해서 남을 배려할 줄 아는 사람을 뜻한다. 또 부모에게는 좋은 자식이고, 선생님께는 착한 제자이고, 형제간에는 우애가 깊고, 어른을 공경하는 친구가 품위 있는 친구다. 그런 친구를 사귀면 서로 모자라는 점이 있으면 보완해 주고 서로 배우면서 좋은 친구가 될 것이다. 좋은 친구란 좋은 스승과 마찬가지로 그에게서 좋은 점을 배우게 되는 것이다. 수준이 낮은 사람과 사귀면 저절로 너도 그 사람의 수준에 맞추게 된다. 되도록 너와 같은 꿈을 가진 사람과 우정을 맺어라. 한 사람의 진실한 친구는 백 명의 적을 물리칠 수 있는 힘을 줄 것이다. 그런 좋은 친구를 구하고 싶으면 너도 그런 훌륭한 친구가 되기 위해 노력하도록 해라. 친구는 인생의 약이라는 말도 있고, 진정한 친구는 세 명이면 족하다는 말도 있다.

5월 11일

하루에 30분씩

하루에 30분씩만 책을 읽는다면 세상을 살아가는 데 있어 매우 유익할 것이다. 언뜻 생각하면 '하루에 30분쯤' 하고 쉽게 생각할 수 있으나 지속적으로 꾸준히 한다면 평생에 걸쳐 수많은 책들을 섭렵할 수 있을 것이다. 귀찮고 싫증이 나더라도 책 읽는 것이 몸에 밴 습관이 되도록 해라. 할머니가 살아보니 책만큼 인생의 길잡이가 되는 것도 없더구나. 닥치는 대로 읽지 말고 주제를 정해서 체계적으로 읽는다면 더 큰 성과를 거둘 수 있을 것이다.

예를 들어 역사책 읽기를 한다면 우리나라의 근·현대사부터 읽으면 좋겠지. 서로 상반되는 학자가 쓴 글을 찾아 읽어보아라. 그렇게 하다 보면 네 나름대로 역사를 인식하는 안목이 생길 것이다. 그런 다음에는 우리나라와 밀접한 관계가 있는 다른 나라의 역사에 대해서도 읽어두는 것이 좋다. 동서양을 막론하고 사람 사는 세상이 어떠한지를 알아두면 얼마나 눈이 밝아지겠니. 역사를 어느 정도 읽었다 싶으면 동양 미술사, 서양 미술사, 경제학, 윤리학 같은 것도 두루 섭렵해서 품격 갖춘 훌륭한 지식인, 교양인으로 살아가기를 할머니는 바라는 것이다.

5월 12일

바빠도 밥을 먹는 것처럼!

재면이는 어렸을 때부터, 그러니까 두 돌이 되기 전부터 음식점이나 상점이나 미술관에 가면 꼭 명함이나 안내장 같은 것을 가져오더라. 그런 정보를 수집하는 네 모습을 보고 할머니는 마음이 뿌듯했단다. 낯선 곳에 가면 그곳의 내력을 알고 싶듯이 처음 가보는 곳에 호기심을 갖는 네가 얼마나 대견스러웠던지, 지금 생각해도 가슴이 울렁거린다. 사소한 일에서부터 큰일까지 그렇게 정보를 수집하다 보면 매사에 관심이 갈 것이고, 그 관심은 너에게 지식과 교양을 안겨줄 것이다. 그런 지속적인 행동은 네 인생을 꾸준히 발전시킬 것이다.

할머니는 지난날을 돌이켜보며 어리석게 살았던 시절을 많이 후회한단다. 그런 후회를 재면이가 해서는 안 되니까 할머니의 경험에 비추어 꼭 필요한 이야기를 하는 것이니 할머니의 말을 명심하여 들어주기 바란다. 책을 읽으라고 여러 차례 강조하는 것도, 책을 멀리하고서는 참다운 인간생활을 할 수 없기 때문에 여러 번 당부하는 것이다. 아무리 바빠도 책 읽을 시간이 없다는 것은 염치 없는 변명에 지나지 않는다. 바빠도 밥은 꼭 먹고 잠도 꼭 자는 것처럼, 책도 꼭 읽기 바란다.

5월 13일

외눈박이 지식인

잘못 인식된 사고방식처럼 무서운 것도 없다. 똑같은 사안을 놓고 정반대의 생각을 진리처럼 믿는 일부 몰지각하고 몰상식한 지식인들을 보고 있노라면, 가엾다 못해 그들을 무시해 버리게 된다. 어떻게 해서 그런 편협한 사고방식에 젖게 되었는지 의아할 뿐이다. 외눈박이 지식인들이 가장 딱한 사람들이다.

늘 사회의 약자 편에 서서 그들에게 힘이 되는 것이 무엇인가에 대해 생각해야 한다. 학력이 높아도, 인격적으로 훌륭한 면이 있어도 언제나 기득권만 주장한다면 그들은 지식인으로서의 자격을 상실한 것이다.

더구나 그들이 사회의 지도자급에 속한다거나, 강단에서 학생들을 가르치는 선생인 것을 생각하면 더욱 큰일이라는 생각이 든다. 그들의 잘못된 인식에 의심 없이 동조하는 젊은이가 생길까 봐 걱정이 크다. 너희들이 사는 세상은 지금과는 달라야 하는데 그런 사고방식에 안주하는 사람들이 자꾸 늘까 봐 걱정이다.

재면이는 총명하고 사려 깊으니까 사물에 대한 인식에 뛰어난 지혜가 작용하리라 믿는다. 잘못된 방향으로 이끌려는 선배나 어른이나 스승이 있다 해도, 그것을 뛰어넘는 생명력 있는 젊은이가 되거라.

5월 14일

품격 있는 언어사용

세상을 사노라면 사람들 앞에서 어떤 내용이나 네 주장을 펴야 하는 일이 많이 있을 것이다. 그때는 자신감 있는 태도와 목소리로 또렷하게 그 내용을 전달해야 한다. 아무리 인물이 좋고 아는 것이 많은 사람이라 할지라도 수줍어서 우물쭈물한다거나, 목소리가 모기소리만큼 작고, 손짓을 수선스러울 정도로 많이 한다면 그는 자신이 말하고자 하는 내용을 절반도 전달하지 못하게 된다. 상대방을 설득시키고 감동시키기는커녕 오히려 인격까지도 의심받게 될 것이다.

말할 때는 내용도 중요하지만, 화술도 그에 못지않게 중요하다는 것을 잊지 말거라. 어떻게 하면 말을 잘할까 고민할 필요는 없다. 책을 열심히 읽고, 일상적인 대화를 나누는 평소에도 말을 정확하고 품위 있게 하다 보면 남을 설득하는 요령이 저절로 붙게 될 것이다. 품위 없는 언어는 상대방의 기분을 상하게 할 뿐 아니라, 자기 인품을 스스로 땅바닥에 내팽개치는 것과 같다. 발음을 분명하게, 그리고 무게가 느껴지는 큰 목소리로 정확하게 내용을 전달하는 습관을 익히기 바란다.

5월 15일

책 속에서 길을 찾자

매일 30분씩 책을 읽으라고 할머니가 부탁하는 것은 네 인생을 할머니가 대신 살아줄 수 없기 때문에 하는 말이다. 누구도 가르쳐줄 수 없는 길이 책 속에 있기 때문에 간곡하게, 수차례에 걸쳐서 부탁하는 것이다. 책을 눈으로 읽어도 좋지만 큰 소리로 낭독을 하다 보면 내용은 물론 말하는 솜씨도 늘 것이고, 정확한 발음과 목소리의 울림도 감지할 수 있을 것이다. 그렇게 하다 보면 네게 부족한 점이 무엇인지도 발견하게 될 것이다.

재면이는 목소리도 좋고, 발음도 정확하고, 어려서부터 책을 많이 읽었으니까 그런 염려는 없지만 그대로 숙지하기 바란다. 자기만의 개성적인 화법이나 대화는 상대방에게 친근감을 줄 수도 있고 아주 매력적으로도 보일 수 있다. 혼자서는 살아갈 수 없는 세상살이에서 세련된 화법은 남에게 좋은 인상을 심을 수 있는 기회가 될 것이다. 쓰다가 보니까 오늘이 네 엄마 생일이구나. 한 사람의 훌륭한 어머니는 백 사람의 교사와 맞먹는다고 했다. 엄마 말에 순종하는 좋은 아들이 되거라. 그것이 인간의 근본이다.

5월 16일

편지의 중요성

아무리 컴퓨터가 기승을 부리는 시대라고 하지만, 편지를 쓸 때는 꼭 펜으로 써서 보내는 것이 좋다. 할머니도 이메일을 주고받기는 한다만 길게 쓴 이메일보다는 짧게 쓴 자필 편지가 훨씬 더 정답고 감동을 주더라. 정성 들여 잘 쓴 글씨로 상대방에게 편지를 보내면, 너의 의도가 제대로, 명확하게 잘 전달될 것이다. 편지는 마음의 교환이다. 글씨를 잘 못 쓰는 사람은 남 앞에서 사인을 하기도 거북해하더라. 글씨를 쓸 일이 많이 있는데, 그런 수치심을 지니고 산다면 참으로 힘들 텐데도 왜 고칠 생각을 안 하고 부끄러워하는지 모를 일이다. 그러니 재면이는 글씨를 잘 쓸 수 있게 평소부터 주의를 기울이기 바란다. 할머니 세대는 편지를 주고받는 것이 일상화되었던 시대였다. 그런데 한자를 잘못 썼다거나 맞춤법이나 띄어쓰기가 틀렸다 하면 그 사람의 지적 수준이나 인격까지 의심되더라. 어른이 된 후에도 그 사람을 만나면 그 틀린 한자가 자꾸 생각나 그를 무시하게 되더구나. 잠깐의 부주의가 그런 실수를 하게 한 것이 아닌가 생각한다. 그런 실수를 하지 않도록 평소부터 조심하기 바란다.

5월 17일

같은 실수를 두 번 하지 않는다

스스로 자신의 결점을 인식하기란 쉽지 않다만, 결점을 찾아내면 곧바로 고치도록 해야 한다. 결점 없는 사람이 없겠지만, 고쳐 나가려는 노력을 꾸준히 한다면 얼마든지 자기변화를 이끌 수 있다. 그런데 누구나 결점을 결점인 줄 모르는 것이 가장 큰 문제다. 만성질환인 줄 모르다가 어느 날 갑자기 사형선고를 받는 것과 마찬가지로, 자기 결점을 모르고 행동하다가 사람들에게 자꾸 손가락질받고 따돌림을 당하게 되면 그 얼마나 불행하고 치욕스러운 일이냐. 치욕은 날카로운 칼보다 더 마음에 상처를 입힌단다. 그러니 그런 치욕을 당하지 않으려면 네 스스로의 인격 연마에 늘 힘써야 한다.

모든 사람들이 좋아하고 우러르고 존경하고 따르는 사람이 되거라. 결점인 줄 알면서 그것을 고치려 하지 않는 것이 가장 큰 결점이다. 그것이 인간의 속성이기도 하지만, 재면이는 그런 어리석음을 범하지 않기를 바란다. 우리 재면이는 이미 그런 염려에서 벗어나 있을 것이지만 노파심에서 할머니가 한 번 짚고 넘어가려는 것이다. 같은 일로 두 번 실수하는 어리석음을 범하지 않기 바란다.

5월 18일

인생의 이정표

한순간 방향 설정을 잘못하면 평생 동안 돌이킬 수 없는 후회를 하게 될 수도 있다. 인터체인지에서 나오면 화살표가 두 개 있는데 한쪽은 서울로 가는 길이고, 다른 한쪽은 부산으로 가는 길이다. 애초에 서울로 방향을 잡았어야 하는데, 아차 하는 순간적 실수로 부산으로 가는 길로 들어섰다면 후회하면서도 부산으로 갈 수밖에 없다.

인생의 이정표에서도 이와 같은 실수를 범할 수 있다. 한 번의 방향 설정이 인생을 완전히 뒤바꿔놓을 수가 있으니, 신중하고 또 신중해야 한다. 일단 방향이 설정되면 그 길로 꾸준히 끝까지 나아가야 한다. 한 가지 목표를 정해서 줄기차게 정진한다면 네가 원하는 것을 충분하게 얻을 수 있을 것이다. 최선을 다해 그 길로 나간다면 돌도 뚫을 수 있고, 쇠도 녹일 수 있을 것이다. 본인이 시도하지 않았던 일로 성공한 예는 역사에 한 번도 없었다.

사랑하는 재면아! 성공이란 본인이 스스로 느끼는 행복에 있단다.

5월 19일

불가능은 없다

남한테 인정받고 싶은 것은 사람의 본성 중 하나다. 그런 것에 관심이 없는 사람은 아무것도 성취하지 못한 채로 일생을 무미건조하게 보내게 될 것이다. 남에게 인정받는 것은 삶의 활력소가 되기도 하고, 어쩌면 능력보다 더 큰 힘을 발휘하는 원동력이 되기도 한다. 참다운 행복이나 성취감은 긍정받는 입장이 될 때부터 시작된다. 능력을 인정받지 못하는 인생은 따분하고 지루할 것이다. 능력을 최대한으로 발휘하여 인정을 받는다면 그의 사전에는 불가능이란 단어는 존재하지 않을 것이다. 무엇이든지 할 수 있다는 자신감만 있으면 못할 일은 없을 것이다.

인생의 방향을 정하고, 그 분야에서 최고가 되려는 꿈을 가졌다면 어떻게 해야 할까? 꿈을 이룰 수 있는 방법은 단 하나, 노력이다. 노력은 모든 꿈의 해결사다. 노력 없이 결과만 바란다면 실망을 낳겠지만, 원하는 만큼 노력하면 반드시 성취하게 될 것이다.

이제 재면이가 캐나다로 떠날 날이 한 달 정도 남았구나. 할머니도 그 섭섭함을 잘 이겨내려고 노력할 것이다. 네가 없는 서울은 텅 빈 폐허 같을 것이다.

161

5월 20일

배려, 가장 아름다운 말

다른 사람에게서 받은 호의는 반드시 기억해 두어라. 그것을 잘 기억했다가 너도 그에게 호의를 베풀어야 한다. 예의 바르고 따뜻하게 베푼 호의는 큰 자산이 되어 네게 돌아올 것이다. 늘 호의를 먼저 베푸는 사람이 되거라.

상대방에게 호의를 베풀고 배려하는 마음은 인간관계의 첫걸음이며 기본이다. 남을 배려하는 마음 없이 자기 본위로만 사는 사람은 사막을 지루하게 혼자서 걷는 사람이다.

부모 형제에게는 말할 것도 없고 친구들에게나 주위의 사람들에게 늘 배려하는 마음을 갖는다면, 너는 원만하고 행복한 인간관계를 유지할 수 있을 것이다. 배려하는 마음은 무한대의 소득이다. 그것은 혼자서 누리는 소득이 아니라, 누군가와 나누어 갖는 소득이다. 배려는 남을 감동시키는 기쁨이고 인간관계의 자양분이다.

배려는 서로에게 불멸의 기쁨인 동시에 행복에 이르는 가장 가까운 길이다. 네 곁에 있는 사람들에게 많이 베풀고, 그들로 하여금 재면이와 가깝게 된 것을 행복으로 여기게 하거라.

5월 21일

지식인의 기본과 도리

책을 꾸준히 읽되 주제를 정해서 읽는 것이 좋다. 왜냐하면 이 세상을 살아가면서 여러 분야의 사람들과 교류하게 될 것이기 때문이다. 역사학자를 만나면 최소한 역사에 관한 소양을 나눌 수 있어야 하고, 화가를 만났을 때는 그에게 맞는 대화를 나누어야 하기 때문에 여러 종류의 책을 읽고 최소한의 교양적 지식을 갖추라는 뜻이다.

상대가 다양한데도 네가 할 수 있는 대화가 고정되어 있다면 얼마나 따분하겠느냐. 여러 분야에 대해서 교양을 갖추는 것은 지성인의 기본이고, 도리라고 생각한다. 교양이란 '세상에서 이야기되고 사색되어 온 가장 훌륭한 것을 아는 것'이라는 말이 있다. 할머니는 이 말에 동감한단다.

사람이 많이 모인 자리에서 혼자서만 너무 말을 많이 해도 안 되지만, 입을 다물고 아무 표정 없이 앉아만 있는 것도 삼가야 할 일이다. 분위기에 따라 유머러스한 말도 한마디쯤 할 줄 알아야 되고, 남이 노래를 부르면 나도 한 곡쯤 유창하게 부를 줄도 알아야 한다. 한 시간만 같이 있어도 그 사람의 장단점이나 인품을 금방 알 수 있게 된단다.

5월 22일

새로운 아침을 향해서

자기는 입이 무거운 사람이라고 하면서, 이런 말까지는 안 하려고 했다며, 그러나 이 얘기는 꼭 알아야 한다고 하면서, 장광설을 늘어놓는 사람들을 할머니는 주위에서 적잖이 보아 왔단다. 뿐만 아니라, 자기는 너무 억울한 피해자라며 무작정 자기 의견에 동조해 달라고 하는 사람을 보면 참으로 딱하기 그지없다. 타인들은 자기와 이해관계가 얽히지 않은 일에는 절대로 동조하거나 옹호하지 않는다. 겉으로만 동조하는 척하고는 돌아서서는 비웃고 귀찮아할 뿐이다. 그리고 다시는 그런 사람과 만나고 싶어하지 않는다. 억울한 일을 당해도 그 억울함을 누구에게도 하소연하지 말아라. 네 입으로 말하면 해결되는 건 아무것도 없이 너 자신만 초라해질 뿐이다. 남이 먼저 알고 그 얘기를 꺼냈다 해도 지난 일이라고, 다 잊어버렸다고 대범한 모습을 보이거라. 그것이 억울함을 이기는 길이다.

한세상 사는 데 누구에겐들 억울함이 없겠느냐. 지나간 일은 하루빨리 잊어버리고 내일을 향해 새로운 아침을 시작해야 한다.

5월 23일

자연스럽다는 것

"나는 누구의 손자입니다. 우리 할아버지는 아무개이고, 아버지는 누구입니다. 그리고 나는 이러이러한 사람입니다" 하고 자기 소개를 하는 사람처럼 바보 같은 사람도 없더라. 네 아빠는 대학에 들어가는데 부모의 직업란에 '소설가'라 쓰지 않고 '사업가'라고 기입했단다. 심지어 소설가라고 쓰게 하면 대학 진학을 포기하겠다고 으름장을 놓더구나. 고등학교에 다니면서 누구의 아들이라는 것이 몹시 버거웠나 보더라. 그 이후에도 아버지를 내세우지 않고 꼭꼭 숨기면서 살았다. 할머니가, 경우에 따라서 부모가 노하우가 될 수 있다고 조언을 해도 시큰둥했다. 대학 2학년 때까지 친구들도 감쪽같이 속았었는데, 여성지에 실린 가족사진을 보고 친구들이 알아차렸다고 하더라.

너무 과시하는 것도 좋지 않지만 네 아빠처럼 너무 숨기려고 하는 것도 부자연스럽다. 네 아빠는 자기자랑이 심한 사람에게 이 세상 사람들이 고개를 돌린다는 사실을 일찍이 터득한 것이다. 무슨 일이든 자연스러운 것이 좋은 것이다. 억지로 감출 것도 지나치게 자랑할 것도 없단다.

5월 24일

기본 예의

괜히 겉으로 엄숙하고 엄격해 보이도록 분위기를 잡는 사람을 세상 사람들은 싫어할 뿐 아니라 가까이하려 하지 않는다. 훌륭한 인품을 지닌 사람은 속으로는 엄격하고 신중하고 생각이 깊어도 겉으로는 항상 부드럽고 소탈해 보인다. 재면이는 할머니가 바라는 대로 외유내강한 사람이다.

남들이 숨기고 싶어하는 일에는 아예 관심을 갖지 말아라. 관심을 갖는다는 것은 남의 비밀이나 캐려고 하는 천박한 짓이다. 그리고 언제나 낯빛을 밝게 갖기 바란다. 무게를 지녔으면서도, 부드럽고 웃음이 감도는 밝은 인상은 모든 사람들에게 호감을 사고 절반은 네 편이 되게 하는 마술적 힘을 발휘한단다.

재면아! 또 이런 경우도 있다. 상대방이 열심히 얘기를 하고 있는데 그의 말은 아랑곳없이 신문을 뒤적인다거나 머리를 만지작거린다거나 하는 행동을 해서는 안 된다. 이쪽에서는 무심결에 한 행동이 상대방의 마음을 상하게 하기 십상이고, 잘못하면 인간관계까지 깨질 수 있다. 상대방은 무시당했다고 생각할 거니까. 친할수록 기본 예의를 잘 지켜야 하는 것이 인간관계다.

5월 25일

나쁜 습관

좋은 낯빛을 지니라는 것은 이유 없이 아무 때나 실실 웃으라는 말이 아니다. 상대방을 호감으로 대하라는 뜻이다. 이유 없이 큰 소리로 말을 하거나, 분위기에 맞지 않게 크게 웃는 모습은 좀 바보 같아 보이더구나. 그뿐 아니라 이상한 몸짓을 습관적으로 하는 것도 큰 문제다.

예를 들어 손톱을 물어뜯거나, 귀지를 파내서 입으로 후 불어 날리거나, 코를 자꾸 후비거나, 눈을 깜빡거린다거나 하면 우리는 그를 정서적으로 이상이 있는 사람이라고 판단할 것이다. 사소한 습관적 행동으로 자신이 가꿔온 인품을 손상시킨다면 얼마나 안타까운 일이냐. 또 어떤 사람은 시계를 자꾸 들여다보기도 하고, 무엇을 기다리는 사람처럼 문 쪽을 자꾸 바라보는 모습은 그가 정서 불안으로 보이게도 한다. 그러니 말이나 행동을 남의 눈에 거스르게 해서는 안 된다. 그런 행동이 심하게 눈에 뜨이게 되면 사람들은 좀 모자라는 사람으로 간주하기도 한다. 모든 나쁜 습관은 평소부터 자각하고, 고쳐야 한다.

5월 26일

웃음은 행복의 묘약

비싸고 특이하고 멋스러운 옷을 세련되게 차려입었는데 얼굴을 찡그린 사람을 좋아하겠느냐, 옷은 깨끗하고 검소하게 입었지만 얼굴에 잔잔한 미소가 어린 사람을 좋아하겠느냐.

찡그린 얼굴은 보기만 해도 기분이 나쁘고 웃는 얼굴은 어두운 마음을 금세 밝게 펴는 햇살의 구실을 한다는 것을 잊지 말려무나. 동물들이 웃는 것을 보았느냐. 웃음은 사람에게만 있는 축복이다. 동물들이 청소하는 것을 보았느냐. 이런 점들이 사람과 동물을 판별하는 기준이다. 화가 난 얼굴로 윽박지르는 것보다 웃음 띤 얼굴에 조용한 목소리로 설득하는 힘이 훨씬 더 크다는 것을 기억하도록 해라. 웃음은 얼어붙은 마음을 녹이는 불이고 삭막한 가슴을 녹이는 묘약이다.

잘 웃는 사람은 매사에 성공하고 잘 우는 사람은 실패할 수밖에 없다. 하루를 웃지 않고 보낸 사람은 일생을 웃을 줄 모르는 불행한 사람으로 지내게 될 수도 있다. 웃을 수 있는 사람은 그 어떤 고난도 이겨낼 수 있는 전략을 가진 사람이다. 웃음을 모르는 사람의 마음은 불구자나 마찬가지다.

5월 27일

분노는 분노를 낳는다

분노는 상대방을 해치는 것이 아니라 자기 스스로에게 벌을 내리는 것과 같다. 아무리 분노를 터뜨려본들 일은 해결되지 않고 자신의 몸과 마음만 상할 뿐이다. 독한 분노를 마음속에 품고 있다면 육신은 망가지고 말 것이다. '한때의 분노를 잘 다스려 삭이면 만사형통이다'라는 말은 분노가 그 어떤 것도 해결해 주지 않는다는 것을 입증하는 것이다. 분노를 터뜨렸다고 해서 일이 해결되고 마음이 편안해진다면 얼마든지 화를 내도 되지만 해결되는 건 아무것도 없이 화를 낸 만큼 괴로움에 시달려야 하니 이중으로 고통을 당하는 게 아니고 무어냐.

그리고 이쪽에서 분노하는 것을 저쪽에서 보면 얼마나 통쾌해하겠느냐. 분노는 분노를 유발시킨 사람이 다치는 것이 아니라 분노하는 사람만 다치는 것이다. 아무리 화가 나게 해도 무시해 버린다면 그 분노는 그에게로 되돌아가게 된다. 한번 화를 낼 때마다 신체의 어느 부분이 병들어간다고 생각해 보아라. 얼마나 무서운 일이냐. 오늘 세상이 끝난다 해도 그 분노가 가라앉지 않는다면 분노할 수밖에 없다. 그러나 할머니가 살아보니 그런 일은 절대로 없더라.

5월 28일

건강과 식습관

소크라테스가 말하기를 "다른 사람들은 먹기 위해 살지만 나는 살기 위해 먹는다"고 했다. 살기 위해 먹는 거나, 먹기 위해 사는 거나 그렇게 다른 것은 아니지만, 다른 일에는 관심이 없고 오로지 먹는 일에만 혈안이 되는 것은 순전히 먹기 위해 사는 것이고, 인간에게 유익한 일을 하면서 먹어야 하는 것은 살기 위해 먹는 것이라고 정의하면 될 게다. 살기 위해서도 먹고, 먹기 위해서도 살고, 먹는 즐거움 때문에 먹는 미식가도 있고, 세상엔 여러 형태의 사람들이 있다. 그러나 그가 먹는 음식을 유심히 살펴보면 어떤 종류의 사람인지 대강은 짐작할 수 있더구나. 사람의 몸과 정신을 이루는 것이 음식이기 때문에 잘 가려서 먹어야 하는 이유가 여기에 있다.

음식에 탐욕을 부리는 것도 흉하고, 음식에 관심이 없는 것도 좋은 일이 아니다. 과식은 온갖 병을 일으키니 절제하여 음식물을 섭취해야 한다. 어렸을 때의 식습관이 늙어서 건강을 좌우한다는 것을 잊지 말고, 건강하게 오래 살려면 식사량을 너무 많게 하지 말고 배가 부르기 전에 수저를 놓는 좋은 식습관을 기르기 바란다. 건강은 젊은 날부터 지켜야 한다.

5월 29일

내 속 짚어 남의 속

크게는 어떤 조직이나 작게는 친구들의 모임 같은 데서, 있어도 그만 없어도 그만인 사람이 되어서는 너의 존재 의미를 찾을 수 없으니 좀 곤란하지 않겠니? 어떤 모임에서든 네가 꼭 필요한 존재가 되도록 인생을 경영하거라. 그리고 친구와 얘기를 나눌 때나 네 의견을 발표할 때는 예의를 갖추고 상냥하게 말하는 습관을 들이면 상대방을 존중하는 동시에 네 품격도 높아진단다. 상대방을 깔보는 듯한 태도나 가르치려는 말투는 결코 써서는 안 된다. 네가 그런 일을 당했다고 생각해 보아라. 얼마나 불쾌하겠느냐. 내가 불쾌하게 느낄 일은 절대로 남한테 하지 말아라. 사람의 마음은 다 똑같기 때문에 '내 속 짚어 남의 속'이라는 말도 있는 것 아니겠니. 상대방의 결점이 보이더라도 대충은 모르는 척 넘어가주는 것이 기본적인 예의고 너그러움이다. 너의 결점을 상대방이 일일이 지적해서 꼬집는다면 얼마나 불쾌하고 마땅찮겠느냐. 그런 점을 두루 생각해서 웬만하면 눈감아 넘기는 게 무던함이다. 그것이 인간관계를 편안하게 지속시키는 지혜라고 할머니는 생각한다. 누가 누구에게 조언을 하고 충고를 한다고 고쳐지는 것이 아니다.

171

5월 30일

베토벤을 즐겨 들으시죠?

며칠 전에도 언급했다만, 상대에 대한 배려라고 하는 것이
크게 어려운 일이 아니다. 상대방이 좋아하는 음식, 꽃, 생일
을 기억하거나 아니면 대화 중에 "이 술을 좋아하시죠? 그 책
을 읽은 느낌은 어땠어요? 베토벤을 즐겨 들으시죠?" 하고 관
심을 표명하는 것도 배려에 들어간다. 세심하게 상대방의 마
음을 살펴주는 것, 그리고 그가 싫어하는 가족이나 친구, 과거
이야기를 화제로 삼지 않는 것도 배려다. 기침을 하는 사람에
게 기침을 다스리는 음식물을 소개하는 것도 배려다. 배려라
는 것은 이렇게 작은 것에서부터 시작되는 것이다. 그리고 상
대방의 장점을 찾아내어 칭찬해 주어라. 서로의 자신감을 고
취시켜 주는 것도 배려다. 할머니가 아는 분 중에 스님이면서
시인인 분이 있는데 그분이 시인이라는 평가를 좋아하시는
것 같더라. 그래서 할머니가 '스님 ○○○시인께'라고 편지를 드
렸다. 아마 할머니의 마음 씀에 기분이 좋으셨으리라 생각한
다. 그리고 동료 시인들에게 시집을 받으면 그 중 좋은 시 한
편을 골라내어 답장을 해준단다. 할머니가 그런 대우에 즐거
워했듯이 다른 시인들도 그러할 것이다. 이런 것이 배려다.

5월 31일

원숭이 삼형제

세상을 살아간다는 게 그렇게 쉽고 행복한 것만은 아니란다. 눈을 뜨고 눈을 감을 때까지 사람과의 관계에 시달려야 한다. 네 주위에 착하고 훌륭한 사람만 있는 것이 아니기에, 그리고 인품이 있는 사람만 사귈 수는 없기에 스트레스를 받을 때도 많을 것이다. 결점투성이의 사람이라고, 천박한 사고방식의 소유자라고, 거짓말을 밥 먹듯 하는 경솔하고 가벼운 사람이라고, 허영과 사치에 빠진 사람이라고 다 떼쳐낸다면 너는 절해고도에 살 수밖에 없을 것이다.

할머니가 왜 '원숭이 삼형제'를 좋아하는 줄 아느냐. 원숭이 삼형제는 스스로 자신을 제어하지 못하는 양 서로 눈을 가려주고, 귀를 막아주고, 입을 닫아주고 있단다. 그 원숭이 삼형제에게서 할머니는 많은 교훈을 얻으며 살아왔다. 할머니는 그 원숭이를 네게도 주려고 한다. 그러니까 웬만한 인간의 결점에는 눈을 감아주고, 귀를 닫아버리고, 침묵하면서 견뎌 나가기 바란다. 꼭 학벌이 좋고 재능이 있는 사람이 좋은 사람은 아니더구나. 재능은 없어도 훌륭한 인격을 갖춘 사람도 있고, 재능을 지니고 많이 배웠으나 바보도 있더라.

6월

6월 1일

좋은 친구

공부를 잘하지도 않고 머리도 좋은 편이 아닌데 사람들에게 매우 인기가 높은 친구가 있었다. 왜 그런가 하고 유심히 그의 행동을 살펴보니 예의가 바르고, 다른 사람의 흉을 보는 일도 없고, 따뜻한 마음씨를 가진 사람이었다. 공부를 잘하지 못했기에 눈에 띄는 사람은 아니었지만, 모든 사람들이 그를 좋아했고 친구가 많았던 것이다. 반대로 공부도 잘하고 머리도 좋은데 자기 자신밖에 모르는 이기주의자라면, 사람들은 모두 그를 꺼릴 것이다. 그리고 친구가 없다는 것은 대인관계의 폭이 좁다는 것이니 세상을 살아가는 데 장애가 될 수도 있다. 네가 좋은 친구가 되려고 노력하면 네 주위에는 좋은 친구만 모이게 될 것이다. 주위 사람 열 명이 모두 좋다고 하는 사람은 틀림없이 좋은 친구일 것이다. 평판이 좋은 친구와 사귀어라. 평판이 좋다는 것은 인품이 훌륭하다는 증거다. 진실한 행동, 상대방에 대한 배려, 단정한 옷차림, 기품 있는 언어, 이런 것들이 모여서 향기로운 사람이 되는 것이다. 그것을 인품이라고 한다. 부디 네 인생을 행복하고 품위 있게 꾸려 나가기 바란다.

6월 2일

예의범절과 공중질서

오늘은 예의범절에 대해서 이야기해 볼까 한다. 이 세상에 네게 예의에 대해서 충고해 줄 사람은 가족밖에 없다. 가족만이 할 수 있는 조언에는 꼭 귀를 기울여 실천하도록 하거라. 예의범절은 어렸을 때부터 몸에 익혀 행해야 한다. 어느 날 갑자기 해서 되는 일은 아무것도 없다. 이 세상의 모든 부모는 자식이 훌륭한 사람이 되기를 바란다. 그래서 잘 먹이고, 잘 입히고, 잘 가르치려 한다. 그런데 그 애정이 너무 과하고 빗나가 예의범절의 기본도 모르는 아이들로 키우고 있는 현상이 꽤 오래전부터 두드러지게 나타나고 있다. 하나의 예로 많은 사람들이 모인 공공장소에서 소리치고 떠들며 뛰어다닌다. 그건 공중도덕을 파괴하는 있을 수 없는 일인데도 부모들이 제지하거나 나무라지 않는다. 그런데 어떤 어른이 그 버릇없는 행위를 못 하게 하면, 그 아이의 부모는 싫은 내색을 역력히 한다. 예의범절을 지키는 것은 인간만의 특성이며, 인간으로서 인간의 교육을 시키지 않으면 짐승과 무엇이 다르겠느냐.

재면이는 어렸을 때부터 공중질서를 잘 지켰고, 어쩌다 할머니가 그걸 어기는 것 같으면 할머니 손을 잡아끌었단다.

177

6월 3일

예의는 사람의 뿌리

하다못해 가게에서 물건을 살 때라도 네가 꼭 지켜야 하는 예의가 있는 법이다. 예의란 네 품격을 위해서 지키는 것이지, 상대방을 위해서 하는 게 아니다. 예의는 사람의 뿌리이다. 사회에서 요구하는 사람은 특별한 재주가 있는 사람이 아니라, 예의범절을 잘 지키는 평범한 사람이다. 예의범절이 곧 공중질서이니까. 학식이 많은 학자라도 예절을 모르는 무례한 사람이 있다. 그런 사람은 본인도 무례를 행하지만, 남에게서도 무례를 당할 수밖에 없다.

사랑하는 재면아!

넘침보다는 모자람이 낫다는 말이 있지만, 아무리 넘쳐도 모자람이 없는 것이 예절이라는 것을 항상 마음속에 담고 살아라. 아무리 박학다식한 연구를 하고, 수려한 얼굴에 재산을 많이 소유하고 언변이 좋은 사람이라도 예의범절을 모르는 사람은 빈껍데기에 지나지 않는 사람이다. 그런 젊은이를 만나면 그의 부모, 조부모까지도 의심스럽단다. 예절이 없는 사람은 모든 것을 다 갖추었어도 아무것도 이루지 못한 사람이다. 예의범절은 재면이를 꽃길로만 인도할 것이다.

6월 4일

인권은 평등하다

너보다 불행하게 태어난 사람을 이유 없이 무시하거나 열등한 인간이라고 멸시해서는 절대 안 된다. 불행한 환경에서 태어난 것도 억울한데 이유 없이 차별을 받는다면 얼마나 서럽겠느냐. 네가 행복하게 태어난 것을 고맙게 여기고 네 환경에 감사하는 마음을 지니거라. 힘들고 보잘것없는 직업을 가진 사람이라고 함부로 대해선 안 된다. 그런 사람들에게는 더 따뜻한 마음을 베풀어야만 한다. 사회적 신분이 높은 사람이라고 고개를 숙일 필요도 없고, 권력을 가진 사람이라고 위축될 필요도 없다. 그러나 사람의 마음이란 기회주의적이어서 많은 사람들이 위에서 말한 것과는 반대로 행동하며 산단다.

평범한 소시민으로 자기 역할에 충실하면서 근면하게 사는 사람이 세상엔 얼마나 많으냐. 환경미화원, 소방대원, 공장에서 일하는 사람들⋯⋯. 직업으로 그 사람을 평가해서는 안 된다. 사람들이 모두 힘든 일을 하지 않고 편한 직업만 선택한다면 허드렛일, 힘든 일은 누가 하겠느냐. 내가 할 일을 대신 해주는 고마운 사람이라고 항상 생각하기 바란다. 모든 인간들에게 목숨이 하나일 뿐이듯, 그 인권 또한 평등하단다.

6월 5일

냉정한 객관성과 이성

할아버지와 할머니의 노년에 네가 없었다면 어쩔 뻔했을까. 문득 생각하곤 한다. 너는 할아버지 할머니의 위안이고 즐거움이고 희망이다. 할머니가 매일 이렇게 하는 게 좋고 저렇게 하는 건 나쁘다는 얘기를 하는 건 재면이의 삶이 행복하기를 바라서이니, 너무 부담스러워하지는 말아라.

재면아! 엄하고 강한 그리고 강압적인 태도로 사람의 마음을 움직일 수 없다는 것을 할머니는 경험을 통해서 알게 되었다. 특히 아랫사람에게는 부드럽게 대해야 한다. 그렇지 않아도 위축되어 있는 상황에서 명령조의 말을 들으면 백에 백, 모두 반발하게 되어 있다. 높은 자리에 있을수록 언행을 부드럽게 그리고 친절하게 해야 한다는 것을 명심해라. 그러나 부드럽게 대한다고 해서 의지까지 나약해져서는 안 된다. 평소에 강한 의지와 절대로 속을 드러내지 않는 침착함 그리고 항상 품격 있는 언행을 보여야만 한다. 부드러운 언행 뒤에는 냉정한 객관성과 이성을 가지고 있어야 한다. 사랑하는 재면이에게 행복만이 있기를 할머니는 기도한다.

6월 6일

말과 행동

할아버지께 강연요청이나 원고청탁을 하는 전화가 오면 할머니가 작은 목소리로 '거절은 친절하게 부드러운 목소리로'라고 꼭 조언을 한단다. 다른 일에 몰두하다가 받은 전화일 때는 사무적으로 응대하기가 쉽기 때문에 그런 조언을 하는 것이다. 전화를 너무 사무적으로 받으면 상대방이 무안해할까 봐 하는 배려이다. 인상도 좋고 배움도 많고 평소에 존경하던 분에게 냉정하고 불친절하게 거절을 당하게 되면 오만 정이 다 떨어질 것이다. 무슨 일이든 거절할 때는 더 친절하고 겸손하게 하고 허락할 때는 신중하기 바란다.

그 사람의 인격은 그의 말과 행동에서 드러나는 법이다. 사람을 대하는 태도는 언제나 친절하고 부드럽고 공손한 것이 좋다. 그러나 무조건 친절하다 보면 너무 비굴하게 보이거나, 기회주의자같이 보이기도 한다. 지나치게 상대방의 비위를 맞추는 것은 아첨이지 친절한 행동은 아니다.

사랑하는 재면아! 의지가 굳고 자존심을 지킬 줄 아는, 그러면서 부드러운 인품을 지닌 청년으로 커가거라. 겸손은 미덕이고 만족함이고 사랑이고 예의의 기본이다.

6월 7일

남자의 매력

몹시 화가 나서 감정이 격하게 되었을 때는 잠깐 동안이라도 사람을 만나지 말고 화를 삭이는 연습을 하는 것이 좋다. 감정이 폭발했을 때는 본의 아니게 상스러운 말과 거친 행동을 할 수 있기 때문이다. 할머니는 화가 나고 속이 많이 상했을 때는 되도록 외출도 하지 않고, 책을 읽는다든가 행복한 시절을 떠올린다든가 하는 방식으로 화를 가라앉힌 다음에 다른 행동으로 옮긴단다. 그렇다고 화를 나게 한 원인까지 잊어버리는 것은 아니다. 이성적으로 처리한다는 의미이다.

너처럼 성격이 착하고 양보를 잘하는 것도 할머니는 은근히 걱정이 된다. 자꾸 양보하다 보면 세상의 이기주의자들에게 네가 떠밀릴 수도 있기에 하는 걱정이다. 그러나 네가 태권도 시험장에서 겨루기 하는 것을 보고 안심했단다. 할머니의 지나친 기우일 뿐 재면이는 아주 굳세게 잘 해내고 있더구나. 상황에 따라서는 강하게 대처하는 힘이 누구보다도 강력하다는 인식을 심어줄 필요가 있다. 남자에게 완력은 어느 측면에서는 지성보다 더 강한 무기일 수 있다. 방어적 완력을 갖추고 있는 것은 남자의 매력 중 하나이기도 하다.

6월 8일

이성과 감정

할머니는 세상을 살아오면서 '이것은 너무 늦게 알게 되었구나' 하고 후회하는 일이 많았다. 일찍 깨달았으면 실수 없는 삶을 누렸을 텐데 너무 늦게 깨달아 후회하고 탄식하는 일을 많이 만들었단다. 그래서 재면이는 그런 일을 덜 겪게 되기를 바라는 마음으로 할머니의 경험을 네게 매일 당부하게 되는구나. 경험은 캄캄한 어둠 속의 등불과 같은 것이니까.

상대방이 아무리 호기심을 발동시키는 말을 해도 너와 관계없는 일에는 부화뇌동하지 말아라. 혹 관심이 가는 일이 있어도 속으로만 생각하고, 겉으로는 그 감정을 드러내지 말아라. 감정은 언제나 아무도 모르게 마음속에 묻어두고 겉으로는 잔잔한 호수처럼 조용해야 한다. 상대방이 듣기 싫은 말을 한다고 표정이 금방 변하고, 말이 거칠어져서는 안 된다. 반대로 듣기 좋은 말을 한다고 금방 좋아하는 반응을 보여서도 안 된다. 감정보다 이성을 앞세우면 냉정해 보이고 이성보다 감정을 앞세우면 무분별한 사람처럼 보일 수도 있으니, 이성과 감정을 잘 다루어서 네 의지를 효과적으로 나타내기 바란다. 감정에 속지 말고, 이성에 너무 제압당하지 말기를 바란다.

6월 9일

인내

이 세상은 유혈은 없지만 선의의 경쟁을 하는 전쟁터라고도 할 수 있다. 마음을 무장시켜서 어떤 일에도 네 의지를 무너뜨리지 말고 네가 하고자 하는 일을, 네가 경영하고자 하는 인생을 이루어 나가기를 바란다.

어떤 경우 상대방이 네가 이미 알고 있는 사실을 이야기해도 처음 듣는 것처럼 참고 들어주도록 해라. 상대방은 열심히 말하는데, 이미 알고 있다고 해버리면 그는 무안해서 너를 싫어하게 될 것이다. 남의 얘기를 두 번, 세 번 들어주는 인내도 필요하다. 할머니가 잊어버리고 한 얘기를 또 하면 네 아빠는 그냥 들어주는 것이 아니라 그 자리에서 면박을 주더라. 할머니는 창피하기도 하고, 그렇게 면박을 주는 아빠가 야속하더구나. 네 아빠는 할머니가 어디 가서 실수할까 봐 조언을 하는 것이지만 할머니의 첫 번째 감정은 섭섭하기만 했다.

재면아! 그렇다고 아무것도 모르는 사람처럼 보이는 것도 곤란하다. 다 모르는 것처럼 하면 너는 정보에 눈이 어둡고, 세상에 대해서 잘 모르며, 예리한 판단력이 없는 사람처럼 보일 수도 있다. 때에 따라서 슬기롭게 대처해 나가기 바란다.

6월 10일

인생의 지혜

인생이라는 여로를 가는 데에는 두 가지의 지혜가 필요하다. 꼭 하고 싶어도 하지 말아야 할 것이 있고, 아주 싫어도 꼭 해야 하는 것이 있다. 이것을 잘 지켜서 경영해 나가면 노력한 만큼의 결실을 얻을 수 있을 것이다. 모든 일을 즐겁게 하면 하루 종일 해도 지루하지 않고, 하기 싫은데 억지로 하면 금방 싫증이 난다. 힘들다 어렵다 하면서 가면 힘들어지고, 즐겁고 유쾌하고 행복하다는 마음을 가지면 그다지 힘겹거나 어려울 것도 없는 것이 인생살이다. 인생이라는 연극에 주인공이 되면 언제나 열렬하게 살아가게 될 것이다. 할머니가 '인생이 이런 것이구나' 하고 깨우쳤을 때는 이렇게 인생이 다 가버린 후로구나.

사랑하는 나의 총명한 손자 재면아!

가장 재미있고 의미 있는 일을 선택하면 인생은 즐거운 소풍과 같은 것이 될 수 있다. 의식이 있는 생활은 시간을 배로 늘린다 하니 체계적인 생활로 인생을 아름답게 엮어내거라. 인생은 어떻게 운영하느냐에 따라 살 가치가 있기도 하고, 무거운 짐을 지고 진흙길을 걷는 고행이기도 하단다.

6월 11일

인생에 내일은 없다

습관은 성격을 형성하기도 한다. 그러니 어려서부터 사소한 일, 작은 일을 꼼꼼하고 섬세하고 완벽하게 처리하는 습관을 기르도록 하거라. 작은 일을 완벽하게 처리하다 보면 어른이 되어서도 큰일도 작은 일처럼 수월하게 처리할 수 있을 것이다. 사소한 일이고 큰일이고 간에 모두 인생의 조건이다. 독일의 정치가 비스마르크는 청년들에게 세 마디의 말을 남겼는데 "일하라, 일하라, 오직 일하라"라고 했다. 인간을 행복하게 하고 위대하게 만드는 것이 일이라는 것을 강조한 말이다. 일할 수 있는 것, 그것이 최대의 행복이고 즐거움이다. 할 일을 잃어버리는 것처럼 큰 불행은 없다.

사랑하는 재면아!

인생에 내일은 없다. 오직 오늘이 있을 뿐이다. 하루, 즉 오늘은 인생의 축소판이다. 오늘이 바로 일생이니까. 오늘을 잘 보낸다는 것은 내일을 성공적으로 준비하는 것이다. 인생에 요행은 없더라. 요령도 없더구나. 인생은 노력하는 사람에게만 정직한 보상을 안겨준다.

6월 12일

옷은 시(詩)이고 음악이고 미술이다

값비싼 보석이나 옷가지에만 눈이 쏠리는 사람은 대개가 인격이 없는 사람이더라. 그렇다고 옷차림에 무관심하라는 말이 아니다. 옷은 바로 그 사람의 인품을 나타내는 것이니 옷을 잘 입는 습관을 어렸을 때부터 가져야 된단다. 할머니는 자기 몸에 잘 맞는 옷을 훌륭하게 갖춰 입은 사람을 보면 그를 다시 바라보게 되더라. 그리고 그 사람의 문화 수준이나 미적감각에 머리가 끄덕여지더라. 옷을 대충 입고 나갔다가 아는 사람을 만나면 공연히 주눅이 들고 그 자리를 빨리 피하고 싶은 마음이 들고는 했다.

네 아빠는 할머니가 성화를 하면 내면이 중요하지 옷이 무어 그리 중요하냐고 하면서 할머니의 말을 치지도외해 버린다. 옷은 그의 대변자이다. 옷은 시(詩)고, 음악이고, 미술이다. 종합예술이다. 옷을 제대로 갖춰 입으면 즐겁고 유쾌할 뿐 아니라 자신감도 생긴다. 훌륭한 외모는 너를 대변하는 추천장이니 할머니 말을 명심하고 좋은 습관을 익히기 바란다.

그러나 값비싼 옷으로 사치스런 겉멋을 내라는 것이 아니니 그 점을 구별하거라.

6월 13일

인간은 배우기 위해서 태어났다

네가 캐나다로 떠날 날이 일주일 남았구나. 이별을 한다고 생각하니 자꾸 눈이 침침해진다. 그러나 캐나다에서의 일 년의 학습이 십 년을 노력해서 얻는 공부보다 더 많은 체험을 쌓을 수 있기에 섭섭함을 누르고 너를 떠나보낸다. 할머니의 여생에서 일 년은 아주 길고 소중한 세월이다. 그 세월 동안 재면이를 못 보다니. 재면이를 만나는 시간이 줄어든다는 것이 안타깝기만 하구나. 무엇이든지 배우겠다는 생각만 있으면 못 해낼 것이 없다. 배움은 자신감을 줌과 동시에 마음을 굳세게 만든다. 새 환경에 조금도 겁내지 말고 새로운 것을 배우겠다는 마음만 굳게 하면 된다. 식물은 물을 주면 자라지만, 사람은 배움으로 자란다. 어렸을 때부터 여러 가지 배움의 길로 선뜻 들어서는 재면이를 보면서 할아버지 할머니는 얼마나 행복했는지 모른다. 인간은 배우기 위해서 태어났다고 해도 지나침이 없다. 아무리 사소한 일이라도 배우지 않으면 할 수 없듯이 사람은 나서 죽는 날까지 꾸준히 배워야 한다. 스스로 배울 생각만 있다면 그 어떤 역경도 이겨낼 수 있다. 이 세상에서 가장 훌륭한 사람은 배우고자 하는 사람이다. 우리 재면이처럼.

6월 14일

참된 인간의 길

열심히 공부해서 일등을 하는 것이 교육의 목적은 아니다. 공부는 인격의 형성을 목적으로 해야 한다. 배움은 정신의 힘을 길러주고 정직하고 성실하고 근면하게 사는 삶이 무엇인지를 가르쳐주는 것이다. 열심히 암기해서 사법고시나 의사 시험에 합격했다고 치자. 그러나 그 지식을 정의로운 데 쓰지 않고 개인의 영달이나 돈벌이, 협잡에 이용한다면 그 공부가 무슨 가치가 있겠느냐.

할머니가 책을 많이 읽으라고 누차 강조하는 것은 책에서 인간다운 삶의 가치를 배우고, 그 참다운 배움을 우리의 이웃, 그늘진 삶을 사는 사람들을 위해 선용하라는 뜻이다. 물론 공부도 중요하고, 그래서 좋은 학교에 들어가는 것도 중요하다. 그러나 더 중요한 것은 사람으로서 사람답게 살며 사람의 소중함을 받들어 실천하는 것이다. 그것은 어느 한때의 노력으로 되는 것이 아니고, 일생을 통해서 꾸준히 마음으로 깨닫고 행동으로 실행해 나가야 하는 것이다. 참된 인간의 길을 가기 위해 노력하지 않은 사람은 올바른 사람으로 설 수 없다는 것을 명심하기 바란다.

6월 15일

나는 할 수 있다

교육의 가장 큰 효과는 역경을 이겨내게 하는 것이다. 삶의 역경을 혼자서 이겨내면 본인 자신이 스승이 된다. 역경만큼 좋은 스승은 없지 않나 싶다.

할머니는 어린 시절부터 노년에 이르기까지 거의 모든 인생의 결정을 혼자서 내리며 살아왔다. 그 결정이 잘못되었을 때도 더러 있었지만, 그 결과를 거울로 삼아 큰 실수나 실패 없이 오늘에 이르게 되었다. 울고 싶도록 괴로웠을 때도, 앞이 캄캄하도록 절망스러웠을 때도 주저앉지 않았다. 이 시련을 이기면 반드시 좋은 일이 있을 거라고 믿으며 마음을 굳게 세우곤 했다. 할머니는 6.25라는 전쟁으로 어렸을 때 아버지와 이별했고, 근거지를 옮겨 피난생활도 하는 어두운 어린 시절과 학창 시절을 보냈다. 그러나 언제나 희망을 잃지 않았고, '나는 할 수 있다'는 자신감을 잃지 않으며 살았다. 큰 어려움에 부딪쳤을 때는 입속으로 "내 비록 슬픔을 지녔을지라도 우리는 항상 즐겁다"라는 노래 가사를 읊조리며 어려움을 견디어 나갔다. 하지 않으니까 안 되는 것이지, 해서 안 되는 일은 없다는 게 할머니의 확신이다. 사랑한다 재면아!

6월 16일

가장 용기 있는 행동

모르는 것을 모른다고 하는 것이 가장 용기 있는 행동이다. 모르는 것을 알고 있는 듯 위장하는 것은 매우 어리석은 짓이다. 아는 것도 때와 장소에 따라서 삼가야 하는데, 하물며 모르는 것을 아는 척했다가는 망신만이 아니라 불신까지 당할 수 있다. 잘 알고 있는 문제를 안다고 말해도 상대방이 역겨워할 수가 있다. 그러니 상대방이 어떤 사실을 왜곡해 말한다고 금방 반론을 제기하거나 비판하는 것을 삼가야 한다. 어리석은 사람의 어리석음도 견딜 줄 아는 게 필요하다. 그래야 큰사람이다.

그리고 아무리 그 내용이 충실하고 좋은 이야기라고 하더라도 되풀이해서 말하지 말아라. 듣는 사람은 그런 사람을 말 많고 실없는 사람으로 보게 된다. 상대방이 미처 못 알아들은 것 같아서 재차 얘기하면 대개는 귀찮아하더라. 할머니가 할아버지에게 두 번 말하면, 할아버지는 "이렇게 잔소리 심한 사람인줄 몰랐다"며 불쾌해하시더라. 부부 사이에도 이러니 남들은 어떻겠니? 아무리 중요한 이야기라도 한 번만 말하고, 상대방의 되풀이되는 말은 그저 참고 들어주면 어떨까?

6월 17일

행복과 불행

언제나 따뜻한 잠자리에 든다는 생각만 하지 말아라. 차가운 잠자리를 네가 덥혀서 자야 한다는 생각도 하기 바란다. 그리고 일용품들은 꼭 필요한 것만 소유하는 습관을 들이거라. 당장 필요하지 않은 물건을 쌓아두는 일은 낭비일 뿐만 아니라 정신을 산란하게 하는 일이다. 그리고 먹는 것에 너무 관심을 갖지 마라. 배고프지 않을 만큼 먹고, 일할 수 있는 만큼만 먹어라. 맛있는 음식만 찾아다니며 먹는 사람은 인생의 중요한 것을 놓칠 수가 있다. 일하지 않는 사람이 먹는 일에는 더 관심을 갖더구나. 또 하나, 남이 묻지도 않는 말을 혼자서 열을 내며 떠드는 사람이 있는데, 자기 자신에 대한 말은 그것이 괴로운 일이든 자랑이든 간에 하지 말아라. 아무도 달가워하지 않는다. 그리고 다른 사람의 잘못을 지적하면서 나의 장점을 내보이는 것은 가장 천박한 짓이다. 차라리 나의 단점을 이야기하면서 다른 사람의 장점을 칭찬하거라. 그리고 아주 하찮은 것이라도 남의 물건에는 관심을 갖지 말아라. 사소한 소유물들은 인생의 행·불행과는 아무 관련이 없다. 그런 것으로 행·불행을 가르는 것은 가장 천박한 속물근성이다.

192

6월 18일

여자의 눈물, 남자의 눈물

오늘은 눈물에 대해서 이야기하려고 한다. 눈물이라고 하는 것은 대개 남에게 보이기 위해서 흘리는 경우가 많다. 부모와의 사별이나, 못 견딜 육체의 고통 빼놓고는 함부로 눈물을 보이는 것은 좋지 않다. 남 앞에서 눈물을 잘 흘리는 사람은 혼자 있을 때는 울지 않는 사람이다. 오히려 남 앞에서 아무렇지도 않은 척하는 사람은 혼자서 많이 우는 사람이다.

옛 어른들의 말에 여자의 눈물보다 더 빨리 마르는 것은 없다고 했다. 또 여자의 눈물은 '악어의 눈물'이라는 말도 있다. 여자는 괴로워도 울고, 슬퍼서도 울고, 진실을 가리기 위해서도 운다고 했다. 눈물 중에 가장 간특한 눈물은 진실을 가리기 위한 눈물이다. 그러나 사람들은 그 눈물에 곧잘 속는다. 어떤 목적을 숨긴 상대방의 눈물에 네 의식이 흔들려서는 안된다. 할머니가 세상을 경험해 보니 상대방을 흔들기 위해서 눈물을 보이는 사람도 많이 있더라.

그러나 또한 눈물은 영혼이 가장 맑은 사람의 진실일 때도 있다. 그때그때 현명하게 판단하거라.

6월 19일

신념과 용기

인간을 만물의 영장이라고 하는 데는 여러 가지 이유가 있지만 인간만이 절제할 수 있기 때문이기도 하다. 끊임없이 절제하는 것은 자신에 대해 성찰하는 마음의 자세를 갖추는 것이기도 하다. 그 누구도, 부모도 절친한 친구도 너보다 너를 더 잘 아는 사람은 없다. 그렇기에 인생의 모든 괴로움은 누구나 자기 혼자서 떠맡아 견뎌야 하는 것이다. 우리의 몸과 마음은 아무리 힘든 일도 견디어낼 수 있고 이겨내도록 이루어져 있다.

어려운 일이 생기면 가장 힘든 일이 가장 쉬운 일이라고 마음을 다잡거라. 이겨내고야 말겠다는 의지만 있으면 못 견딜 일은 하나도 없다. 사람은 누구나 처음 당하는 일이나, 눈에 설면 겁이 나는 법이다. 아무리 어려운 일이라도 이겨낼 수 있다는 신념을 가지고 겁을 누르고 용기를 불러내어 살아가기 바란다. 재면이도 겁이 좀 있는 편이지만 그게 조심성을 갖게 하는 것이기도 하니 나쁠 건 없다. 재면이의 지혜로움이 그 모든 것을 다 이겨내리라고 할머니는 믿는다.

6월 20일

당당한 마음

어떤 어려운 일에 직면해도 크게 걱정하거나 절망하지 말아라. 잠깐 멈추어 생각해 보면 큰 문젯거리도 작게 보이게 된다. 오늘 너를 캐나다로 보내고 들어와서 걱정이 되어 이런 글을 쓴다. 눈에 선 땅, 귀에 선 말, 서투른 영어, 얼마나 긴장되겠느냐. 그러나 너는 한국사람이니까 한국말을 못해야 창피한 것이지, 외국어가 서툴다고 겁내거나 부끄러워하지 말아라. 당당한 마음, 꿋꿋한 자세로 잘 헤쳐 나가기 바란다. 할머니가 매일 하는 기도가 캐나다에까지 닿을 것이다. 어려운 일이나 힘든 일이 생기면 아빠와 엄마에게 꼭 상의하고 조언을 구하기 바란다.

아빠와 엄마는 너와 같은 어린 시절을 다 보낸 어른이라서 네 속마음을 누구보다도 잘 알 것이다. 아빠와 엄마의 응원이 너에게 힘과 위안과 용기를 불러일으켜주리라 믿는다. 약간 내성적인 네 성격이 더 움츠러들고 상처를 입을까 봐 걱정이 된다. 그러나 태권도 하는 것을 보면 내성적이거나 소극적이지도 않더라. 내 손자 조재면 화이팅!

6월 21일

만남과 헤어짐

너를 캐나다로 떠나보내고 오는 차 안에서 할아버지와 할머니는 어떤 대화도 나누지 않았다. 서로 자는 척 눈을 감고 왔단다. 마음속에 있는 아픔을 건드릴까 봐 침묵으로 마음을 다스린 것이다. 이 세상에 슬픔을 당해보지 않은 사람이 어디 있겠느냐. 이 세상에 아파보지 않은 사람이 그 어디 있겠느냐. 그러나 그 슬픔과 아픔을 잘 삭이면 기쁜 날이 오게 되어 있는 것이 인생사다. 비가 온 뒤에 햇살이 더 아름답지 않더냐. 슬픔과 아픔과 이별을 모르면 어찌 기쁨과 환희를 알 수 있으며, 만남의 감격을 알겠느냐. 기쁨과 슬픔이, 만남과 헤어짐이, 아픔과 건강이 함께 존재하는 것은 하늘의 뜻이고, 오로지 견뎌내는 것만이 약이라고 생각한다.

사랑하는 재면아!

너는 매정하게 떠나고 아직 전화 한 번 없지만 부디 건강하고, 행복한 마음으로 캐나다의 생활을 알차고 보람 있게 엮어나가기를 바란다.

6월 22일

남자들의 세상

세상을 사노라면 선의든 악의든 경쟁자가 있기 마련이다. 이성적으로 대해야 하는 것을 알면서도 마음먹은 대로 잘 안 되는 것이 경쟁자와의 관계다. 사람들은 경쟁자에 대해서 노골적으로 비판만 하지, 호감을 표현하는 이는 별로 없다. 그러나 경쟁자를 적으로 간주하고 적대시하면 그가 누구든 한 수 낮은 것이다. 되도록 경쟁자의 험담은 하지 않는 게 좋다. 겉으로라도 호감이 있는 듯 표현해라. 그런 너를 사람들은 인격자라 말할 것이고, 그를 비난하며 혐오감을 드러내면 소견이 좁고 인간성이 나쁜 사람으로 취급할 것이다.

사람들은 누구든지 자기의 일 이외에는 아무 관심이 없다. 전후 사정을 모르니까 우선 듣기 좋은 말을 하는 사람에게 후한 점수를 준다. 그러니 민감하게 자기 감정을 표현하는 일은 삼가는 것이 좋다. 어제의 친구가 오늘의 적이 되고, 오늘의 적이 내일의 친구가 되는 남자들의 세상을 바라보면서 오늘은 네게 이런 현실적인 말을 다 하게 되는구나. 할머니는 부끄럽기만 하구나.

6월 23일

역사의 중요성

오늘은 '역사인식'에 대해서 말하고 싶구나. 역사인식이란 '역사의 중요성을 자각하는 것'이고 '역사에 대한 진실을 정확하게 아는 것'을 말한다. 그것은 '국어'를 소중하게 섬기는 것과 똑같이 중요한 일이다.

흔히 역사는 '과거'라고 생각한다. 그것은 '시간'만을 가지고 따지는 매우 단편적이고 그릇된 인식이다. 왜냐하면 과거라고 생각하면 '오늘과 관계없다'는 느낌을 갖게 되고 따라서 역사를 소홀히 할 위험이 있기 때문이다. 과연 역사는 과거일 뿐이고 현재와는 별 상관이 없는 것일까? 재면아! 넌 어떻게 이 세상에 왔지? 아버지 어머니를 통해서 왔다. 그럼 아버지는? 할아버지 할머니를 통해서 왔다. 그게 역사인식의 기본이다. 그러므로 어제, 오늘, 내일은 함께 흐르는 물줄기다. 그 인식이 역사의 흐름이고, 역사의 중대성이다. 그래서 우리 민족의 역사는 우리의 장구한 생존이며 오늘을 넘어 미래로 이어져 나가고 있는 것이다. 단재 신채호 선생께서도 "역사를 망각한 민족에게는 미래가 없다"는 말씀을 하셨다. 역사 문제는 중요한 것인 만큼 차차 더 이야기하겠다.

6월 24일

역사는 과거가 아니고 현재다

역사를 알아야 하는 중요성에 이어 오늘은 왜 우리는 특히 그 일을 '의무적으로 해야 할 책임'이 있는가에 대해 얘기하려 한다. 재면아, 똑바로 앉아 이 글을 읽으려무나. 다 알다시피 우리 민족의 역사는 5천여 년이다. 그 긴 세월 동안에 외침을 1천여 번 당했다. 다시 말하면 5년에 한 번꼴로 크고 작은 외침을 당하며 시달려왔다는 것이다. 그 횟수가 정확하게 931번이다. 그 중에서 중국으로부터 당한 게 75퍼센트이고, 25퍼센트는 일본에게 당한 것이다. 왜 그랬을까? 우리나라는 중국 대륙의 끝에 붙은 작은 반도였기 때문이다.

'작은 반도국가' 이것은 우리 민족의 운명이고 숙명이다. 이 피할 수 없는 지리적 위치에서 야기되는 정치적 문제를 '지정학적 조건'이라고 말한다. 우리의 뜻대로 벗어날 수 없는 운명적 속박과 숙명적 올가미는 과거만이 아니라 우리 민족의 미래와도 직결되어 있다. '과거를 기억하지 못하는 자는 그 과거를 되풀이한다.' 이 유명한 말은 바로 우리 민족에 대한 경고다. 우리 민족이 앞으로 5천 년 동안 또 1천여 번의 침략을 당하지 않는 유일한 방법, 그것이 무엇이겠느냐.

6월 25일

유혹에 빠지지 않는 방법

오묘한 진리는 대개가 아주 쉽고 평범함 속에서 발견되기도 한단다. 벼는 익을수록 고개를 숙인다는 말에서도 알 수 있지 않니. 사람은 많이 배우고 익히면 겸손해져야 한다는 뜻이다. 많이 배웠으나 배움과 행동이 정반대인 사람에게 주는 경고 메시지다. 언제나 자기를 낮추고 마음을 정돈하여, 자기반성에 게으르지 말고, 그렇다고 자기 판단만 믿어서도 안 되고, 꾸준히 인격 연마에 힘쓰기 바란다.

사랑하는 재면아!

한평생을 어떤 유혹에도 빠지지 않고 살아가기란 힘든 법이다. 그런 유혹에 빠지지 않는 방법은 때때로 자기 자신을 점검해 보며 덕행을 쌓는 수밖에 없다. 인품이 없는 사람의 행동은 거칠고 무례하고 냉혹하기까지 하다. 재면이는 의지를 굳건히 지켜 나가며 독서에 힘을 다하면 어떤 시련이 와도 쉽게 이겨낼 수 있을 것이다. 거만하고, 불손하고, 게으르고, 그리고 이해관계가 밝은 사람은 재면이 곁에 오지 말라고 할머니는 기도한다.

6월 26일

고마움이란 등불

네게 도움을 준 사람에 대해서는 그 고마움을 잊지 말고 언제나 기억해야 한다. 그리고 네게 학문이나 인생을 가르쳐준 선생님께는 평생을 두고 감사한 마음을 가져야 한다. 고마움을 잊어버리는 것은 인간으로서의 도리를 흐리는 것이다. 고마운 마음을 갖는 것은 사람이 갖춰야 하는 도리이다. 은혜를 잊지 않고 사는 일이야말로 가장 사람다운 삶이 아니겠느냐. 자기 자신에게 스스로의 의무를 다하는 것은 양심에 부끄러움이 없게 하는 일이다.

작은 불빛이 먼 곳까지 비치는 것처럼 네 마음속에 있는 고마움이란 등불은 다른 사람이 아닌 너를 밝게 비춰줄 것이다. 고마운 마음을 잊지 않고 사는 사람은 영혼의 근원을 맑게 닦는 사람이다. 모든 행동에 그리고 가치관에 대해서 생각하고 또 생각해라. 모든 것은 생각에서 이루어진다. 사람들은 때로 어려운 것을 쉽게 생각해서 실패하고, 쉬운 것을 어렵게 생각해서 실패한다. 현명한 재면이는 잘 가릴 줄 믿는다.

6월 27일

치욕의 역사를 잊지 말자

역사를 이야기하려 하면 왜 이렇게 마음이 비감해지는지 모르겠구나. 우리 재면이는 평생을 근심 걱정 없이 살게 하고 싶은데, 무거운 짐을 지우는 것 같은 마음이 든다. 이 땅의 모든 할아버지와 할머니들의 마음이 다 똑같을 것이다.

지난번에 우리의 역사 5천 년 동안에 외침을 1천여 번 당했다고 했다. 그 중에서 가까운 조선 500년 동안 가장 컸던 두 가지 침략이 일본이 저지른 '임진왜란'이고, 그 다음이 중국 청나라가 저지른 '병자호란'이다. 일본은 15만 대군으로, 청나라는 20만 대군으로 쳐들어온 것을 가까스로 견디어내며 나라를 지켰다. 그런데 250여 년쯤 지나 일본이 다시 쳐들어왔다. 일본이 자꾸 우리나라를 침략해 들어오는 것은 그들이 '섬나라' 신세를 모면하고 싶은 욕망 때문이었다. 그들은 한반도를 차지하고, 더 나아가 중국까지 손아귀에 넣고 싶은 탐욕에 사로잡혀 있었던 것이다. 일본의 그 사나운 욕심 앞에서, 긴 역사 속에 부패하고 병든 조선 왕조는 고종 임금의 무능으로 나라를 완전히 빼앗기고 말았다. 조상들은 이 치욕의 역사를 자손들에게 남겼단다.

6월 28일

몸과 마음

훌륭한 사람은 입도 깨끗해야 하고, 손도 깨끗해야 하고, 눈도 깨끗해야 하고, 귀도 깨끗해야 하며, 마음도 육체도 깨끗해야 한다. 그리하여 그 학문이 깨끗하고, 그 인품이 깨끗한 사람을 우리는 존경하고 신뢰하는 것이다.

자기 자신이 마음에 들지 않아 스스로에게 화를 내는 일이 많을수록 나쁠 것은 없지만 남한테는 화를 내지 말기 바란다. 자신에게 낸 화는 복이 되어 돌아오고, 남한테 낸 화는 화살이 되어 돌아오기 마련이다. 남한테 화를 내는 것은 자기 자신이 하찮은 인간이라는 것을 내보이는 것이다. 또 상대방에게 얕보임만 당하는 결과를 가져오는 경우가 허다하다는 것을 명심하거라. 자만심만 가득찬 사람이 화를 잘 내더라.

사랑하는 재면아! 고의로 저지르는 실수보다는, 잘 모르고 저지르는 실수가 더 나쁠 수도 있단다. 고의로 저지른 실수는 고칠 수도 있지만, 모르고 저지른 실수는 만회할 기회가 주어지지 않을 수도 있기 때문이다. 그러니 평소부터 신중하게 행동하는 습관을 몸에 익히거라. 재면아! 마음대로 네 마음을 부리는 성자가 되기 바란다.

6월 29일

옳고 그름을 분별하는 지혜

사랑한다는 것은 상대가 잘못을 저질러도, 그리고 무리한 것을 요구해도 다 용서해 주고 들어주어야 하는 것이지만, 그 것이 마음먹은 대로 되지 않기 때문에 인간의 역사는 갈등으로 뒤얽혀온 것이 아니겠느냐. 누구에게나 많이 주고 적게 받는다는 생각을 하면 마음은 언제나 평온을 유지할 수 있으나, 작은 노력을 바치고 큰 것을 바라기 때문에 갈등이 생기고 불화가 일어나는 것이다. 자기의 불행이나 고통스럽게 된 원인을 남에게서 찾으며 언제나 원망하는 마음을 가지고 있으면, 그 런 사람의 마음에 어떻게 행복이 깃들 수 있겠니. 모든 것은 정신적 문제이니 마음을 다잡고 언제나 친절한 마음과 사랑의 마음으로 이 세상 파도를 잘 헤쳐 나가기 바란다.

맹자의 말에 측은해하는 마음이 없으면 사람이 아니며, 부끄러워하는 마음이 없으면 사람이 아니며, 사양하는 마음이 없으면 사람이 아니며, 옳고 그름을 분별하는 마음이 없으면 사람이 아니라고 했다. 언제나 사람의 마음을 지니고, 위에 쓴 대로 인(仁), 의(義), 예(禮), 지(智)를 지켜 나가거라.

6월 30일

세상의 덫

어떤 장애물에 걸려 넘어졌을 때 우리는 누가 일으켜주지 않아도 곧바로 일어난다. 이처럼 육체의 고통에는 금방 대처하면서, 마음이 세상의 덫에 걸려 넘어지면 치유할 생각은 않고 그 고통을, 슬픔을, 비참함을 마음에 쌓아둔다. 그렇게 하다 보면 그것이 자꾸 커져서 분노가 쌓이게 된다. 마음에 병을 얻게 되는 것이다. 마음의 병에는 약이 없다. 병을 유발시킨 마음이 약이다. 그렇기에 마음을 잘 단련시켜 어떤 모욕도 참아내야 하고, 어떤 괴로움도 견뎌내야 하며, 어떤 분노도 자제할 수 있어야 한다.

할머니는 '길이 아니면 가지 말고, 옳은 말이 아니면 탓하지 않는다'는 말을 세상 사는 지팡이로 의지하며 살아왔다. 그런 경험으로 네게 하는 말이니, 우리 재면이도 마음에 천국을 만들기 바란다. 더러 완고하고 오만한 사람을 만나거든 너의 겸손과 인품으로 이겨내기 바란다. 훌륭한 사람들의 일생은 실천된 복음서이니, 여러 분야에서 일가를 이룬 사람들의 일생을 배우려무나. 언제나 마음을 어질고 온화하게 가져 자신의 생명에 이롭게 하기 바란다.

일 마치고
별 뜨는 저녁으
들에서 맞았다
우리
짐작은
별이 젖은 별 …

·조저녁 별 ·
철수·3

7월

7월 1일

최고의 행복

네가 캐나다로 떠난 지 열흘 만에 전화를 했구나. 할머니는
처음 사랑을 할 때처럼 가슴이 두근거렸고, 생명의 꽃이 활짝
피어나는 것 같은 기쁨을 느꼈단다. 너를 사랑하는 일이 이처
럼 행복하다니, 할머니도 모를 신비로움이다. 사랑의 불이 꺼
지지 않고 타고 있음을 느꼈단다. 사랑하는 사람에게는 사랑
만이 돌아온다고 했으니 재면이의 사랑도 할머니와 같으리라
고 생각한다. 혼자서만 짝사랑을 하는 것 같아 쓸쓸할 때도
있었단다. 할머니의 삶은 재면이에 대한 사랑으로 충만하다.
재면이는 할머니의 소우주다. 재면이는 특급 요술사다. 어두웠
던 할머니의 마음을 순식간에 밝게 만드니까. 인생에 있어서
최고의 행복은 사랑받는 것보다는 사랑하는 데 있다는 것은
재면이가 할머니에게 가르쳐준 진리다.

재면이도 할머니의 사랑을 최고의 행복이라고 생각한다면
그보다 더 좋은 일이 어디 있겠니. 할머니가 지나친 욕심을 부
리는지도 모르겠구나. 그동안 서운했던 마음이 전화 한 통화
로 말끔히 가시었구나. 건강하게 잘 있다가 행복하게 만나자.
너에 대한 사랑은 아름다운 꿈을 꾸게 할 것이다.

7월 2일

책은 위대한 스승

2007년에 뽑은 세계에서 가장 영향력 있는 인물 1위가 누군지 아느냐. 그는 세계에서 가장 부자인 마이크로소프트 사의 빌 게이츠 회장이다. 아마 빌 게이츠에 대해서는 네가 할머니보다 더 잘 알 것이다. 그는 13세 때 처음으로 PC를 접하고 컴퓨터에 관심을 갖게 되었고, 그 후 마이크로소프트 사를 창립하여 사업을 하기 시작했다고 한다. 그가 어느 고등학교에 가서 강연을 하였는데, '하버드 대학 졸업장보다 독서하는 습관이 더 중요하다'고 말했다. 그리고 어린 시절부터 길러온 독서의 습관이 성공의 비결이라고 했단다. 그래, 어렸을 때부터 익힌 좋은 습관은 인생을 성공으로 이끄는 위대한 스승이며 가장 믿을 수 있는 안내자다. 그래서 할머니가 네게 독서하는 습관을 익히라고 때때로 듣기 싫을 만큼 강조하는 게 아니겠느냐.

비단 빌 게이츠뿐만 아니고 세계적으로 큰 성공을 거둔 사람들은 모두가 독서하는 습관이 지금의 나를 있게 했다고 술회하고 있더라. 그리고 이런 말도 있다. '천재란 머리가 좋은 사람들이 아니라 평생에 걸쳐 다양한 책을 줄기차게 많이 읽은 사람들이다.' 명심하기 바란다.

7월 3일

시간경영과 성공의 열매

시간은 시간을 잘 이용하는 사람에게만 도움을 준다. 일순간 일순간이 우리의 생애다. 그 일순간이 모여서 일생이 되는 것이니까 우리는 모든 힘을 매순간에 쏟아부어야 하는 것이다. 무의미하고 무신경하게 순간을 흘려버리면 시간은 모든 것을 잃게 만들지만, 순간을 열심히 살면 네가 원하는 것을 모두 성취시켜 준다. 언제나 오늘 하루를 꼭 붙잡고 살아야 한다. 하루하루를 허투루 보내게 되면 그물로 물을 긷는 것과 같이 우리 인생은 아무것도 남는 게 없이 텅 빈 빈손이 된다. 오늘 하루만, 오늘 하루만, 이렇게 게으름을 피우며 나태하게 사는 사람들이 얼마나 많으냐. 오늘이 영원인 것을 모르는 소치다.

새로운 시간이 오면 새로운 마음을 담아 새로운 일을 해야 한다. 그런 사람에게 시간은 성공이라는 열매를 틀림없이 안겨줄 것이다. 가만히 있어도 시간은 끊임없이 밀려온다. 그래서 그 소중함을 자칫 망각하고 낭비하게 된다. 인생의 성패는 시간경영을 어떻게 했느냐에 달렸다. 할아버지가 가장 싫어하는 사람들이 허송세월하며 자기 할 일을 소홀히 하는 사람들이다. 너는 할아버지 손자니까 할아버지를 닮기 바란다.

210

7월 4일

오로지 노력!

오늘은 불경에 있는 것을 네게 전해주려 한다.

　가난하게 살면서 베풀기가 어렵고, 교만하면 진리를 배우기가 어렵고, 목숨을 바쳐 진리를 구하기가 어렵고, 육체적 충동을 극복하고 마음을 깨끗하게 하기 어렵고, 아름답고 매력 있는 것을 보고도 탐내는 마음을 품지 않기가 어렵고, 권력을 지녔으면서도 남에게 세도 부리지 않기가 어렵고, 모욕을 당하고도 분노하지 않기가 어렵고, 돌연한 상황이 벌어졌는데도 무심하기가 어렵고, 널리 배우고 깊이 연구하기가 어렵고, 저보다 늦게 시작하는 초심자를 업신여기지 않기 어렵고, 겸손한 마음을 항상 지니기가 어렵고, 좋은 벗을 얻기가 어렵고, 마음을 언제나 평온하게 갖기가 어렵고, 옳고 그름을 따지지 않기가 어렵고, 외부환경에 동요되지 않기 어렵다.

　이 어렵고 어려운 세상을 쉽게 사는 방법이 뭐겠니? 꾸준히, 줄기차게, 끈질기게 노력하는 것이다. 그뿐이다.

7월 5일

마음 다스리기

어려운 일이나 괴로운 일이 있을 때 그것을 위안하는 방법으로 우리는 '모든 것은 마음먹기에 달렸다'고 한다. 똑같은 사안을 놓고 우리는 마음먹기에 따라 큰 절망에 부딪히기도 하고 또 대수롭지 않게 넘기기도 한다. 누구를 미워하는 것도 마음이고 누구를 사랑하는 것도 마음이다. 온순하고 착하면 행동도 올바르다. 그 마음의 주인은 누구겠느냐. 그 주인은 바로 나 자신이다. 가장 아끼고 사랑해야 할 마음을 부질없이 스스로 괴롭혀 괴로워하지 말아라.

사랑하는 재면아!

이 세상 모든 일은 마음에서 일어난다. 사람으로서 가장 중요한 덕목이 자기 자신의 마음을 잘 다스리는 일이다. 자기 마음을 잘 다스리면 인생이 편안할 것이다. 빛이 있으면 그림자가 있고, 큰 것이 있으면 작은 것이 있고, 낮이 가면 밤이 오듯이, 자기가 처한 어떤 환경에도 불행이라는 마음을 멀리하고 지금 이 상태가 가장 행복한 때라고 생각하도록 해라. 그렇게 생각하면 행복이 오게 되어 있단다. 맑은 마음을 닦는 수련을 인생 사는 동안 꾸준히 하기 바란다.

7월 6일

균형을 잘 잡는 것!

사람들은 누구나 할 것 없이 지금 상태로 만족하지 못하고 더 많은 것을 갖기 위해서 절치부심 조바심 낸다. 욕심 부린다고 얻어지는 것이 아니고 마음속에서는 더 많은 것을 자꾸 원하게 되고 그 욕심이 자꾸 쌓여서 마침내 탐욕이 되는 것이다. 대부분의 사람들은 자기 마음에 들지 않는 일이 생기면 화를 내고 자기 논리에 반대되는 논리를 펴도 화를 낸다. 그런 사람들은 언제나 가슴에 분노를 한아름 안고 산다. 그리고 뜻밖에도 많은 사람들이 순간순간의 유혹을 이기지 못해 수없이 많은 어리석음을 범하며 인생을 망치고 있다. 도박으로 돈을 딸 수 없다는 것은 철칙인데도 얼마나 많은 사람들이 그 늪에 빠져 인생을 망치고 있는가를 보아라. 불교에서 버려야 한다고 일깨우는 것이 이 탐(貪)·진(嗔)·치(痴)다. 재면이는 이 탐·진·치를 범하지 말고, 아예 근처에 얼씬도 하지 못하도록 늘 마음을 닦아야 한다. 그것이 무척 어려운 일이기는 하지만 언제나 마음속에 간직하며 자신을 일깨우기 바란다. 감정의 마음이 하고 싶어하면 이성의 마음이 얼른 그 감정을 다스려 자제시켜야 한다. 이 두 마음의 균형을 잘 잡는 것이 참된 지성인이다.

7월 7일

책은 막힌 길을 뚫는다

꼭 읽어야 할 책을 골라서 일생 동안 옆에 두고 읽고 또 읽는 것도 유익하리라 생각된다. 닥치는 대로 마구잡이로 책을 읽는 것은 그 내용을 제대로 소화시키지도 못할뿐더러 필요 없는 지식까지도 머리에 가득 차 만물박사가 될 수는 있으나, 세상을 살아가는 데 아무 도움이 안 되는 헛된 일일 수도 있다. 또 지식은 있으나 생명력을 불어넣지 못하는 것은 헛지식에 불과할 수도 있다.

세계에서 성공한 사람들의 일화를 들어보면 그들 모두가 평생 동안 책을 가장 친하게 벗 삼았다는 사실이다. 틈틈이 꼭 필요하다고 생각되는 책을 읽기 바란다. 책은 인격과 성품을 만드는 원동력이 되는 것이기 때문에 재면이에게 할머니가 귀에 못이 박히도록 권고하는 것이란다.

인생에 의미와 위로와 기쁨을 주는 책이 위대한 인물이 되는 길을 열어주는 것 같다. 괴롭고 지친 일상생활에 산소를 제공하는 것이 책이라는 것을 마음에 새겨 일생 동안 책을 가까이 두고 즐겁게 읽기 바란다.

7월 8일

삶의 목표

교육은 인간을 인간답게 만드는 것을 원칙으로 한다. 교육의 목적이 지식 쌓기에만 있다고 착각하는 사람도 있다. 그러나 그런 지식은 의식이 없는, 바른 실천을 하지 않는 교활한 사람을 만들어내는 결과를 가져올 뿐이다. 이 세상에 지식을 악용하는 그런 사람들만 우글거린다면 인간사회는 어찌 되겠느냐.

'학교를 여는 사람은 감옥을 닫는 사람'이라는 말이 있는 것도 학교가 인간다운 사람을 만드는 전당이기 때문이다. 암기 위주의 교육이 횡행하는 속에서 사람다운 사람, 진실을 실천하는 사람으로 재면이가 커가기를 바라는 마음으로 이런 글을 쓰는 것이다. 그런 숭고한 영혼을 지닌 사람이 되기 위해서 우리는 꽃다운 젊은 날을 바쳐 공부를 하는 것이다. '인내는 쓰나 그 열매는 달다'는 말은 이 세상 어느 것 하나 저절로 쉽게 이루어지는 일은 없다는 것을 뜻한다. 교만한 지식인은 인품이 좋은 무학의 사람만 못하다는 것을 할머니는 인생의 경험으로 알게 되었단다. 재면이는 인품이 훌륭한 지식인으로 세상을 살아가거라. 그것이 삶의 목표가 되기를 바란다.

7월 9일

맑고 밝은 마음

진정으로 강한 사람은 자기가 하고 싶은 일을 어떠한 장애나 어려움에도 불구하고 끝끝내 이루어내는 사람이다. 사람의 일생이라는 것은 끊임없는 노력의 연속이다. 무거운 짐을 지고 먼 길을 끝도 없이 가는 것과 같다. 무거운 짐을 내려놓고 편하게 가고 싶다고 생각한다면 인간으로 태어나지 않는 길밖에 없다. 그러니까 무겁다, 멀다, 힘들다 생각 말고 꾸준히 줄기차게 끈질기게 가는 것만이 현명하고도 유일한 해결책이다. 도중에 하차도 안 되고, 뛰어갈 수도, 쉬어갈 수도 없는 것이 인생의 길이다. 더구나 마음에 욕심이라는 짐을 얹으면 그 길은 더 멀고 지루하고 힘이 들 것이다.

맑고 밝은 마음으로, 화가 나도 참고, 분노도 이기고, 남을 원망하지도 말고, 묵묵히 걸어가라. 그 길목 길목에 행복이라는 꽃이 너를 반길 것이다. 먼저 가는 사람이 있어도 굳이 앞서려고 애쓰지 말고, 네 갈 길을 서두르지도, 지치지도 말고 걸어가는 성실한 인내를 기르기 바란다.

7월 10일

반성하고 또 반성하라

잘못을 저지르지 않는 것이 제일 좋은 일이지만, 잘못을 저질렀을 때는 곧바로 반성하고 후회할 줄 알아야 한다. 그러나 후회를 하고도 또 그런 잘못을 반복하여 저지른다면 큰 어리석음이며, 참다운 사람이 될 수 없는 일이다. 반성하고 또 반성하며, 다시는 그런 잘못을 저지르지 않으려고 결심하고 노력하는 삶이야말로 가장 값진 삶이라고 할 수 있다.

사랑하는 재면아!

그런데 세상의 많은 사람들이 자기 잘못에 대해 진정한 반성을 하지 않고 남 탓하기에 바쁘다. 자기 반성은 모든 일을 이루는 근원이며, 좋은 사람으로 살겠다는 의지다. 어쩌다 잘못을 저질렀다고 해서 의기소침해서는 안 된다. 잘못을 스스로 인정하는 것은 진실함이며, 당당한 용기이고, 가장 좋은 자기의 교육법이다.

그런 반성을 통해 얻은 평화로운 마음으로 다른 일을 하다 보면 잘못을 저지르는 횟수가 줄어들 것이다. 뒤죽박죽 사는 것은 쉽다. 사람다운 사람으로 거듭나기가 어려운 것이다.

7월 11일

역사의 기억

미국의 마틴 루터 킹 목사는 하나님의 일을 대신하던 흑인이었다. 흑인이 부당하게 인종차별을 당할 때마다 그는 "백인(白人)이 당신의 집을 부순다 해도 그들을 사랑하라"고 했다. 사랑보다 더 큰 것이 용서라는 것을 몸소 일깨웠던 분이다. 그런 킹 목사를 백인들이 죽였다는 것을 생각하면 백인들이 왜소하게 느껴진다. 사랑과 용서는 꽃을 피우는 밑거름이라고 하지만 그들의 행위도 용서가 되는 것인지 할머니는 인생을 거의 다 살고도 알 수가 없구나. 마틴 루터 킹 목사가 살았으면 뭐라고 했을까. 사랑하라고 했을까, 용서하라고 했을까, 잊어버리라고 했을까.

지난날 일본의 식민지 정책을 놓고 일부 지식층이 잊어버려야 한다고 말한다. 아직도 치유되지 않은 상처와 고통인 민족의 문제를 개인의 감정으로 쉽게 말을 해서는 안 된다고 생각한다. 그들은 어리석은 것인지, 단순한 것인지, 아무리 생각해도 알 수가 없구나. 그들의 조상이 한 짓이니까 오늘의 일본인들을 용서는 하되, 절대로 잊지는 말아야 대한민국의 국민이다. 그 역사의 기억이 우리 민족의 미래를 연다.

7월 12일

세 치 혀가 무섭다

말은 마음이고 인격이고 행동이다. 말 한마디로 세계가 들썩이기도 하고, 말 한마디로 울고 웃기도 한다. 한마디 말이 한번 휘두른 칼보다 더 큰 상처를 입힐 수도 있다.

말하는 것을 들으면 그의 인생을 환히 볼 수 있다. 말은 인간의 거울이다. 말은 그의 내면이다. 회초리로 종아리를 때리면 피부가 상하지만, 말로 때리면 뼈가 부러지는 고통을 당하게 된다.

말로 사람을 쓰러뜨린다는 것을 명심하기 바란다. 세상에는 덕담, 현담이 있는가 하면 악담, 험담, 괴담도 있다. 그러나 귀가 건강하면 나쁜 말들은 듣지 않을 수 있다. 혀에는 뼈가 없지만 '세 치 혀로 사람 잡는다'는 속담이 있지 않느냐. 그처럼 말은 무서운 것이니 상대방에게 할 말이 있으면 (좋은 말이 아닌 충고나 부탁의 말) 오늘 생각한 후에 다음 날 얘기해도 늦지 않으니, 늘 신중해야 한다. 말을 가려서 하고, 삼가할 줄 아는 사람이 말을 잘하는 사람이다.

7월 13일

삶의 참의미

불행이라고 하는 것은 인생에 대한 그릇된 생각으로 생겨나게 된다. 그 그릇된 생각 중의 하나가 쓸데없이, 자기 능력에 맞지 않게 욕망을 키우는 것이다. 똑같은 경우라도 행복하다고 생각하면 행복한 것이고, 불행하다고 생각하면 불행해진다. 욕망은 삶의 동력이니까 꼭 필요한 것이지만, 그것이 탐욕이 되도록 해서는 안 된다. 그것이 바로 불행의 씨앗이니까. 인과응보의 의미를 깊이 새겨보면 삶의 태도를 어떻게 가져야 할지 알 수 있을 것이다. 어떤 일을 하다가 행복이라고 느껴지지 않으면 곧 털고 일어나라. 그리고 그 동기가 무엇인지 냉정한 관찰의 시간을 갖도록 하거라. 그런 다음 그 해답을 바탕으로 해서 다시 시작해라.

그러면 불행은 곧 행복으로 바뀔 것이다. 불행을 반성의 에너지로 삼아서 인생을 산다면 너는 삶의 참의미를 깨닫고 사는 행복한 사람이 될 것이다.

언제나 내가 남보다 더 앞서가야 하고 더 우월해야 한다고 생각하면 불행해진다. 나는 나대로의 인생을 산다고 생각해라. 그리고 거기에 만족하는 습관을 들이도록 해라.

7월 14일

행복은 내 마음 안에!

키가 너무 큰 사람은 자그마하고 아담한 사람을 좋아하고, 키가 작은 사람은 후리후리하게 큰 늘씬한 사람을 부러워한다. 그리고 시골에 사는 사람은 도시에 가서 문명의 이기를 누리며 살고 싶어하고, 도시에 사는 사람은 한적한 시골의 전원생활을 그리워한다. 사람은 누구나 늘상 자기가 가지고 있지 않은 것에 호감을 갖게 되고 매력을 느끼는 법이다. 이것이 사람들의 심리고 속성이다. 자기가 동경한 대로 이루어진다 해도 반드시 행복한 것도 아니고, 만족과 흡족함을 느끼지 못할 수도 있다. 가장 현명한 대처법은 지금 처한 환경에 스스로 만족을 느끼는 것이다. 자기의 처지를 알고 분수를 아는 것이 행복이다. 조금 부족한 듯해도 내 친구가 소중하고 내 부모 형제가 소중하다고 느낀다면, 그것이 바로 행복 아니겠느냐. 멀리 행복이 있다고 찾아 나서지 말고 가까이 있는 행복을 소중하게, 그리고 귀하게 누리거라. 행복은 행복을 알아볼 줄 아는 사람들에게만 찾아온다.

7월 15일

바보가 되랴, 현자가 되랴

지난 세월을 돌이켜보니 분노를 그대로 표출시켜서 상대방이나 주위 사람들에게 호응을 얻어본 적은 한 번도 없었던 것 같다. 상대방은 그가 분노하는 원인에는 별 관심이 없고 분노를 폭발시키는 감정만 보고 그 사람을 평가한다. 결국 분노는 분노한 사람만 벌하는 결과만 가져올 뿐 아무런 이득이 없단다.

화가 나면 그것을 풀어야 건강하다는 의사도 있고, 화를 참아야 한다는 종교인도 있다. 입장과 인식에 따라 처방이 정반대이다만, 할머니는 종교인의 가르침을 따르고 싶구나. 분노를 분출시키고 싶을 때는 감정을 다잡고, 그런 일을 당한 억울함을 하소연하고 위로를 받고 싶은 입장을 취해보아라. 그 감정을 억제한 모습을 보면서 사람들은 너의 처지에 고개를 끄덕이며 너의 손을 잡아줄 것이다.

장자는 분노할 줄 모르는 사람은 바보라 했고, 그러나 분노하지 않는 사람은 현자라고 했다. 이 얼마나 미묘한 말이냐. 바보가 되랴, 현자가 되랴.

7월 16일

겸손한 행동과 마음

무슨 일을 해내고자 하는 결단력이 있으면, 용기가 생기는 법이고, 결단력과 용기가 합쳐지면 자신감이 생긴다. 그렇게 되면 어떤 일이든 이루지 못할 것이 없다. 하려고 하지 않기 때문에 이루지 못하는 것이지, 하려는 마음만 있으면 장애와 어려움은 얼마든지 뛰어넘을 수 있다.

어떤 난관에 부딪쳐도 당황하지 말고 침착하게 대응해 나간다면 네가 못할 일은 세상에 아무것도 없다. 그러나 모든 일을 다 이룰 수 있다고 교만하거나 자만해서는 안 된다. 언제나 겸손한 마음으로 세상사에 임해야 한다. 아무리 재능이 뛰어나다고 하더라도 인간적인 이해와 서로 존중하는 마음이 없다면 공존하는 미덕은 찾을 수 없을 것이다. 이웃하는 친구들의 장점만 보려고 노력하기 바란다. 그들의 단점을 많이 본다면 공연히 마음이 불편할 뿐만 아니라 자연히 관계도 멀어질 것이다. 그러니까 모든 인간은 완벽하지 못하다는 사실을 전제하며 되도록 그들의 장점에 박수를 보내고, 칭찬하는 것을 익히도록 하려무나. 그러나 순간적인 기분으로 남을 칭찬하지도 말고, 더구나 비난은 절대 하지 않도록 하거라.

7월 17일

고통이 스승이다

어렵고, 힘들고, 고통스러운 시간이 많다고 한탄하지 말아라. 그런 모든 어려움은 자신의 내면의 힘을 성장시키고 발전시키는 원동력이 될 것이다. 어려운 일이든 쉬운 일이든 이겨내겠다는 마음만 먹으면 고통은 금방 성취감을 맛보여 줄 것이다. 고통을 고통이라고 의식하고 힘들어하면 그 고통은 엄청난 힘으로 나를 억누를 것이다. 그러나 고통을 꼭 필요한 인생의 과정이라 생각하면 용기와 강인함이 생겨나기도 할 것이다.

고통을 너를 안내하는 스승으로 여겨라. 아무리 행운아라고 해도 난관에 부딪치지 않고 세상을 살아갈 수는 없단다. 우선 어려운 일에 봉착하게 되면 이 난관을 어떻게 헤쳐나갈 것인가를 꼼꼼하게 짚어보고, 이것을 어떻게 처리할 것인가를 냉정하게 정리하여 합리적으로 이겨 나가야 한다. 이런 사고를 반복적으로 행하다 보면, 그런 냉철함이 후회 없는 인생을 살게 할 밑거름이 될 것이다.

알피니스트들이 사서 하는 고난행군이 결국은 정상 정복이라는 환희를 선사하는 것을 보아라.

7월 18일

세상 사는 지혜

자기가 원하는 일이 이루어지지 않으면 사람들은 누구나 절
망에 빠지고 좌절감을 느끼게 된다. 그러나 그 좌절감은 자기
가 이루고자 했던 일에 아무런 도움이 되지 않는다. 좌절감
속에 빠져 있으면 짜증만 날 것이고, 그것이 심해지면 무언지
모를 것에 대해서 이유 없는 분노를 일으키게 될 것이다. 분노
라는 것은 무엇을 해결하기는커녕 자기의 몸과 마음만 상하
게 하는 독이다. 금방 털고 일어나 그 일이 이루어지지 않은
원인을 찾아내야 한다. 그리고 자신을 냉엄하게 점검해 보아
야 한다. 잘못되었다는 판단이 서면 서둘러 다시 시작해야 한
다. 잘못된 설정으로 다른 방향으로 간 것이니까 옳은 방법을
찾아 발길을 돌려 처음보다 더 열심히 노력하면 좌절감이나
분노를 느낄 시간이 어디 있겠느냐.

책에서 배우고 어른들께 배운 지혜를 실제적으로 활용하면
너는 네가 이루고자 하는 일을 수월하게 이루어낼 수 있을 것
이다. 경험자들의 지혜에 편승하는 방법이 세상 사는 지혜이
기도 하다.

7월 19일

내가 나를 이기자

할머니가 기독교보다 불교를 더 선호하는 이유는 기독교는 신에 의존하는 종교이지만, 불교는 인본주의에 바탕을 둔 종교이기 때문이다.

우리의 삶에 대한 정의를 올바르게 짚어주고, 그리고 그 해결책을 스스로 정진해서 이루어내게 하는 가르침 때문에 불교의 경전에 더 이끌리는 것이다. 내가 깨달아, 내가 나를 이겨내고, 또 내가 나를 가르치는 불법을 할머니는 항상 마음 가까이에 두고 살았다. 아마도 인간의 완성을 이루는 길을 인도하는 불교의 교리에 심취했었던 것 같다.

자신의 통찰력을 키우고, 애증 속에서도 자아를 잃지 않는다면 그것보다 더 좋은 길이 어디 있겠느냐. 천국으로 가는 길이 가장 쉽다고 가르치는 것도 종교고, 그 길로 가는 길이 가장 어렵다고 가르치는 것도 종교다. 가장 쉽게 천국으로, 마음의 천국으로 갈 수 있는 길이 불교의 초월적 가르침에 있는 것 같다.

할머니의 천국은 재면이다. 재면이는 할머니의 천국이다. 그런데 할머니의 욕심이 한 가지 있다. 재면이의 천국도 할머니였으면 좋겠는데…….

7월 20일

말의 향기

무서운 개도 조련사의 훈련에 의해서 길들여지고, 거친 말도 조련사의 조련에 의해서 말 잘 듣는 순한 말로 길들여지듯이 사람도 조련이 필요하다고 생각한다. 그러나 사람은 자기 자신이 스스로를 길들이는 조련사가 되어야 한다. 언어를 길들이고, 행동거지를 길들이면 훌륭한 사람이 될 수 있다. 네가 너를 만들어 나가야 한다. 말도 감정 내키는 대로 하지 말고 심사숙고한 후에 조리 있고 차분하게 해야 한다.

말은 마음의 초상이고, 행동의 거울이고, 생명의 영상이다. 말에도 향기가 있다는 생각을 해본 적이 있느냐? 좋은 향기로 네 주위에 사람이 많이 모여들게 하거라. "건강한 귀는 병든 말을 듣고도 참을 수 있다"는 세네칼의 명언을 새겨듣기 바란다. 그러나 병든 귀는 좋은 말도 알아듣지 못하는 불구이다.

사랑하는 우리 재면아! 네가 캐나다로 떠난 지 꼭 한 달이 되었구나. 참 많이 그립고, 보고 싶다. 할아버지는 아침마다 네 사진 앞에서 "재면아, 재면아!" 부르며 아침인사를 한다. 그리고 "사무치는 그리움이 무엇인지 이제야 알 것 같다"고 하신단다.

7월 21일

이기심과 이타심

이기심은 모든 종교가 제일로 경계하는 적이다. 그리고 이기심은 인류 최대의 화근이다. 국가나 개인이나 이기심을 버린다면 모든 문제의 근본인 무지와 몰상식과 욕심이 사라질 것이다. 이기심을 버리면 저절로 이타심이 생길 것이다. 자기 국가만을 생각하고, 자기 자신만을 생각하고, 모든 것을 자기의 이익으로 귀결시킨다면 세상은 아수라장이 되고 말 것이다. 진정으로 자신을 위하는 사람이라면 나보다 먼저 남을 생각하는 마음을 가져야 한다. 공동체의 삶을 외면한다면 참다운 지식인이라고 할 수 없다. 젊은 날 쌓은 지식은 나만을 위해서가 아니라 참된 인간이 되기 위해서다. 사람은 혼자서만 고립되어 살 수 없는 존재다.

세상에서 가장 부끄럽고 수치스러운 것이 이기심이다. 이기심은 자기 마음에 고대광실(高臺廣室) 큰 지옥을 짓는다. 그러나 이타심은 자기 마음에 무한대의 천당을 만든다. 이치로만 알고 있지 말고 가슴으로 터득하여 실천하기 바란다.

7월 22일

모든 것은 내 탓이다

자신감이 없고 늘 불안한 사람들이 화를 잘 내고 짜증을 많이 내더구나. 그런 이들은 자기가 심약하다는 것을 그런 식으로 표현하는 사람이다. 마음이 강인하면 외부의 어떤 충격에도 혼란스러워하거나 흥분하지 않는 법이다.

자신감에 차 있고 안정되어 있는 사람은 청아한 인품의 소유자답게 어지간한 일에는 크게 화를 내지도 않고, 낯빛을 바꾸는 일도 여간해서 없더라. 세상에는 자기 자신에게는 한없이 관대하고 너그러우면서도 다른 사람에 대해서는 아주 냉엄한 사람들이 있다. 그런 사람들은 나쁜 일이 있으면 그것을 모두 다른 사람 탓으로 돌리고, 원망하고 질책하기에 바쁘더라. 자신의 허물을 돌아볼 생각은 하지 않고 남을 탓하거나 운명의 탓으로 돌려버리더라.

다른 사람의 흉허물에는 되도록 관대하게 대하고, 나에게는 인색한 사람이 되기 바란다. 그렇게 하기가 지극히 어렵다는 것을 안다만, 어쩌면 할머니도 그렇게 하지 못하면서 재면이에게 어려운 요구를 하는 것인지도 모른다. 보고 싶다 재면아!

7월 23일

사람의 길, 시인의 길

시인의 길은 집중과 고독에 있다. 그리고 항상 자기 자신을 성찰하는 마음과, 사람은 물론이고 세상 만상을 애정으로 보는 눈을 가져야 한다. 어찌 시인의 길만 그렇겠느냐. 이 세상 누구에게나 해당되는 말이 아니겠느냐. 다만 시인에게 더 요구되는 것일 뿐이다. 한때의 쾌락이나 우쭐댐은 삶에 아무런 보탬이 되지 않고 허망함만 보탤 뿐이다. 진실함과 진정성이 담기지 않은 표피적 행위는 참으로 무의미하다. 그리고 많이 갖고 싶은 것, 배불리 먹는 것, 이런 것들은 정신적·육체적으로 병이 될 뿐이다. 모든 것은 지나치지 않으면 허물이 없는 법인데, 너무 욕심부리면 탈이 생기고, 그 탈이 불러온 고통으로 괴로워하는 것이 인간이다. 잃고 얻는 것에 마음 빼앗기지 말고 오로지 앞을 향해서 나아가라. 마음속에 곧은 의지만 있으면 혼자라도 쓸쓸하지 않다. 그러나 허망한 생각이나 잡생각을 많이 하게 되면 평생 그런 헛된 생각에 빠져 지내게 된다. 사람의 운명은 자기 자신의 의지에 달렸다. 정신을 집중시켜서 옳은 일, 좋은 일, 보람 있는 일이 무엇인지, 하루를 끝내고 잠자리에 들 때마다 깊이 명상하는 시간을 갖거라.

7월 24일

인생은 장애물 경주

『채근담』에 있는 말인데, '악한 일을 하고 두려워하면 아직 선함이 남아 있는 것이고, 선한 일을 하고 남이 알아주기를 바라는 것은 그 선함 속에 악의 뿌리가 있는 까닭'이라고 했다. 아름답고 훌륭한 행위도 사람들에게 알려지면 이미 부끄러움이라고도 했다. 『채근담』에 있는 말대로 살기는 어렵겠지만, 그 말을 가슴속에 새겨두고 자신을 담금질하거라. 고통스러운 일의 결과에는 만족감이 충만하고, 쉽게 한 일의 결과에는 부끄러움이 끼어 있기 마련이다. 고통이 없는 성취에는 큰 가치를 두지 말아라. 인생의 과정을 장애물 경기라고 생각하고 고통스럽고 어려운 일이 있어도 주춤거리지 말고 편안하고 즐겁게 뛰어넘기 바란다. 즐거움을 나누어 괴로움을 채우고, 괴로움은 괴로움으로 견뎌내어 빨리 벗어나거라.

나비가 꽃을 피하기 어려운 것처럼 인생살이에서 고통을 피하기는 어렵다. 고통과 괴로움이 실타래처럼 얽혀 있는 것이 인생이다. 차근차근 쉽게 풀어 나가는 달인이 되어라.

7월 25일

가득 차면 넘친다

해가 뜨면 기울기 마련이고, 해가 기울면 어둡기 마련이다. 둥근 달은 한 달 내내 둥글어지고, 둥근 달은 또 나날이 이지러진다. 세상사 모든 것이 가득 차면 넘치게 되어 있고, 모자란 것은 채워지게 되어 있다. 그저 순리대로 조급해하지 말고 차근차근 천천히 나아가라. 달걀을 보고 새벽을 알리기를 바라서야 되겠느냐. 천천히 성실하게 꾸준히 노력하면 네가 원하는 것을 이룰 수 있을 것이다. 기다리는 사람에게는 행운이 올 것이고, 고통을 참지 못하고 중도에 포기한 사람에게는 불행이 올 수밖에 없지 않겠느냐. 균형 잡힌 인생설계를 한다는 것이 말처럼 쉬운 것은 아니지만, 기본바탕만 튼튼하게 갖추면 바라는 것이 쉬이 이루어질 수도 있다. 고통을 참아내는 인내심과 끊임없는 노력을 이끄는 지속성을 갖는다면 너는 아주 슬기롭게 인생을 헤쳐 나갈 수 있을 것이다. 남에게는 관대하고 자기 자신은 윤리의식으로 철저히 무장시킨다면 너는 모든 사람들에게 존경받는 큰사람이 될 것이다.

7월 26일

마음을 단련하는 방법

공부가 하기 싫고, 일도 하기 싫고, 밥도 먹기 싫고, 잠도 자기 싫고, 놀고만 싶고, 게으름을 피우고 싶고, 방탕하고 싶고, 자유로워지고 싶고, 이런 감정이 때때로 일어나도 괴로워하지 말아라. 사람들은 누구나 그런 마음의 갈등을 겪으면서 사는 것이다. 그런 감정의 변화를 부끄러워하거나 괴로워하지 말아라. 그런 상태가 일 년을 계속 가면 곤란하지만 순간순간 일어나는 것은 아주 정상적이고 자연스러운 일이다. 그건 정신적 성숙을 향해 가는 단계일 뿐이다. 그런 감정은 성장의 윤활유 역할을 하기도 한다. 그렇기에 평소부터 마음 단련을 해야 하는 것이다.

우리 재면이도 태권도를 배울 때 명상의 시간을 가졌을 것이다. 그 명상이라는 것이 바로 마음단련을 하는 방법이다. 명상을 하면 마음이 편안해지고 안정감이 온다. 그렇게 되면 집중력이 모아져서 어떤 일이든 훌륭하게 해낼 수 있는 것이다. 감옥에서 양심수로 갇혀 지내던 사람이 이 세상으로 나오면 성자가 되는 것도 명상 덕이라고 생각한다. 성공회대학교 신영복 교수가 그런 사람 중의 한 분이라고 생각한다. 고통을 안겨 주었던 사람들이 그를 성자로 만든 것이다.

7월 27일

의무와 책임감

자기가 한 일에 책임을 지는 사람, 세상사를 긍정적인 태도로 받아들이는 사람, 마음속에 사랑과 연민이 있는 사람, 친근하고 따뜻한 감정을 가진 사람, 그런 심성을 가진 사람들이 인생에 성공을 거둔 사람이다. 완벽하고 온전한 사람은 없지만, 언제나 자기의 몸과 마음을 다스리고 내면의 장점을 살려내어 꾸준히 창조적인 변화를 꾀하는 사람이 되거라. 할머니가 글을 쓰다 보니 재면이가 모범의 모델이 된 것 같기도 하다. 너의 책임감, 긍정적인 태도, 사랑과 연민, 친근하고 따뜻한 감정 등 그 모두가 재면이의 심성이 우러난 것이 아니겠느냐.

현대 사회라는 것이 극심한 경쟁을 유발하는 체제이다 보니 진실한 사람이 심성이 나쁜 사람에게 이용당하는 경우도 많을 것이다. 이용당한다는 사실을 알고 있으면 그에 대응하겠지만 모르고 당했을 때는 낭패를 볼 것이다. 수시로 점검해서 주위를 잘 살펴보거라.

사랑하는 재면아! 언제나 지혜로운 이성으로 사람을 가릴 줄 알아야 하고, 실수했을 때는 그 사람과의 관계를 심사숙고하기 바란다.

7월 28일

마음먹기

어디서 무슨 말을 할 때 문제의 핵심이 흐려지도록 장황하게 서론을 늘어놓지 말고, 정확하고 명쾌하게 요점을 짚어 말하기 바란다. 상대방의 반응에 흥분하지 말고, 침착하고 논리정연하게 그리고 상냥한 태도로 네 주장을 펴기 바란다. 자기의 주장에 너무 집착하는 것도 보기 흉하고, 상대방에게 적개심을 품는 것도 천박하다. 상대방이 무경우하게 나오더라도 '이 사람이 나의 인내심을 길러주는 사람이구나' 하고 마음을 가라앉히고 이성적으로 대응하면 네 주장을 결국 관철하게 될 것이다. 인내심은 네 생활을 행복하게 이끌어주는 안내자가 될 것이다. 참는 버릇을 들이면 어떤 일도 참을 수 있지만, 사소한 일에도 벌컥벌컥 화를 내면 아주 작은 일도 참아내지 못할 것이다.

겨울에 날씨가 춥거든 추워야 겨울답다고 생각하고, 여름의 폭염에도 덥다고 짜증내지 말고, 이 여름이 지나면 하늘 높고 구름도 맑은 가을이 온다는 생각을 하면 큰 고통 없이 괴로움을 이겨낼 수 있을 것이다. '세상만사 마음먹기에 달렸다'는 흔한 말을 내 것으로, 마음속에 간직할 줄 아는 지혜가 곧 그 뿌리이다. 사랑하는 재면아, 건강하거라.

7월 29일

꿈 중에 가장 큰 꿈

재면이는 이 세상에서 가장 중요한 것이 무엇이라고 생각하느냐. 할머니는 이상을 갖는 것, 그리고 꿈을 꾸는 것이라고 생각한다. 이상이 없고 꿈이 없으면 세상을 살아나갈 희망이 없어지는 것이다. 꿈이 없다는 것은 눈을 감고 주저앉아 있는 것과 같다.

이루지 못할 꿈은 없다. 설령 이루지 못할 꿈이라고 해서 꿈조차 갖지 않는다면 그날그날이 너무 지루하고 삭막해질 것이다. 꿈을 정해놓고 그 꿈을 향해 매일매일 한 걸음, 한 걸음씩 나아가는 것이 젊은이의 특권이고 아름다움이다.

늙었다고 해서 꿈을 꾸지 않는 것은 아니다. 할머니의 나이에도 내일의 꿈을 가지고 있단다. 잘 늙는 것, 젊은이에게 부담이 되지 않게 늙어가는 것, 그리고 이 세상이 끝날 때까지 시를 읽고, 시를 쓰는 것. 또 하나, 재면이의 커가는 모습을 오래오래 바라보고 싶은 것. 할머니의 이상과 꿈은 재면이란다. 그 꿈이 할머니의 꿈 중에 가장 큰 꿈이고, 가장 행복한 꿈이다. 그게 어디 할머니만 그렇겠느냐. 이 세상 모든 할머니들의 꿈은 다 그렇단다. 사랑한다.

7월 30일

네 성을 쌓아라

인생을 잘 살아낼 수 있는 방법은 어떤 것에도 구애받지 않는 자유와 스스로 만족하는 행복을 느끼는 길이라고 한다.

누구에게도 의존하지 않고, 혼자서 자기 자신의 길을 개척해 나가는 것이 가장 훌륭한 모습이란다. 다른 사람의 권유 때문에, 다른 사람이 하니까 나도 한다는 식이 되면, 하는 일에 권태가 오지 않을 수 없다.

누구에게도 방해받지 않고 간섭받지 않는 너 자신의 성을 쌓아라. 너 혼자 있어도, 여러 사람과 같이 있어도 네 뜻을 마음대로 펼치고 행동하기 바란다. 만약 일이 뜻대로 안 되면 성격 탓이라고 단념하지 말고, 일을 방해하는 성격을 고쳐 나가도록 마음을 다잡아 나가야 한다.

재면이가 새로운 일에 직면할 때마다 배가 아픈 것은 아주 자연스러운 일이다. 그만큼 신경을 쓰는 것이니 결과가 좋게 나오는 것 아니냐. 할머니는 재면이가 아파하는 그 괴로움이 안타까운 것이다.

사랑하는 재면아! 마음을 강하게 단련시켜라. 한평생을 배가 아플 수는 없지 않겠느냐. 그 원인이 '심약'에 있다는 것을 잊지 말아야 할 것이다. 인생살이의 모든 어려운 일이 재면이 앞에 얼씬도 못하게 기도하마.

7월 31일

나는 어떤 사람인가

누구나 하루에 한 번쯤은 나는 누구인가, 나는 어떤 사람인가, 나는 무슨 일을 하면서 일생을 보낼 것인가, 나는 강한 사람인가 약한 사람인가, 진정으로 내가 원하는 것은 무엇인가, 부모에게는 어떤 자식이고 동생에게는 어떤 형인가, 나는 지금 이대로 만족하는가 아니면 더 노력해야 하는가, 하는 생각들을 한다.

책을 읽는 것도, 타인과의 교우관계도 중요하지만 제일 중요한 것은 '나와의 대화'라는 것을 잊지 않도록 해라.

물론 친구와의 관계, 스승과의 관계도 중요하지만 자기 자신과의 관계, 즉 대화의 상대를 자기 자신으로 삼는 것이 너 자신을 발전시키는 좋은 계기가 될 것이다. 그런데 이 일을 실천하는 사람은 그다지 많지 않다. 자기 자신과의 대화만이 가장 솔직하고, 가장 정확한 충고가 되지 않겠느냐. 가장 중요한 문제는 언제나 너 자신이라는 것을 잊지 말아라.

재면아! 너 자신을 네가 존중하고, 사랑하고, 더 나아가 자기 스스로를 존경할 수 있는 차원에 이르기 바란다. 하루에 한 번쯤 크게 심호흡하고 나는 누구인가, 자문하거라.

욕심의 강이 흐른다. 때로 물살거칠다. 흐르는 강에 눈길 주지말끄

8월

강건너 쿨 니주하르즘 바라보아야지. '강을건너야지'
혈수2001 🏯

8월 1일

쉽고 어려운 일

자기 자신이 어떤 사람인가 아는 것이 쉬운 일일까, 어려운 일일까. '쉽고도 어렵다'가 정답이 아닐까 싶다. 자신을 잘 알지 못하면 인생설계는커녕 어떤 일을 하며 살아가야 하는지도 모르게 된다. 자기 자신을 제일 잘 아는 사람이 자신이어야 하는데, 막상 그렇지 못한 게 아닌가 싶다. 왜냐하면 인생길을 잘못 선택해 중년이 지나서야 흔들리고 후회하는 사람들이 적지 않기 때문이다. 그러니 인생길을 본격적으로 시작해야 하는 이십 대 초반에 자신을 완전하게 파악해야 한다. 갈 곳이 정해져야 길을 떠나는 것처럼 자기 자신을 잘 파악해야만 자신에게 맞는 직업을 선택할 수 있고, 평생의 길벗인 배우자도 잘 고를 수 있을 것이다.

그렇게 잘 파악하고 선택해서 인생항로를 정해도 때때로 좌절할 때가 있을 것이고, 괴로움을 견뎌내기 힘들 때도 있을 것이다. 그러니 자기 자신이 누구인지도 모르고, 어영부영 세월을 보내는 사람의 일생은 얼마나 속절없겠느냐. 네 안에 있는 훌륭한 잠재력을 언제나 잘 활용해서 불가능은 없다는 확신을 생활신조로 삼기 바란다.

8월 2일

훌륭한 인생의 지휘자

재면이는 무엇을 하며 살고 싶으냐. 어느 누구도 대신 살아줄 수 없는 단 한 번뿐인 인생의 주인인 너는 네 인생의 동반자고, 안내자이고, 스승이고, 감시자다. 그렇기에 날마다 행복을 느끼느냐, 불행을 느끼느냐 하는 것도 너 자신이 결정하는 문제다. 네 인생의 훌륭한 지휘자가 되어서 위대한 오케스트라를 연주하기 바란다. 믿을 것은 오로지 너 자신일 뿐이다.

우리는 매일 아침 눈을 뜨면서부터 많은 선택을 하게 되어 있다. 큰일에서부터 사소한 일에 이르기까지, 해야 할까, 말아야 할까, 무엇을 먹을까, 무엇을 입을까, 그 문제는 어떻게 처리해야 할까. 잠들 때까지 수많은 선택을 해야 하는 것이 우리네 삶이다.

그런 모든 것들을 너는 너 자신과 상의해서 결정을 내릴 것이다. 자기 자신과의 합의 아래 이루어진 결정에는 후회하거나 갈등할 필요가 없다. 잘 내린 결정도 잘못 선택한 결정도 모두 자신이 한 것이니 누구를 원망하겠느냐. 자기 자신을 신뢰하는 것은 행복한 일이다.

8월 3일

말과 행동

세상을 살아가려면 반드시 사람들과 얽히게 되어 있다. 할머니는 바보처럼 재면이가 좋은 사람들만 만나는 행운이 있길 바란다. 그렇다면 어떤 사람이 좋은 사람일까. 글쎄, 그 사람의 언행을 잘 살펴봐야 하지 않을까? 글은 곧 그 사람이라는 말이 있다. 말과 행동이야말로 결코 속일 수 없는 그 사람이다. 한두 번이 아니고 여러 번 그 사람의 말과 행동을 유심히 관찰하면 그의 속마음이 환히 들여다보이게 된다. 과장이 많고 허풍을 잘 치는 사람, 거짓말을 쉽게 거듭하는 사람, 말과 행동이 다른 사람, 약속을 잘 지키지 않고도 진심으로 미안해하지 않는 사람, 변명을 능란하게 하는 사람, 도움을 받고도 고마워할 줄 모르는 사람, 남의 험담을 일삼는 사람, 사람을 차별하는 사람, 인색한 사람, 이런 사람들은 좋은 사람과 반대되는 사람일 것이다. 이런 사람들과의 인연은 너를 많이 괴롭힐 것이다. 그런 사람들이 너와 인연이 없기를 바란다.

사랑하는 우리 재면이는 선행을 하고도 말이 없고, 칭찬받을 일을 하고도 겉으로 드러내는 일이 없으니, 어렸을 때부터 어찌 그리 성품이 고우냐. 그대로 커가거라.

8월 4일

할머니의 욕심

많이 배웠다고 다 훌륭한 사람은 아니다. 네가 세상살이를 해가면서 알게 되겠지만 이 세상에는 많이 배운 사람들이 더 많은 잘못을 저지르며 살고 있단다. 그건 참으로 슬픈 일이지만, 어찌할 수 없는 인간사이기도 하다. 이 말의 뜻과 현실을 이 다음에 어른이 되어 차차로 체험하고 확인하게 될 것이다.

사랑하는 재면아!

많이 들은 말, 많이 읽은 글, 많이 본 것 중에서 가장 훌륭하다고 생각되는 것만 네 마음에 간직하며 바른 길을 택하도록 해라. 우리 재면이는 최고의 지식을 쌓고, 최고의 언행을 하는 사람이 되기를 바라는 것이 할머니의 욕심이구나. 그리고 인생사에서 가장 중요한 것이 신용이다. 물, 공기, 햇볕처럼 중요한 것이 신용이다. 신용이 있는 사람이 신의가 있는 사람이고 훌륭한 사람이다. 세상을 사는 데 중요한 것이 많이 있지만 신용과 신의가 가장 큰 무기라고 해도 지나침이 없을 듯싶다. 한번 잃은 신의는 백번을 잘해도 회복하기 힘든 것이다. 할머니가 신의 없는 사람들과의 인연을 빨리빨리 정리하지 못하고 산다며 할아버지는 늘 타박이시다.

8월 5일

모든 것은 노력으로 이루어진다

이 세상에는 공짜로 거저 되는 일은 하나도 없다. 어느 분야에서나 최고의 자리에 오른 사람들은 모두 다 목숨을 건 노력을 한 사람들이다. 피나고 뼈를 깎는, 자기 자신과의 싸움에서 승리한 치열함의 열매가 곧 성공이다. 하루에 이루어지는 것은 아무것도 없다. 최고의 자리가 보여주는 빛은 빙산의 일각이고, 그 아래에는 빙산만큼 큰 고통이 감추어져 있다. 창문을 열지 않으면 바람이 들어오지 않고, 커튼을 젖혀야만 볕이 들어오는 이치다.

할머니는 어느 분야에서건 성공한 사람들을 존중하고 존경한다. 그 성공이 있기까지 그들이 감내한 고통은 언제나 가슴 저리는 감동이고, 숙연한 교훈이다. 이 세상에는 운이 좋아서 되는 일은 없다. 운이 좋아서 그렇게 되었다고 믿는 것은 노력하지 않은 게으른 사람들의 치졸한 변명일 뿐이다. 천재도 오로지 노력으로 이루어진다. 꾸준히 걷지 않으면 목적지에 도달하지 못한다. 할머니는 이 쉬운 진리를 이 늙은 나이에도 새삼스럽게 가슴에 새긴다. 캐나다는 많이 덥지? 요즘엔 세계의 기후를 살펴보고 있단다.

8월 6일

나는 무엇을 할 것인가

세상에는 자신이 누구인지, 어떻게 살아갈 것인지 한 번도 생각하지 않은 어리석은 사람들이 많다. 남이 하니까 나도 하고, 남이 가니까 나도 가고, 남이 입으니까 나도 입고, 유행이니까 따라 하는 부끄러운 개성, 핸드폰이 필요치 않은 어린 학생들이 남이 가졌으니까 나도 갖는 흉내 내기. 원숭이 세상이다. 왜 그렇게 나를 다른 사람의 기준에 맞추려 하는지 한심하기 짝이 없다. TV 광고대로 따라 하는 젊은이가 많은데, 그들은 자신이 누구인지, 자신이 무엇을 해야 하는지, 생각 없이 살기 때문에 영화배우나 가수를 무조건 따라 하고, 무조건 박수를 보내고, 그들을 영웅으로 떠받드는 것이 아니냐.

남이 하니까 나도 따라 하는 몰개성한 어릿광대가 되지 말고, 잘된 것을 따르고 잘못된 것에는 비판을 가할 수 있는 현명한 재면이가 되도록 힘써라. 재면이는 어린이인데도 개성이 뚜렷해서 할머니가 더욱 좋아한단다. 엄격하게 스스로를 통제하고, 책임 있는 행동을 하는 젊은이가 되어 이 나라를 올바르게 이끌어가기 바란다. 매일 새롭게 다짐하고 실천하거라.

8월 7일

인생의 목표

매일매일 운동을 하면 근육이 단련되어 몸이 건강해진다.
마찬가지로 날마다 자신의 내면을 단련시키면 정신이 강건하
게 되어 자기가 뜻한 것을 이룰 수 있을 것이다. 인생의 목표
를 세우는 일이 무엇보다 중요하다. 운동선수는 기록 갱신의
목표를 세워놓고, 그 목표를 향해 밤낮을 가리지 않고 몸이
부서지도록 땀흘려 훈련한다. 너도 인생의 목표를 세워서 그
길로 매진하거라. 행복과 성공이 거기서 기다리고 있을 것이
다. 그 목표를 이루기 위해 할 일은 저녁 잠자리에 들기 전 자
신이 오늘 한 일이 무엇이었나를 다시 한 번 생각해 보고, 오
늘 하려던 일이 제대로 이루어졌는가 점검하는 습관을 들이
는 것이다.

내가 오늘 한 일이 내 스스로의 결정에 의한 것이 아니고 부
모의 종용에 의해서, 부모에게 듣기 싫은 소리를 들을까 봐 억
지로 한 행동은 아닌가. 부모나 선생님의 강요에 못 이겨 한
행동이나 공부는 억지로 한 것이기에 효과가 나지 않지만, 나
자신을 위해서 스스로 한 일이라면 어려움을 겪은 일일수록
만족감과 성취감이 배가되어 너를 행복하게 만들어줄 것이다.

8월 8일

하루에 10분!

하루에 10분이면 아주 짧게 느껴지지만 그것을 하루도 빠짐없이 계속한다는 것은 어려운 일이다. 할머니도 그런 계획을 많이 세워보았지만 제대로 지켜진 것이 별로 없었단다. 그러나 네 할아버지는 계획한 대로 변함없이 인생을 살아오신 분이다. 인생경영을 한마디로 압축해서 말하자면 '자기와의 싸움'이다. 흔히 말하는 '결심'이라는 것이 곧 그것인데, 그 싸움에서 이기기 위해서는 지치지 않고 줄기차게 계속 노력하는 것뿐이다. 그런데 그것이 너무 어려워 무수한 사람들이 실패의 쓴잔을 마신단다. 너도 할아버지처럼 자기와의 싸움에서 승리한 훌륭한 인생경영자가 되기를 간절히 소망한다. 할아버지는 인생이라는 외길의 레일 위를 걸으며 한 번도 떨어진 일이 없었단다. 자기 자신을 사랑하고, 자기 자신이 잘되기를 바라는 그 소박한 마음으로 최선을 다하면 행복한 나날이 너를 이끌어갈 것이다. 할머니가 이렇게 구구하고 장황하게 인생에 대한 애기를 하는 것은 후회 없고 행복한 삶을 살게 하기 위한 조언이니, 찡그리지 말고 매일매일 이 글을 읽고 마음에 새기기 바란다. 악수!

8월 9일

자신이 만든 길

용기가 없는 목숨은 하찮은 목숨이다. 용기는 모든 어둠을 물리칠 수 있는 등불이다. 용기는 자기 자신의 의지 안에 있다. 그 마음속에 있는 것을 표현할 수 없는 것은 소심증이거나, 비굴이거나, 겁쟁이의 못난 짓이다. 용기는 진실하고 고결하고 자랑스러운 힘이다. 그런 힘을 가슴속에 간직하기만 하고 표현하지 않는 것은 흙 속에 묻혀 있는 다이아몬드 원석일 뿐이다. 그 원석을 다듬어 보석을 만들어야 한다. 재면이 가슴속에 쌓여 있는 원석을 보석으로 만들어야 한다. 그 원석을 보석으로 만들 사람은 다름 아닌, 바로 재면이 너 자신이다.

자신의 길은 자신이 만들어가는 것이다. 할 수 있다고 마음먹으면 하지 못할 일이 없고, 할 수 없다고 생각하면 그 어떤 일도 이룰 수 없다. 의지가 굳은 사람만 용기가 있는 사람이 아니고, 그 의지를 표현하고 실천하는 사람도 용기가 있는 사람이다. 어떤 일에 대해서 두려움을 갖는 일이 가장 어리석은 일이다. 용기는 모든 어려운 난관을 극복하는 힘이다. 용기 있는 사나이가 되어서 미지의 인생길을 향해 힘차게 발걸음을 내딛기 바란다.

8월 10일

씨줄과 날줄

혹시 누가 너를 싫어한다고 해도 신경 쓸 필요가 없다. 그릇된 행동만 하지 않았으면 그런 것에 마음 상할 이유가 없는 것이다. 너도 이유 없이 싫은 사람이 있듯이 다른 사람도 그냥 너를 싫어할 수 있기 때문이다. 그건 서로가 인연이 닿지 않은 관계이니 어쩔 수 없는 일이다. 너는 네 방식대로 바르게 행동하고 생활하면 된다. 그러나 한 번쯤은 그가 왜 나를 싫어하는지 진지하게 생각해 볼 필요는 있다. 오해에서 그렇게 되었을 수도 있고, 시샘에서 그럴 수도 있을 것이다. 오해라면 언젠가는 자연스럽게 풀리겠지만, 시샘에서 연유한 것이라면 정말로 너하고는 무관한 문제다.

못나고 어리석은 사람의 치졸함까지 네가 신경 쓸 필요가 없다. 어떤 오해에 얽혀 있다 해도 크게 마음 쓰지 말아라. 좋은 일, 싫은 일, 옳은 일, 그른 일이 씨줄과 날줄처럼 얽혀 있는 것이 세상살이다. 진실하고 바른 마음으로 세상살이를 꾸려간다면 편안함과 자유와 행복이 너와 친구가 될 것이다. 재면아! 사랑한다.

8월 11일

마음의 수호신

다른 사람의 의견은 최대한 존중해 주고 언제나 자기 성찰을 게을리하지 말아야 하며, 겸손해야 되고, 작은 일에도 감사하는 마음을 가져야 한다. 어리석은 사람을 깔보지 말고 너의 인품과 지혜로 그를 도와주고 다독거려주어라. 우선은 너와 가까운 모든 사람에게 인정스럽게 대해야 하고, 어려운 일을 당한 사람이나, 병든 사람에게 진심이 담긴 위로를 아끼지 말아라.

사랑하는 재면아!

더러 마음이 상해서 울적해도 거기에 오래 머물러 있지 말고, 그것을 잊어버릴 수 있는 지혜를 갖추어두거라. 할머니는 젊었을 때 화가 가라앉지 않고 마음이 자꾸 괴로우면 피아노를 쳐서 그 괴로움을 해소시키고는 했다. 더러 마음이 슬프고 외로울 때는 혼자서 조용히 노래를 읊조리며 감정을 달래기도 했단다.

재면아! 이즈음에 할머니는 아무리 화가 나는 일이 있어도 재면이 생각만 하면 금방 입가에 웃음이 피어난단다. 할머니의 수호신은 재면이란다.

8월 12일

나는 대한민국이다

1910년 일본에 나라를 완전히 빼앗겨버린 것은 우리 민족 최대의 굴욕이었고, 최대의 치욕이었다. 왜냐하면 5천 년 역사 중에 외침을 숱하게 당하며 괴로웠지만, 나라를 완전히 빼앗긴 것은 최초의 일이었기 때문이다. 그래서 '일본의 식민지 36년'이 우리 민족의 역사에 지울 수 없는 문신이나 화인(火印)으로 찍히게 되었다. 그 36년 동안 죽어간 우리 동포가 400여 만 명이었다. 한반도를 차지하고 있었던 일본인 전체의 수는 80여 만 명이었다. 일본인 한 사람이 우리나라 사람 다섯 명씩을 죽인 셈이었다.

그런데 우리 민족은 그렇게 당하고만 있었을까? 아니었다. 해방이 된 그날까지 치열하게 독립투쟁을 전개했다. 그 수난과 투쟁의 역사 전모를 써낸 소설이 있다. 그게 할아버지가 쓴 『아리랑』이다. 거기에 "당신들 한 사람, 한 사람이 조선이다" 하는 말이 나온다. 우리 재면이는 그 말의 중대함을 알겠지?

재면아! 중학생이 되면 할아버지가 쓰신 『아리랑』을 꼭 읽도록 하거라. 『태백산맥』과 『한강』도!

8월 13일

제일 좋은 친구

　재면이는 재면이의 제일 좋은 친구다. 재면이는 재면이의 등불이다. 자신을 사랑하고, 자신을 믿고, 자신을 의지하는 멋진 재면이가 되어라. 세상에서 가장 귀하고 소중하고 사랑스러운 존재는 나 자신이라는 것을 항시 기억하기 바란다. 이 세상에 나보다 귀한 것이 어디 있겠느냐. 그렇게 나를 가꾸어가다 보면 재면이는 이 나라의 등불이 될 것이고, 모든 사람들이 좋아하는 친구가 될 것이다. 그리고 모든 사람들에게 사랑받는 존재가 될 것이다.

　재면이의 재산은 재면이다. 재면이가 가지고 있는 보물은 재면이다. 재면이는 재면이의 최고의 빛이다. 열매를 얻으려면 씨를 뿌려야 한다지 않느냐. 너는 너 자신을 경작하는 농부다. 훌륭하게 자란 재면이의 모습을 그려보며 할머니는 벌써부터 행복에 젖어 있단다.

　할머니, 할아버지의 즐거움이고 보람이고 희망인 재면아! 부디 건강하고, 언제나 즐겁고 행복한 생활을 즐기기를!

8월 14일

장애물을 만들지 말자

자신을 낮추는 사람은 다른 사람이 그를 높여주지만, 자기 자신을 스스로 높이는 사람은 다른 사람들의 웃음거리가 되거나 무시당하게 되어 있다. 어떤 사람 앞에서도 교만하거나 오만하지 말아라. 그것이 삶을 지혜롭게 사는 방법 중의 하나다. 똑똑한 체하는 사람이 성공하기는 참으로 어렵다. 많은 장애물을 스스로 만들어내기 때문이다. 겸허하고 예의 바르고 공손해야만 아무도 그를 경계하지 않는다. 그래야만 목적지까지 어려움 없이 도달한다. 교만한 마음은 아무리 감추려 해도 드러나기 마련이고, 그 교만함은 다른 사람을 무너뜨리는 것이 아니라 자기 자신을 허물어버린다는 것을 기억하거라.

헐뜯기 좋아하고 비방이 앞서는 사람과는 거리를 두거라. 어찌 되었든 서로 다툰다는 것은 좋지 않은 일이다. 이기면 진 사람에게 미움을 사게 되고, 지면 마음의 분노로 얼마나 괴롭겠느냐. '지는 것이 이기는 것'이라는 우리 어머니의 말씀을 할머니는 대인관계의 타산지석으로 삼았단다.

8월 15일

자기와의 싸움

경쟁의식처럼 사람을 피곤하게 하는 것은 없다. 자기보다 나은 사람을 보면 시기심과 질투심에 그가 밉고, 싫고, 더 나아가 그가 두려워지기까지 한다. 상대방은 아는 체도 안 하는데 스스로 자신을 괴롭힐 필요가 있겠느냐. 그것은 자해행위와 같단다. 그것은 이성적 판단과 냉정한 사고가 없는 어리석은 사람이나 하는 짓이다. 괜히 다른 사람에게 경쟁의식을 가질 것이 아니라 자기 자신과의 싸움에 충실해야 한다. 어제보다 나은 오늘을 위해 자기 자신과 쉼 없이 싸워야 한다. 경쟁은 승리를 좋아하지만, 승리는 경쟁을 좋아하지 않는다. 노력은 하지 않고 저절로 이기기를 바라는 승리는 무모한 것이다. 나와의 경쟁에서 이기는 자가 진정한 승리자라는 것을 언제나 잊지 말아라.

승리는 의지의 산물이지, 경쟁의 산물이 아니다. 남을 이기는 방법은 남을 이기지 않으려는 생각이다. 그런데 숱하게 많은 사람들이 이 사실을 깨닫지 못하거나 쉽게 망각해 버린다. 인내심과 집중력 강한 우리 재면이는 그런 어리석음을 절대 저지르지 않으리라 믿는다.

8월 16일

『손자병법』

할머니는 어렸을 때『손자병법』을 읽다가 어른들께 꾸중을 들은 적이 있었다. 그때 어른들 말이 "계집애가 그런 것을 읽으면 팔자가 사나워진다"는 것이었다. 그러나 할머니는 그것을 읽고 난 후 남자라면 누구나 한 번쯤은 읽어야 할 책으로 꼽았다. 지혜로운 인생경영을 위해서 해로운 책이 아니었기 때문이다.『손자병법』에 있는 말이다. 적을 알고 나를 알면 백번 싸워도 위태롭지 아니하다. 그러나 적을 모르고 나를 알면 한 번은 이기고 한 번은 진다. 적도 모르고 나도 모르면 싸울 때마다 반드시 위태롭다. 승리를 미리 아는 다섯 가지 계율도 있더라.

1. 싸울 수 있는 경우와 싸워서는 안 될 경우를 아는 자는 이긴다.
2. 많은 병력과 적은 병력의 사용 방법을 아는 자가 이긴다.
3. 윗사람과 아랫사람의 마음이 같으면 이긴다.
4. 조심스레 경계함으로써 경계하지 않는 적을 기다리는 자가 이긴다.
5. 장수가 유능하고 군주가 견제하지 않는 자가 이긴다.

257

8월 17일

노력 끝에 오는 것

자유라고 하는 것은 법을 벗어나 제멋대로 하는 행동이 아니다. 법이 제한하고 허용한 범위 안에서 하는 행동이다. 자제를 전제로 한 자유만이 인간이 누려도 되는 특권이다. 그리고 권리이기도 하다. 자기의 임무를 충실히 이행한 자만이 누릴 수 있는 행복이 자유이기도 하다. 자기의 임무를 충실히 이행하지 않은 사람은 진정한 의미의 자유를 만끽할 수 없는 사람이다. 최고의 법이 자유다. 그 자유를 누리기 위해서 사람들은 끝없는 노력을 한다.

우리는 삶의 굴레와 인생의 숙제에서 벗어나기 위해 노력한다. 그 노력 끝에 오는 것이 자유다. 게으른 사람에게도 자유는 오지 않고, 낭비하는 사람에게도 등을 돌리는 것이 자유다. 땀흘려 얻은 열매가 자유다. 인생의 진정한 즐거움은 고단한 일을 하고 난 후에 만끽하는 자유에 있다. 일한 뒤에 갖는 자유, 자유는 일이 고될수록 값지고 보배로운 것이다. 자유가 꽃이라면, 일은 뿌리라는 것을 알게 될 것이다. 열심히 일하고 얻는 자유가 인생의 참다운 열매다. 할아버지 생신에 네가 보내준 카드와 선물 잘 받았다. 고맙다.

8월 18일

인격자

사람은 그 마음속에 분노가 있으면 아무리 빼어난 외모를 지녔다 해도 얼굴에 추한 모습이 나타난다. 화가 난 자신의 얼굴을 거울에 비춰보아라. 할머니는 화가 난 얼굴로 거울을 우연히 본 적이 있다. 얼굴이 그렇게 흉측하게 일그러진 줄은 미처 생각도 해보지 않았단다. 그 후로 할머니는 거울에서 보았던 얼굴이 떠올라 화가 났을 때는 저절로 고개가 숙여지더라. 상대방에게 그런 무섭고 못생긴 얼굴을 보이기가 부끄러워서다.

사랑하는 재면아!

화를 내면 건강도 상하고, 밥을 먹어도 소화가 안 되고, 잠자리에 누워도 잠이 오질 않고, 공부를 해도 머리에 들어오지 않는다. 백해무익한 줄 알면 마음을 다스려 화를 삭이도록 해야 한다. 화를 내서 해결되는 일은 하나도 없다. 오히려 화를 누르고 편안한 마음으로 다시 되짚어보면 그렇게 화낼 일도 아니었다는 깨달음이 올 것이다. 화를 내 버릇하면 아무 때나 불쑥불쑥 시도 때도 없이 찾아오는 불청객이 된다. 감정을 절제할 줄 아는 사람이 인격자다.

8월 19일

유유상종(類類相從)

언제나 그 사람 앞에서는 듣기 민망할 정도로 칭찬을 하고, 뒤에서는 험담을 하는 사람이 있다. 다른 사람들이 자기의 그런 행위를 눈치채지 못하는 줄 알고 반복하는 것처럼 큰 어리석음은 없다. 사람들은 누구나 판단력을 갖고 있기 때문에 결국 그 사람을 싫어하게 될 것이고, 모두 그를 기피할 것이다. 그런 사람에게 친구가 있을 리 없다. 그런데 그 사람은 왜 친구가 없나를 생각해 보지 않고, 자기는 온전하고 착한 사람인데 사람들이 왜 나를 싫어하는지 모르겠다고 남들만 원망한다.

재면아! 그런 사람과는 가까이하지 않는 것이 좋다. 신의가 없는 친구를 사귀면 너도 신의가 없는 사람이 되고, 그의 비방을 묵묵히 들어준다는 것은 너도 그 비방에 동조하는 것이나 다름없는 것이다.

사람다움을 벗어난 행동을 하는 사람과는 멀리 지내거라. 인간은 어쩔 수 없이 상호의존적이기 때문에 좋은 친구에게서는 좋은 것을 배우게 되고, 나쁜 친구에게서는 나쁜 버릇을 배울 수밖에 없단다. 초록은 동색, 유유상종이라는 말의 의미를 새겨보아라.

8월 20일

정신건강

할머니의 걱정은 우리 재면이가 마음속 생각을 겉으로 드러내지 않고 속에 꼭꼭 담아두는 것이다. 무슨 일이든 엄마 아빠에게 전부 털어놓으면 고민거리도 해결될 수 있고, 짜증 나거나 불안한 것도 좀 풀릴 텐데, 재면이는 좋은 일이든, 나쁜 일이든, 자랑할 일이든, 부끄러운 일이든 내색을 하지 않으니 할머니는 그것이 큰 걱정이다. 해야 할 말을 마음속에 담아두면 신경계통에 큰 이상이 생길 수 있다는 의학전문가의 말을 빌리지 않더라도, 혼자 속앓이를 오래하게 되면 정신건강에도 나쁜 영향을 끼친단다.

서로의 고민을 나누어 가지고 그것을 해결해 나가는 것이 가족이다. 새로운 일을 시작할 때의 불안감이나 두려움을 가족과 상의하고 호소하면 심리적인 안정감을 얻을 수 있지 않겠니? 재면이는 걱정거리가 생기면 어떻게 하니? 혼자서만 끙끙거리지 말고 재면이가 믿고 사랑하는 엄마 아빠에게 조언을 구하기 바란다. 할아버지 할머니도 너를 맞을 가슴이 늘 활짝 열려 있단다. 새로 시작한 캐나다 생활에 어떻게 적응하고 있는지 할머니는 날마다 걱정이다.

8월 21일

숙면과 건강

밤에 충분하게 숙면을 취하지 못하면 피로가 쌓여서 감기에 걸리거나, 신경이 날카로워져서 짜증이 나고 일의 능률이 오르지도 않는단다. 무리하지 말고, 밤에 일찍 잠자리에 드는 습관을 몸에 익히거라.

심장은 하루 24시간 중에 아홉 시간 활동한다고 한다. 그렇다면 하루 열다섯 시간을 쉬는 것이다. 그렇기 때문에 사람의 수명이 지탱되는 것이다. 아무리 바빠도 심장은 1분에 70회에서 80회 정도만 뛰지 않느냐. 밤에 충분히 휴식을 취해야만 내일 일할 수 있는 원동력이 생기는 것이다.

미국의 대사업가 존 록펠러는 98세까지 살았는데, 낮에 반드시 30분 정도 낮잠을 즐겼다고 한다. 네 할아버지가 점심식사 후 30분 정도 오수를 즐기시는 것도 건강을 유지하며 줄기차게 글을 쓸 수 있는 아주 좋은 방법이다.

밤에 충분히 숙면하는 것이 생활화되어야 한다. 충분히 쉬어야만 일의 능률이 배가된다는 것을 잊지 말아라. 아주 어렸을 때부터 잠을 참으며 퍼즐 맞추기에 열중하고, 차 안에서도 건전한 놀이를 하자는 재면이가 장하면서도 걱정이 된다.

8월 22일

때때로 눈을 감고 쉬자

휴식이라는 것은 피로해지기 전에 쉬어야만 효과가 크다. 피로가 극도에 달한 다음에 쉬는 것은 휴식이 아니라 피곤을 앓는 것이다. 그렇게 되기 전에 틈나는 대로 쉬어야 한다. 많이 쉴 줄 아는 사람이 많은 일을 할 수 있다. 휴식은 능률을 올리기 위한 수단이기 때문이다. 쉴 수 있는 여건이 아니라면 잠깐만이라도 명상하듯 눈을 감고 조용히 있으면 휴식의 효과가 크다.

눈은 신경에너지의 25퍼센트에 해당하는 에너지를 소비한다고 하니 눈만 감고 있어도 피로가 풀리는 것은 그 때문이다. 눈은 뇌와 직결된 조직이기 때문이 잠깐이라도 눈을 감고 있으면 그 시간이 바로 뇌를 쉬게 해주는 것이란다.

시카고 대학교의 에드먼드 제이콥슨 박사의 말을 빌리면, 눈의 근육을 편안하게 쉬게 할 수만 있다면 모든 고민은 해소될 수 있다고 하는구나. 눈이 그만큼 중요한 것이니 때때로 눈을 감고 휴식을 취하도록 해라. 일요일이 있는 것은 한 주간의 피로를 풀기 위해 휴식을 하라는 신의 명령이다.

8월 23일

삶의 진리

이미 엎질러진 물인데⋯⋯. 일이 잘못되거나 실수했을 때 후회해도 소용이 없다는 말이다. 엎질러진 물은 한 방울도 다시 담을 수 없으니 지나간 일에 마음 상하며 연연해하지 말고 앞으로 올 일이나 신경을 쓰라는 것이다. 조금만 주의했으면 좋았을 텐데, 하고 후회하고 애 끓여보았자 아무 소용이 없다. 그런데도 사람들은 다시는 돌이킬 수 없는 일에 매달려 속상해하고, 남을 원망하며 불행 속에 빠져 허덕인다. 흘러간 시간이 다시 돌아오는 일이 있더냐? 지나간 실수를 애석해하며 잊지 못하는 것처럼 어리석은 일도 없다.

너무 쉽고 흔하고 평범한 말이지만 삶의 진리가 오롯이 담겨 있다. 실수는 빨리 잊되 그것을 다시는 되풀이하지 않을 교훈으로 삼으면 그 보상을 충분히 받는 것이 된다. 삶의 크고 작은 실수를 가슴속의 수첩에다 차근차근 적어 인생의 교훈으로 삼을 수 있다면, 그것처럼 효과적인 자기수련 방법도 없을 것이다. 그런데 대부분의 사람들은 자신도 모르게 지난날의 잘못을 곱씹으며 남을 원망하고 있을 때가 있고는 한다. 그 부질없는 짓으로 아까운 인생을 한순간도 낭비하지 마라.

8월 24일

불행을 극복하는 힘

할머니가 교통사고를 당했을 때의 일이다. 사고를 당한 직후 허리가 아파서 꼼짝을 못하고 길에 누운 채로 구급차를 기다리던 중, 얼굴에 피를 철철 흘리며 할머니는 교통사고를 낸 청년에게 "이 정도로 다치게 해줘서 고맙다. 생명을 지켜줘서 고맙다" 이렇게 두 마디를 했던 것 같다.

중앙선 침범에 불법 유턴을 한 차였다. 교통사고는 이미 피할 수 없는 일이 되어버렸는데 그 청년을 원망하고 감옥에 보내고 피해보상을 받는다고 교통사고 이전으로 돌아갈 수 있는 것은 아니지 않겠니.

할머니는 그 청년을 선처했고, 할머니의 행동에 경찰이 놀라더구나. 지금 3년이 지났는데도 허리가 아프고, 온몸이 쑤셔서 일상생활을 하기가 힘들고, 사고 후유증으로 긴 괴로움을 겪고 있지만 그 청년을 원망하지 않는다. 원망해 보았자 고통이 사라지는 것도 아닌데 공연히 미움을 키울 필요가 어디 있겠니.

교통사고뿐만 아니라 그 어떤 일이든 피할 수 없는 상황이 있다. 그럴 때는 닥친 그대로 받아들이는 것이 그 불행을 극복하는 힘인 것 같다. 미리미리 조심하는 것도 물론 중요하지만 사후 마음 관리도 그만큼 중요한 것이다.

8월 25일

소심증과 고질병

사람들은 누구나 한 가지씩의 고질병을 가지고 있다. 여기서 할머니가 고질병이라고 하는 것은 나쁜 습관이나 고집불통인 성격을 말하는 것이다. 할머니의 고질병은, 지난 일에 대한 후회는 비교적 안 하는 편인데 앞으로 올 일을 끌어당겨 초조해하는 습관이 있다는 것이다. 또 소심증이 심해서 사소한 일로 소화가 안 되거나 몸이 아프기까지 하단다. 젊었을 때부터의 병이었다. 지나고 생각해 보니 모두 쓸데없는 기우였다. 그런 습성을 고치려고 계속 노력은 하고 있단다.

공연히 짜증을 잘 내는 사람, 목욕을 하기 싫어하는 사람, 청소하기를 싫어하는 사람, 옷 갈아입기를 싫어하는 사람, 셈이 흐려서 돈 관계가 지저분한 사람, 시간 약속을 해놓고 꼭 어기는 사람, 단것만 좋아하는 사람, 젓갈류만 좋아하는 사람 등 이런 것을 고치지 못하는 것도 고질병이라고 한다. 재면이도 혹시 어떤 나쁜 습관을 가지고 있는지 자신을 저만치에 세워놓고 객관적 안목으로 점검해 보아라. 어쩌면 고질병이 한둘이 아닐지도 모른다. 발견했거든 가차없이 방아쇠를 당기는 포수가 되어라.

8월 26일

성공으로 가는 길

언제나 아침에 눈을 뜨면 경쾌한 기분으로 그날 할 일을 즐겁게 맞이해야 한다. '아이구, 하루가 또 시작되었네. 그 지겨운 일을 하며 또 어떻게 보낸다지' 눈을 뜰 때마다 이런 짜증으로, 오늘이 일요일이면 좋겠다고 게으름을 피우는 사람들도 적지 않다. 그런 사람들은 스스로 불행을 부르는 사람들이다. 하루를 유쾌하게 시작하면 일의 능률이 오를 뿐만 아니라 행복한 마음으로 삶의 질을 높일 수 있다.

그날그날 충실한 생활을 활기차게 하는 것, 그것이 바로 성공으로 가는 지름길이다. 자기에게 주어진 일에서 즐거움을 찾는 것이 행복한 생활이고 보람찬 인생이다. 꽤나 많은 사람들이 자기에게 주어진 일에 불평불만을 하고, 짜증을 내고, 권태로워하며 산다. 그런 생활태도를 가진 사람은 불행의 구렁텅이에서 헤어나지 못하고 일생을 무가치하게 지낸다. 하루하루를 즐겁게 일하고, 기쁘게 잠자리에 들어라. 그러면서 틈틈이 아름다운 자연에 눈길을 보내고 음악을 듣고 시를 읽는 마음의 여유를 가져라. 행복은 별것이 아니다. 모든 일에 즐거운 여유를 갖는 것, 그것이 바로 행복이다.

8월 27일

이상적인 것은 현실적인 것

별로 할 일이 없는 사람들은 다른 사람들의 결점이나 스캔들에 관심을 갖는다. 그런 사람들은 자기 자신은 한 번도 성찰해 보지 않는 사람이다. 이 세상에 결점이 없는 사람이란 하나도 없다. 사랑하는 가족도 결점을 보려고 하면 안 보일 수가 없다. 완벽하지 않기 때문에 사람이다. 단지 완벽을 추구할 뿐이다. 누구든 단점을 보거든 눈을 감고 장점이 보이면 칭찬하는 습관을 익히도록 해라.

사랑하는 재면아!

배타적인 성격을 가진 사람들이 남의 일에 흠을 잡고 입방아를 찧는다. 그건 참 나쁜 버릇이고, 비인격적인 행위다. 그런 사람은 가까이하지도 말고 멀리하지도 말아라. 그냥 그 자리에 있든 말든 관심을 갖지 않으면 된다. 습관은 제2의 성격이다. 나쁜 습관은 고치기 어렵고, 좋은 습관은 익히기 어렵다. 나쁜 습관을 고치는 것도 인내이고, 좋은 습관을 익히는 것도 인내다. 네가 좋은 습관으로 주변 사람들을 점잖고 예의 바르면서 다정하게 대한다면 배타적인 사람은 자연히 네 곁에서 견디지 못하겠지.

8월 28일

값진 선물

할머니는 유난히 잠이 없는 재면이가 항상 걱정된다. 낮 동안 피곤해지고 손상된 우리의 몸을 치료하는 것은 의사가 아니고 잠이다. 잠은 근육도 편안하게 쉬게 해주고 육체의 건강을 튼실하게 해준단다. 정신도 명료해지고 육체도 활력을 되찾게 해준다.

재면이는 할 것을 다 하고 자려고 하지만, 실컷 자고 난 다음에 해도 늦지 않는다. 수면을 충분히 못하면 건강을 잃게 된다. 건강을 잃으면 모든 것을 다 잃는 것이니까, 잠자는 것에 각별한 의미를 두기 바란다. 잠이 부족하면 사소한 일에도 짜증을 잘 내게 되고, 얼굴이 일그러져 다른 사람에게 나쁜 인상을 주게 된다. 재면이도 짜증이 날 때가 아마 잠을 충분히 자지 않아서 피곤한 때일 것이다. 잠을 충분히 못 자면 몸에 쌓인 피로가 발산되지 않으니 건강에 해롭고 안전사고를 낼 수도 있다. 잠을 자는 것은 시간을 허송하는 것이 아니라 내일의 생활을 위해 소중한 네 몸에게 주는 값진 선물임을 기억해다오.

8월 29일

인품이 고아하면 안 보이는 것

사람은 누구나 외모에 관심을 갖는다. 내면적인 아름다움은 그다지 중요하게 생각하지 않으면서 말이다. 외모는 물론이고 내면적인 아름다움까지 균형 있게 갖춘다면 그보다 더 매력적인 일은 없을 것이다. 그러나 외모에 지나치게 관심을 갖게 되면 자기도 모르는 사이에 외모에 대한 열등의식을 갖게 될 수도 있다. 그리고 자기 신체의 장점을 단점으로 생각하게도 되고, 남 앞에 서기를 부끄러워하거나 자신감을 잃게 되기도 한단다.

재면아! 그러나 아무리 외모에 관심을 쓴다 해도 사람의 생김이란 사람의 힘으로 고쳐지는 것이 아니니까, 지금 그대로의 네 모습에 만족하고 내면의 아름다움을 가꿔 나가는 데 힘을 쏟거라. 할머니가 전에도 말한 적이 있는데, 인품이 고아하면 절뚝이는 다리가 안 보인다고 했다. 외모보다 내적인 훌륭함을 강조한 말이었다. 재면이는 외모도 아주 잘생기고 멋지기 때문이 그런 걱정은 없으리라 믿는다. 그러나 사람의 욕심으로 좀 더 나은 너를 원할까 봐 할머니는 이런 조언까지 하고 있구나. 재면아! 멀리 떨어져 있어서 더 애타게 보고 싶다.

8월 30일

행복의 문

그때그때 최선을 다하고, 그 최선의 노력에 만족하는 데에 의미를 두거라. 최선을 다했으니 좋은 결과가 나와야 한다고 기대하면 초조하고 불안한 마음이 생긴다. 아무리 노력해도 될 일만 되고, 안 될 일은 안 된다. 결과에 대해서 너무 신경을 쓰다 보면 생활이 얼마나 고달파지겠느냐. 인생이 피곤해지고 재미없어진다. 최선을 다하고 나서, 그 최선을 즐겨라. 결과에 연연해하지 않으면 편안한 마음으로 또 다른 일에 최선을 다하게 될 것이다. 세상의 모든 일은 언제나 최선을 다한 사람의 편이다.

그것이 자연스런 법칙이다. 남이 어떻게 생각할까 노심초사하는 것은 피곤한 일이다. 네 스스로 자신을 인정하고 부끄럽지 않다면 그것으로 흡족하고 훌륭한 일이다. 언제나 당당하게 너를 인정하고, 떳떳하게 행동하거라. 자기 자신에게 집중하고, 너 자신의 일을 차분하게 해나가면, 너의 좋은 머리는 늘 행복의 문을 열어줄 것이다. 자신의 마음에 집중하는 것은 마음을 평온하게 하는 방법이다.

8월 31일

비만은 병

세계적으로 암보다도 더 큰 질병을 비만이라고 한다. 재면이가 비만이 될 리 없겠지만, 너는 네 아버지의 아들이기 때문에 걱정이 안 되는 것도 아니다. 네 아버지도 어렸을 적에는 체격이 아주 좋았었다. 군살 하나 없이 날씬하고 건장했었는데 결혼을 하면서 배가 약간 나오며 비만 체질로 변하는 것 같더라.

체중감량에는 무슨 특별한 방법이 없다. 골고루 음식물을 섭취하되 과식하지 말고, 섭취한 만큼 움직이는 것이 왕도다. 하루 세 끼를 꼭 먹어야 한다. 단기간에 살을 빼겠다고 굶는 방법을 취하면, 그때만 체중이 줄고 시간이 지나면 다시 살이 더 찌게 된다. 단기간에 굶는 방법을 택하면 지방은 그대로 있고 근육만 빠지게 된다. 그 근육이 빠진 자리에 지방이 채워져서 더 뚱뚱하게 된다. 그것이 계속 반복되면 요요현상을 일으켜 영원히 비만 환자로 살게 된다. 비만이 아니더라도 건강하게 살려면 근육을 늘려야 한다.

"할머니, 걱정하지 마세요. 별걸 다 걱정하시네요" 하는 네 목소리가 들린다.

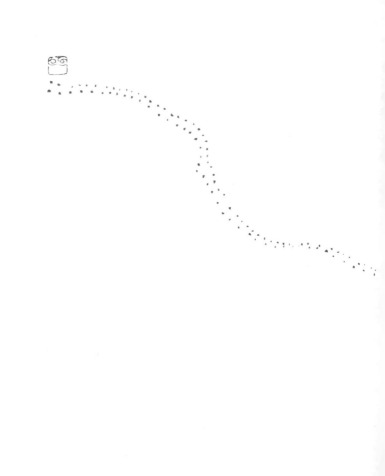

9월

눈길 걸어
어디쯤 다녀오다
하얀 세상에
조용한 내길

`눈길`
정균수2002

9월 1일

건전한 생활습관

근육을 늘리는 방법은 꾸준히 규칙적인 운동을 하고 건강한 식생활을 하는 것이다.

사랑하고 또 사랑하는 재면아!

살을 빼는 데 목적을 두지 말고 건강하게 근육을 만들어 흔히 말하는 '몸짱'을 만들어라. 음식물은 골고루, 천천히 꼭꼭 씹어 먹어야 한다. 침이 음식물과 섞여서 소화에 도움을 줄 뿐만 아니라 위 점막을 보호하고 식도를 보호하게 된다. 일평생 음식물을 소화시켜야 하는 위를 덜 혹사시켜야만 위가 건강하게 오랫동안 자기 기능을 다 할 것 아니냐. 할머니가 잘 아는 어떤 사람이 단기 집중 다이어트를 수없이 많이 했는데도 몸은 예전보다 더 부실해지고 겉모습도 많이 변했단다. 재면이도 살아가면서 혹 살이 찌는 기미가 보이면 규칙적인 식생활과 운동에 신경을 써야 한다. 건강한 생활습관이 건강한 삶을 이루게 한다. 성인병을 '생활습관병'이라고 한다. 어떤 병이라 하더라도 식생활로 못 고치는 병은 없다. 히포크라테스가 말하기를 "식생활로 못 고치는 병은 어떠한 요법으로도 고칠 수가 없다"고 했다.

9월 2일

인생의 가치

철학가 쇼펜하우어는 "인생의 가치를 얻기 위해서 몸의 건강 상태를 돌보지 않는다는 것은 가장 무모하고 어리석은 짓"이라고 했다. 할머니의 생각도 같다. 자기 몸을 가장 사랑해야 할 사람은 바로 자기 자신이다. 자신이 돌보지 않으면 누가 돌보겠느냐.

우리의 생명과 행복을 지키는 몸! 인생의 가치도 결국은 자기 몸을 보살피고 사랑하는 데 있는 것이다. 내가 천하인데, 내 몸이 상한 다음에 무슨 부귀영화가 소용 있겠느냐. 육체보다 정신이 먼저라고 말하는 사람도 있지만 그건 현학적으로 하는 말이고, 육체가 건강해야 정신도 건강한 법이다. 정신은 육체 안에 들어 있는 무형체의 그릇이다. 몸이 병들면 마음도 따라서 병이 든다. 너에 대해서 너 스스로 예의를 지키기 바란다. 수많은 사람들이 이 점을 너무 소홀히 한다. 너를 소중하게 여기거라. 어떤 일이 있어도 너 스스로 너를 학대하는 일이 없도록 하거라. 건강은 보물 중에 보물이다.

9월 3일

자신감은 무형의 재산

세상을 살아가는 데 가장 큰 재산 중의 하나가 자신감이다. 자신감이 없는 사람은 자기가 뜻한 대로 인생을 살지 못하고 남을 위해 사는 형국이 되고 만다. 나는 무엇이든지 할 수 있다는 자신감을 가지고 있으면, 새로운 일을 만나도 두려움이 없고 어떤 일이든 하지 못할 것이 없게 된다. 그리고 자기가 제일로 아름다운 사람이라고 생각해라. 그런 생각을 가지고 살면 자연스럽게 목욕도 신경 써서 하게 되고, 머리 손질도 멋지게 하게 되고, 옷도 단정하고 세련되게 입게 되고, 따라서 내면의 생각까지도 아름답고 고상해질 것이다. 남이 안 본다고, 잠깐 산책을 한다고, 집에 있는데 그냥 아무렇게나 하고 있으면 어떠냐고 헤풀어진 습관을 들여서는 안 된다. 할머니는 한 번도 수선스런 머리로 외출한 적이 없고, 잠깐 시장에 나가도, 그리고 집에 있어도 아무렇게나 하고 있지 않는다. 심지어 잠옷까지도 색깔이나 모양이 마음에 안 들면 입지 않는다.

언제나 누구를 만나더라도 당황하지 않게 몸치장을 품격 있게 하기 바란다. 단정한 차림새를 하고 있으면 마음도 단정해진다.

9월 4일

존재의 근원

재면이가 이 세상에 온 후부터 할머니는 감탄과 사랑과 즐거움으로 살고 있다. 오늘이 할머니 생일인데, 재면이가 보내준 카드와 선물과 녹음된 테이프를 받고 할머니는 온 세상을 다 얻은 양 행복했단다. 할머니의 가장 큰 기쁨은 재면이를 사랑하는 일이다. 재면이는 할머니에게 모든 것을 극복할 수 있는 힘을 주고, 무아지경의 행복을 쏟아준단다.

사랑하는 재면아!

재면이는 할머니에게 깨어 있는 꿈이고 이상이다. 재면이는 영혼의 대기(大氣)이다. 재면이는 할머니가 존재하는 근원이다. 세상을 살아가는 데에 많은 윤활유가 있지만, 할머니의 생활에는 재면이가 유일하고 가장 효과 큰 윤활유라는 것을 잊지말기 바란다. 나이 들어 세상에 대한 집착이 느는 것은 재면이와 함께 이 세상에 오래 머물고 싶은 욕심 때문이다. 진정한 행복은 절제에서 생긴다고 하지만, 재면이에 대한 사랑만큼은 늘릴 수 있는 만큼 늘리고 싶구나. 재면이는 할머니의 행복의 샘이다. 할머니의 아름다운 믿음이다.

9월 5일

삶의 수확

무엇이든지, 누구든지 재면이에게 잘해준 사람에게는 감사
한 마음을 갖도록 하거라. 그리고 그 감사한 마음을 늘상 마
음속에 간직하고 때때로 그 마음을 표시하거라. 고마움을 잊
는 것은 사람의 도리가 아니다. 그러나 네가 베푼 마음이나 도
움은 잊어버리도록 하거라. 준 것은 잊어버리고 받은 것만을
기억한다면 마음은 언제나 기쁨과 만족으로 가득 찰 것이다.
그리고 행복이 너의 동반자가 될 것이다. 쉽지 않은 일이지만,
그렇게 하는 것이 바른 삶의 길이다. 착한 일은 되도록 많이
하고 나쁜 일은 조금이라도 하지 말거라. 나쁜 일에는 귀를 막
고, 좋은 일에는 귀를 열고, 나쁜 일에는 입을 닫고, 좋은 일에
는 입을 열거라.

그런 일은 성자들이나 할 수 있는 일이지만, 성자도 태어날 때
부터 성자가 아니다. 그들도 평범한 사람들이었는데 꾸준한 자
아수양을 통해 성자의 반열에 오른 것이다. 우리가 사람답게 산
다는 것은 성자는 못 되더라도, 성자를 배우려고 노력하는 것이
다. 그런 노력은 너의 주위에 선한 사람들이 모여들어 너를 에워
싸는 것으로 응답해 줄 것이다. 그보다 더 큰 삶의 수확은 없다.

9월 6일

시간은 사람을 기다려주지 않는다

한 방울의 물이 모여서 개울을 이루고, 개울이 모여서 강이 되고, 마침내 바다에 이르게 된다. 한 줌 흙이 쌓여서 동산이 되고, 동산들이 겹겹이 쌓여 큰 산이 되는 것도 같은 이치다.

작은 일, 매사에 성실을 다하면 큰일은 저절로 이루어진다는 말이다. 동서양의 세계적인 인물들은 모두 하루하루의 노력을 벽돌 쌓아올리듯이 한 사람들이다. 풀이 자라는 모습을 눈으로 볼 수 없고, 꽃이 피는 순간을 우리가 볼 수 없지만, 풀과 꽃은 겨울의 추위를 이겨내고 봄이 되어 마침내 새싹을 피우고, 봉오리를 맺어 만개한 꽃송이를 보여준다.

오늘을 열심히 살았기에 내일이 있는 것이고, 올해를 성실히 지냈기에 내년이 있는 것이다. 시간은 사람을 기다려주지 않고, 시간의 흐름 앞에 변화하지 않는 것은 없다. 그런데 수많은 사람들이 그 평범하면서도 자명한 사실을 잊고 산다. 한 평생이 몇천 년이라도 되는 것처럼 착각하면서. 그런데 젊은이들일수록 그런 착각이 심하다. 젊은이들은 늙은 사람들이 태어날 때부터 늙었다고 생각한단다. 재면아! 시간은 붙잡아도, 밀지 않아도 냉혹한 질주를 하고 있다.

9월 7일

콩 심은 데 콩 난다

콩 심은 데 콩 나고, 팥 심은 데 팥 난다는 속담이 있다. 오이 심은 데서 가지가 달리는 것을 볼 수도 없고, 벼를 심은 데서 보리가 날 리도 없다. 자연의 섭리대로 행하여 돌아간다는 뜻이다. 그리고 자기의 인생은 자기가 한 만큼 결과를 얻는다는 일깨움이다. 맑고 곧은 마음을 지니고 사람을 대하고, 분수를 지키고 예절 바른 행동을 하며, 염치가 있으면 모든 사람들은 재면이를 좋아할 것이다.

그리고 의복을 깨끗이 입고, 예의 바른 언어를 구사한다면 누가 재면이의 친구 되기를 꺼려하겠느냐. 또한 열심히 자기의 일을 한다면 재면이는 귀한 사람이 되어 모든 사람의 존경을 받을 것이다. 세상에 저절로 이루어지는 것은 없다. 노력한 만큼 누리고 사는 것이다. 꽃을 피우지 않는 나무를 심으면 꽃이 필 리 없고, 먼 길이라고 가지 않는다면 언제나 제자리에 머물러 있을 수밖에 없다.

사랑하는 재면아! 할머니는 하루에도 몇 번씩이고 재면이에게 말을 걸며, 재면이의 몸짓, 눈짓, 웃음짓을 그려본단다.

9월 8일

의리 있는 친구

친구와 오래 사귀는 비결은 이렇다. 서로의 인격을 존중해 주고, 그가 어려운 일을 당했을 때 형제와 같은 마음으로 그를 위로해 주고, 그가 옳지 않는 행동을 하거든 사랑스럽고 다정한 목소리로, 아무도 없는 데서 조언하기 바란다. 몇 번을 조언해도 달라지지 않고 오히려 성을 낸다면, 더는 조언을 하지 말고 그와 가까이 지내는 것을 고려해 보아야 할 것이다.

이치에 맞는 말을 잘 알아듣지 못하는 사람은 귀머거리와 같다. 귀머거리에게 아무리 좋은 말을 해도 듣지 못하니, 공연히 힘들고 헛수고할 필요가 없지 않겠니.

세상에는 얼굴을 알고 지내는 사람은 많다. 그러나 얼굴을 안다고, 만날 때마다 반갑게 인사를 한다고 친구는 아니다. 서로 진정한 마음을 주고받는 사람이 진실한 친구다. 자기가 좋은 위치에 있을 때는 형제보다 더 친한 친구가 많은 것처럼 생각되나, 어려울 때는 낯선 사람같이 돌변해 버리는 것이 세상 인심이기도 하다. 의리 있는 친구와 서로 정을 나누기 바란다.

9월 9일

말과 인간

세상을 살아가면서 어찌 좋은 말만 하며 살 수 있겠느냐. 그러나 사람을 이롭게 하는 말만 하려는 결심을 마음 깊이 새겨야 한다. 듣기 좋고 이로운 말은 봄볕처럼 따스하고, 가을 하늘처럼 맑고, 겨울의 따스한 물처럼 마음을 훈훈하게 한다. 그러나 반대로 사람에게 상처를 주는 말이 있다. 본인은 무심코 한 말이 상대방의 가슴에 칼을 대는 것 같은 아픔을 줄 수도 있고, 온몸에 가시가 돋는 것 같은 괴로움을 줄 수도 있다.

인간이 잠을 깨서 잠이 들 때까지 쉴 새 없이 하는 행위가 바로 말이다. 말이 없이는 인간사회가 이루어지지 않는다. 말이 그렇게 중요하기 때문에 '말은 인간을 지배한다'라는 말도 생겨난 것이다. 말은 개인과 개인 간에만 상처를 주는 것이 아니다. 국가와 국가 간에도 엄청난 사건을 야기시키기도 한다. 이 세상의 크고 작은 모든 전쟁은 다 말로 야기된 것이다. 재면이는 천성적으로 인격자적 덕망을 지니고 태어났다. 아홉 살이 될 때까지 단 한 번도 누구를 업수이 여기거나 흉보는 것을 할머니는 듣도 보도 못했다. 그런 면은 네 아비를 그대로 닮았구나. 언제나 담담한 표정으로 말수가 적은 재면이가 자랑스럽다.

9월 10일

삶의 기쁨

남이 나를 소중하고 귀하게, 그리고 인격적으로 대해주기를 바란다면, 네가 먼저 상대방을 소중하게 여기고 인격적으로 대하거라. 그렇게 하면 자연스럽게 너도 존중받을 것이다. 우연히 만나는 사람이라도 손님처럼 정중하게 대한다면 그 사람도 너를 정중하게 대할 것이다. 모든 것은 자기가 할 탓이다.

학식이 높다고 해서, 재산이 많다고 해서, 나이가 많다고 해서 아무나 무시하거나 마구 대한다면 누가 그를 존중해 주겠느냐. 아무리 배운 게 많다 해도 그는 졸부나 소인배에 지나지 않을 것이다. 많이 배운 사람일수록 겸손한 사람이 되어야지, 교만하고 거만하다면 일자무식인 사람보다 더 못한 사람이다. 부모가 자식만큼 못 배웠다고 부모를 무시하거나 경멸하는 사람은 없다. 그럴수록 더 공경하고 받들어 모시지 않더냐. 자기 자신에게는 엄격하게, 인색하게, 냉정하게 대하고 상대방에게는 넉넉하게, 친절하게, 너그럽게 대하는 습관을 몸에 익히면 삶이 충분한 기쁨으로 넘칠 것이다.

9월 11일

행동의 원칙

매사에 신중하고 근면하고 성실하면 못 이룰 일이 없다. 화가 난 일을 당하여도 갑자기 흥분하고 성내는 것은 인품 있는 사람이 할 짓이 아니다. 옳고 그름을 침착하고 평온한 음성으로 가려 따지면 상대방이 잘못을 시인하고 용서를 빌지 모르지만, 화가 난다고 성을 내고 흥분하면 너만 상하고 경솔한 사람처럼 보일 것이다.

어른들을 대할 때는 부모님이나 할아버지 할머니처럼 대하고, 윗사람에게는 형같이, 아랫사람에게는 동생같이 대하거라. 그리고 친구의 일을 내 일같이 성심을 다해 도와주면 만사형통일 것이다. 말은 신중을 기해 믿음직스럽게 하고, 행동은 조신하게 하여야 하고, 음식을 먹을 때는 폭식하지 말고 천천히 먹어야 하고, 용모는 언제나 단정해야 한다. 누가 보나, 보지 않으나 걸음걸이나 앉음새를 바르게 해야 된다. 행동의 원칙을 정하고, 그 원칙대로 처신하면 나도 편하고, 너를 대하는 모든 사람의 마음도 편할 것이다. 훌륭한 사람으로 일생을 가꾸어 나가거라. 인생이란 자신을 올곧게 가꾸어가는 것이 첫 번째 대업이다.

9월 12일

일생의 계획

할머니가 읽은 책 중에 이런 말이 쓰여 있었다. '공자삼계도'
라는 말도 있지만, 확실치 않아 미상이라고 하더라.

일생의 계획은 어릴 때 있고

일 년의 계획은 봄에 있으며

하루의 계획은 인시(寅時)에 있으니

어려서 배우지 않으면

늙어서 아는 것이 없고

봄에 밭을 갈지 않으면

가을에 거둬들일 것이 없으며

새벽에 일어나지 않으면

하루가 빨리 지나간다. (인시 = 오전 3시부터 오전 5시 사이)

무엇이든지 이른 시기에, 그리고 일찍 시작해야 그 뜻을 이
룬다는 것을 정확하게 짚은 진리이니 재면이는 이 글을 가슴
깊이 새겨두기 바란다. 글을 열심히 읽고 옳은 일만 행하면 네
스스로를 다스리는 근본이 확고하게 세워질 것이다.

9월 13일

이기심은 인간의 본능

입학시험에 합격한 사람은 합격한 후에는 게을러지기 쉽고, 병은 좀 나은 듯하면 방심해서 더해지기 쉽고, 재앙은 게으른 사람에게 생기고, 효심은 처와 자식이 생기면 약해지게 되고, 지위가 올라가면 아랫사람을 함부로 대하는 데서 불평과 불만이 쌓여 존경받지 못하게 되는 것이다.

처음에 먹은 마음을 흔들리지 않고 일관되게 계속 유지하는 것이 가장 중요한 일이다. 행여 게으른 마음이 들거든 얼른 떨치고 일어나거라. 누구나 자기 마음에 꼭 드는 일만 하며 살기는 어렵다. 쉬운 일은 쉬운 일을 좋아하는 사람에게 넘기고, 힘들어도 성취감이 큰 일을 찾아서 하거라. 힘들게 한 일의 성과가 훨씬 더 큰 기쁨을 주더구나.

그리고 자기가 하기 싫은 일은 남도 하기 싫은 것이니까 내가 싫은 일은 남에게도 시키지 말거라. 이 세상의 수많은 불화와 갈등은 나만 쉬운 일을 하려고 하는 이기심에서 생겨난다. 이기심도 인간의 본능 중의 하나다. 이성의 힘으로 그 이기심을 누르고 지배할 수 있어야 사람다운 사람이 될 수 있다. 쉽지 않은 일이다만, 꾸준히 자신을 다스려라. 이유 없이 오는 복은 없다.

9월 14일

근면 성실의 결과

할머니는 할아버지와 결혼하면서 마음속에 다짐한 것이 있다. 거친 음식을 먹고 헐한 옷을 입어도 부끄러워하지 않겠다는 각오였다. 평생 글을 쓰고 살아야 하는데 어떻게 풍족하게 살 수 있겠느냐. 그러나 수십 년 동안 근면하고 성실하게 살아온 결과가 오늘의 안정된 생활을 가져온 것이다. 다른 것에 관심 쓰지 않고 그저 좋은 글을 쓰는 일에만 욕심을 부렸다.

돈이라는 것은 훌륭한 사람을 낭떠러지로 밀어 떨어뜨리기도 하고, 어리석은 사람에게는 비굴함과 용렬함을 저지르게도 한다. 네 아버지도 돈 버는 일보다는 학교에서 후배를 양성하는 것에 더 큰 의미를 두더라. 돈이 많으면 많을수록 사람을 방종하게 만들고 나태하게 만든다. 돈을 따라가지 말고 일을 이끌어가라. 그러면 그 노동의 결실로 돈은 자연히 따라온다. 그런 돈이 소중한 삶의 도구가 될 수 있다. 가난해도 행복한 집안이 있고, 돈이 많아도 불행한 집안이 있다. 돈을 놓고 형제간에 싸우는 것, 그것처럼 딱한 일은 없다. 일한 만큼의 대가로 돈을 얻고, 그 어떤 돈의 유혹도 단호하게 뿌리쳐야 한다. 그게 할아버지와 할머니가 이 세상을 살아온 방법이다.

9월 15일

배움은 보석을 캐는 것

장자가 말하기를 "사람이 배우지 않으면 하늘을 오르려는
데 방법이 없는 것과 같고, 배워서 지혜가 원대해지면 구름을
헤치고 푸른 하늘을 보며 바다를 바라보는 것과 같다"고 했다.

사람은 한사코 많이 배워야 하며, 배울 기회를 잃으면 다시
기회를 만들어 더욱 배움에 힘써야 한다. 세상에 필요한 사람
이 되려면 많이 배우는 길밖에 다른 도리가 없다. 배움에 열
성을 바치면 성공하고, 배움에 게으른 사람은 실패할 수밖에
없다. 이 세상은 갈수록 지식사회가 되어가니 이 사실은 더욱
강화될 수밖에 없다. 배움은 보석을 캐는 것이나 마찬가지이
고, 성실히 배운 사람은 세상의 보석으로 대접받는다. 집이 가
난하든, 부유하든 젊은 시간을 바쳐 공부해야만 인간의 값을
하고, 이 사회의 재목이 될 수 있다. 재면이는 공부가 재미있다
고 하니 할머니 가슴은 언제나 행복의 물결이 일렁인다.

재면아! 고맙다. 열심히 배우고 익혀 환하고 밝은 탄탄대로
를 걸어 나가거라. 학문의 영역을 차츰 넓혀 나가며 그 속에서
인생의 참뜻을 찾기 바란다. 배움은 끝이 없다. 누구나 이 세
상을 끝마칠 때까지 배우고 또 배워야 한다.

9월 16일

참으면 만사가 순조롭다

아무리 억울하고 분해도 잠깐만 참으면 그런 감정은 차츰 스러지기 마련이다. 아무리 참아도 도저히 참을 수 없다고 느껴지거든 자긍심의 힘을 발휘해 보거라. '내가 누군데 이까짓 일로 얼굴을 붉힌단 말이냐. 소인들의 못난 짓에 화를 낸다는 것은 나도 똑같은 소인인 것을 인정하는 것밖에 별다른 소득이 없다.' 이렇게 마인드컨트롤을 하면 시시한 사람들의 말거리에 네 감정이 크게 흔들리지 않을 것이다. 모든 행실의 근본은 참는 데 있다. 한번 참으면 백날이 편안하다는 말도 이런 연유에서 나온 말이다. 부부가 서로 참으면 백년을 해로할 수 있고, 형제간에 참으면 우애가 돈독해져 어떤 어려운 일도 헤쳐 나갈 수 있고, 친구 간에 참으면 마음의 위로를 얻게 되고, 스스로 잘 참으면 만사가 순조롭게 잘 풀려 행복한 삶을 누리게 될 것이다.

부부가 참지 않으면 헤어질 수밖에 없고, 형제끼리 참지 않으면 남남처럼 살게 되고, 친구끼리 참지 않으면 사이가 멀어질 수밖에 없다. 참는 자에게 복이 온다고 했으니, 참는 것만이 나를 지키는 일이다.

9월 17일

한 번 이기면 한 번은 져도 좋다

누워서 하늘에 침을 뱉으면 자기 얼굴에 도로 떨어진다는 것은 어린아이도 금방 알 수 있다. 잘못하지도 않았는데 누가 꾸짖거든 대꾸하지 말고 조용히 있어라. 바로 그가 하늘에다 침을 뱉는 사람이다. 혼자서 흥분하고 소리치다가 제풀에 꺾이면 자기만 손해 보는 게 아니겠니. 한쪽 귀로 듣고 한쪽 귀로 흘려버리면 된다. 아무리 큰 불도 탈 만큼 타면 꺼지게 되어 있다. 감정을 쉽게 폭발시키는 사람은 혼자서 체력만 소비하게 되고, 인품 없는 사람이 될 뿐이다.

그리고 반드시 이기는 것이 좋은 것만은 아니다. 굽힐 줄도 아는 사람이 다시 일어서는 것이다. 계속 이기기만 하면, 이기는 성취감도 맛보지 못할뿐더러 주위에 적이 우글거려 마음이 괴롭지 않겠니. 한 번 이기면 한 번은 진다는 생각을 하면 얼마나 마음이 편안하겠느냐. 진 사람은 다리를 뻗고 자도, 이긴 사람은 다리를 못 뻗고 잔다는 얘기가 있다. 이긴 사람보다 진 사람이 더 홀가분하다는 것을 의미하는 말이다. 할머니가 인생을 살아보니 이겼을 때보다 졌을 때가 훨씬 마음이 편안하더라.

9월 18일

용서하고 용납하라

착한 사람과 가까이하거라. 그의 착함을 배울 수 있으니 그가 곧 스승이다. 악한 사람이라고 너무 배척하지 말아라. 악한 사람의 행실을 보고는 그것이 나쁘다고 깨닫게 되니 그 또한 스승이다. 착한 사람과 사귀면 마음이 항상 편안하고, 악한 사람과 사귀면 마음이 항상 불안할 것이다. 착함은 배우고 악함은 멀리하거라.

그리고 마음이 넓은 사람이 되고 싶거든 남을 용서하고 용납할 줄 알아야 한다. 그러나 너는 남에게 용서받고 용납받는 자가 되지는 말아라. 또한 자신을 귀하게 여기는 만치 남을 귀하게 여기거라. 자기를 과시하고 싶거든 남의 과시도 보아주어라. 어떤 사람도 무시하거나 가볍게 여기지 말고, 천하게 취급하지 말아라. 남의 잘못을 귀로 들었다 하더라도 그것을 입에 올려 전하지 말아야 한다. 남의 험담에 흥미를 갖지 말고, 남의 칭찬을 들어도 시샘하지 말고, 남의 악행을 들어도 같이 거들거나 동조하지 말거라. 누가 뭐라고 하든 묵묵히 자기가 뜻한 대로의 인생을 조용히 살아가거라.

9월 19일

내 잘못은 용서하지 마라

남을 탓하는 마음으로 자기를 탓하고, 스스로에게는 관대한 것처럼 남에게도 관대하게 대해라. 남을 나처럼 대하면 사귐이 온전해지겠지만, 어떻게 그렇게 하기가 쉽겠느냐. 그러니 나를 용서하는 만큼 남을 용서할 줄 아는 관용이 네 마음에 늘 차 있기를 바란다.

사랑하는 재면아!

젊었을 때 배우지 않고 빈둥거리며 놀던 사람이 지난날을 뉘우치는 것을 많이 보아왔다. 또 결과가 뻔한 도박에 정신을 팔다가 모든 재산을 탕진하고 폐인이 된 사람들을 더러 보아왔다. 그리고 건강할 때 몸을 마구 놀리던 사람이 병이 나고서야 자기의 무모함을 후회하는 것도 적잖이 봤단다. 그런 사람들은 상식적 교훈을 소홀히 하고 무시한 채 기분 내키는 대로 살아 당연히 그런 결과를 가져올 수밖에 없었다.

재면아! 남의 후회를 보고 네 인생에는 후회가 없게 지혜롭고 현명한 사람이 되거라. 남의 잘못을 보고 나무라지 말고, 내 잘못은 절대로 용납하지 말고 스스로에게 엄격하거라.

9월 20일

세상을 살아가며 지킬 것

공자님이 말씀하시기를 군자는 세 가지 경계할 것이 있다고
했다. 여기서 군자라고 하는 것은 학식과 덕행이 높은 사람이
다. 첫 번째, 젊었을 때는 여자를 조심해야 한다. 아직 혈기가
왕성한 때라서 경계하기가 어렵기 때문에 특히 여자를 조심
하라고 한 것 같다. 두 번째, 중년에 이르러서는 싸움에 휘말
리지 말아야 한다. 모든 것을 다 이룬 듯한 자만으로 자기 의
견을 꺾지 않으려 해서 분쟁을 일으킬수 있기 때문이다. 세 번
째, 늙은이는 탐욕을 부리지 않아야 한다. 남은 세월은 얼마
되지 않는데 노인들이 심하게 욕심을 부리는 것처럼 추한 것
은 없기 때문이다.

세상을 살아가려면 지킬 것도 많고, 하지 말아야 할 것도
많지만 한 가지 원칙만 지키면 그렇게 복잡하거나 성가실 것
도 없는 것이 인생살이란다.

사랑하는 재면아! 한눈 팔지 말고 두 눈으로 똑바로 앞만
보고 달려가거라. 가다가 더러 쉬기도 하면서.

9월 21일

진정한 충고

어떤 사람을 여러 사람들이 다 좋아한다고 하더라도 무조
건 그 사람을 좋아할 일은 아니다. 좋아하는 이유가 무엇인가
살펴보고, 네가 판단해서 그 사람의 진실함과 사람 됨됨이를
잘 살펴봐야 한다. 또 반대로 다른 사람들이 다 싫어하는 사
람이라고 해서 무조건 싫어해서도 안 된다. 싫어하는 이유가
무엇인지 신중하게 자세히 살펴볼 필요가 있다. 다른 사람의
말을 듣고 잘못을 단정한다면 큰 실수가 될지도 모른다.

대개 입에 발린 꿀 같은 말을 잘하는 사람들을 좋아한다만,
그런 말은 독이 될 위험도 있다. 그의 말에 진실이 과연 얼마
나 담겨 있나를 찬찬히 생각해 보아야 한다. 그리고 정직하게,
성실하게 충고나 조언을 하는 사람이 오히려 배척을 받을 수
도 있으니, 세심하게 관찰해서 올바르게 판단하는 이성적 능
력을 갖추어야 한다. 입에 쓴 약이 몸에 좋은 것처럼, 옳은 말
을 수용할 줄 알아야 한다. 그러나 수많은 사람들이 권력 앞
에서 비굴한 아부를 하는 데 능하고, 나이 들수록 진정한 충
고를 받아들이지 않는다는 사실을 알고 있거라.

9월 22일

명상을 자주 하자

심하게 성을 내면 기운이 많이 상하게 된다. 그리고 생각이 복잡하면 정신이 크게 손상을 입는다. 그래서 정신이 흔들리면 마음이 약하게 되고 자연히 병이 들 수밖에 없다. 성을 잘 내고, 생각이 많은 사람치고 정신이 건강한 사람은 별로 없더라.

부질없이 생각을 미리 끌어당겨 불안해하지도 말고, 지나간 일을 곱씹으며 후회하지도 말아라. 그리고 슬픔도 기쁨도 지나치면 병이 될 수 있으니, 마음을 가라앉히는 명상을 자주 하도록 해라.

또한 몸에 좋은 음식도 절제 없이 많이 먹으면 건강을 해치게 되니 평소부터 조심하도록 해라. 우리 재면이는 매사를 머리로는 냉철하게 판단하고, 가슴으로는 따뜻한 마음으로 세상을 받아들이거라. 할머니가 좋아하는 신약성서에 있는 말이다. "사람마다 듣기는 속히 하고, 말하기는 더디 하고, 성내기도 더디 하라."

모든 종교는 옳은 길을 가르친다. 아무런 편견 없이 여러 종교의 경전들을 두루두루 읽어보아라.

9월 23일

입단속을 잘하자

관용을 베푼다는 것, 즉 너그럽다는 것. 이것은 어디까지가 답인지 판단이 무뎌질 때가 있다. 그러나 인생을 현명하게 살고 간 옛 어른들이 남긴 말을 보면 모든 일에 너그러운 마음을 가지면 복이 온다고 했다. 복을 염두에 두고 하는 것은 아니지만, 편협하고 고집불통인 사람보다는 관용을 베푸는 사람이 이 세상을 행복하게 살아갈 수 있으니 너그러운 쪽을 택하는 것이 좋을 듯싶다. 어릴 때부터 우리 어머니가 하신 말씀 중에 "어떠한 일이 있어도 입에 욕을 담지 말아라. 상대방이 욕을 먹는 것이 아니고 네 입만 더러워진다"는 것이 있다.

입단속을 잘하는 것이 자기 품격을 지키는 것이라는 가르침이었을 것이다. 재면이는 입이 무거우니 어쩌면 제일 쉬운 일일지도 모르겠구나. 누구나 입단속만 잘하면 시끄러운 분쟁에 말려들 일이 없을 것이다.

할머니는 싱그레 웃는 과묵한 재면이만 생각하면 입가에 금방 꽃이 핀단다. 사랑한다, 재면아! 할머니도 재면이를 수만 리 밖으로 떠나보낸 다음에야 할아버지처럼 '사무치는 그리움'이 무엇인지 알았다.

9월 24일

검소한 생활

행복은 깨끗한 마음과 검소한 생활에서 생긴다. 마음을 깨끗이 한다는 것은 남을 시기하거나 질투하거나 욕심을 부리지 않는 것을 말하고, 검소한 생활이라는 것은 낭비하지 않고 넉넉하다고 허투루 버리지 않는 것을 말한다. 넉넉할 때 아껴야 된다는 뜻이다.

인품과 인격은 자기를 낮추고 상대방을 높이는 데서 나타나고, 그렇기에 인품을 가진 사람은 언제나 마음이 고요하고 편안하다.

아무 근심할 필요가 없는데 욕심을 부리기 시작하면, 근심이 쌓이게 된다. 욕심을 과하게 부리지 않는 삶이 가장 행복한 삶이다. 경솔하고 교만하면 재앙을 만나기 쉽고, 마음이 착하고 온순하면 천사를 만날 수도 있다. 모든 것은 원인이 있기에 결과가 있는 것이다. 쓸데없는 일에 욕심을 내는 것은 자기 스스로를 구렁텅이에 밀어넣는 어리석음이다. 욕심으로 야기되는 추한 행태가 많다만, 세상에 소문난 부자들이 돈을 더 갖겠다고 소송을 하는 것이 대표적인 추함이겠지.

9월 25일

역지사지에서 배운다

아무리 어리석고 못 배운 사람도 남의 잘못을 찾아내 그를 비난하는 데는 능하다. 그리고 똑똑한 사람이든 못 배운 사람이든지 간에 자기의 잘못에는 눈이 어둡기 마련이다. 남의 잘못을 보거든 얼른 자신을 돌아보고, 반성에 부지런해야 하고, 남을 질책하듯이 자기 자신을 질책해야 한다. 나를 용서하듯 남도 용서한다면 어떤 시비에도 휘말리지 않고 인격 연마에 도움을 줄 것이다. 무슨 일이든 남의 탓으로 돌리지 말고 언제나 스스로를 반성하며 책임을 자기 자신에게 돌리도록 노력해야 한다. 쉽지 않은 일이나 평생 애써야 할 일이다.

어떤 때는 총명한 사람보다 어리석은 사람이 더 쓸모가 있고, 용기 있는 사람보다는 겁 많은 사람이 실수를 덜할 수도 있다. 역지사지(易地思之)라는 말이 있다. 처지를 바꾸어 생각해 보라는 뜻이다. 배가 불러도 배고픈 사람 생각을 해야 하고, 건강해도 병든 사람의 입장을 헤아려봐야 한다. 입장을 바꾸어 생각하면 상대방을 금방 이해할 수 있을 것이다. 이 세상의 수많은 갈등과 충돌과 불화는 바로 역지사지를 실행하지 않는 인간의 이기심 탓이다.

9월 26일

내가 원인이고 결과다

머리가 좋고 공부도 잘하고, 그래서 성공하고, 부와 명예를 얻었다고 하자. 그래도 그걸 자랑하고 뽐내면 안 되겠지. 그럴수록 겸허한 마음과 겸손한 태도를 지녀야 한다. 자기 자신에게는 인색하더라도 남에게는 언제나 넉넉하게 베풀고, 나중에 귀하게 된 뒤에는 고생했던 때를 잊어버려서 경거망동하면 안 된다. 어려웠을 때 도와준 사람을 꼭 기억했다가 너는 곱절로 갚아야 한다. 그러나 네가 베푼 은혜는 하루빨리 잊어버려야 마음이 편하다. 더구나 보답을 바란다면 너는 불행의 늪 속으로 빠져들어가게 된다. 베푼 즉시 잊어버려라. 습관을 들이면 안 되는 것이 없다.

언제나 남의 언행에는 너그럽게 대하고 자기 자신의 언행에는 엄격해야 한다. 마음에 꺼릴 것이 없으면 언제나 즐겁고 명랑하나, 남을 속였거나 그가 없는 데서 헐뜯었을 때는 마음에 그늘이 지고 근심이 생긴다. 그리고 부끄럼 없이 생활했다면 언제 어디서나 당당하고 편안할 것이다. 제 복은 제가 지어서 입는 것이고, 재앙도 제가 짓는 것이다. 언제나 원인은 나다.

9월 27일

행복한 삶의 조건

이 세상에서 무엇이 가장 행복한 줄 아느냐. 할머니는 돈이 많을 때도 아니고, 명예를 얻었을 때도 아니고, 마음이 편안했을 때였다. 마음이 안정되니 성품도 평온해져 웬만한 일에는 성이 나지 않더라. 집이 좀 누추해도, 입성이 좀 남루해도, 거친 음식을 먹어도, 마음이 편안하니 모든 것이 불만 없이 흡족할 수밖에 없더라. 지금보다 경제력이 약했지만 젊었을 때가 오히려 더 행복했던 것 같다. 재산을 좀 모으니 재산에 대한 욕심이 더 생기고, 명예를 얻으니 명예에 대한 욕심으로 갈등이 생기고, 자식을 끔찍이 사랑하니 그 사랑으로 언제나 괴로웠단다. 좀 가난하더라도 마음에 근심이나 슬픔이 없는 것이 행복한 삶이다.

할머니는 쓸데없는 일을 만들어 근심 걱정으로 세월을 허비한 적이 많았으며, 능력이 모자란 것을 생각지 않고 욕심을 부려 곤란한 일을 당한 적도 더러 있었단다. 우리 재면이는 언제나 안분지족하면서 마음에 평화를 얻기 바란다. 쓸데없는 일을 만들면 일과 함께 걱정거리도 따라오는 법이다. 평안한 생(生)이 네 앞에 무한대로 펼쳐지기를!

9월 28일

인생의 동행

친구를 사귈 때 똑똑한 사람만 가까이하고 어리석은 사람을 멀리해서는 안 된다. 똑똑한 사람이라도 멀리해야 할 사람이 있고, 어리석은 사람이라도 가까이 있어 행복한 사람이 있다. 그가 공부를 잘하거나, 부자거나, 가난하거나 큰 문제가 되지 않는다. 그의 마음과 네 마음이 합일을 이루는 것이 중요하다. 너에게 기쁨을 주는 친구, 네가 기쁨을 줄 수 있는 친구가 소중한 친구다. 만나면 반갑고, 못 만나면 궁금하고, 그런 그리운 친구가 진정한 친구다.

불이 났을 때 먼 바다에 있는 바닷물이 아무 소용이 없는 것처럼 멀리 있는 사람이 너에게 즐거움을 줄 수는 없을 것이다. 가까이 있는 친구와 서로 도우며 인생의 동행으로 삼으면 좋을 것이다. 남이 나의 좋은 친구가 되기를 바라지 말고, 내가 남의 좋은 친구가 되도록 힘써야 한다. 친구가 없는 사람은 바다에 혼자 있는 섬이다. 부모를 잘 섬기고 형제애가 돈독하고 웃어른을 잘 섬기는 사람이 좋은 친구의 자질을 갖춘 사람이다.

9월 29일

위대한 생명의 탄생

오늘은 우리 귀한 재면이의 생일이다. 할아버지 할머니의 메시아가 되어 이 세상에 네가 온 날! 하늘도 고요하고 땅도 고요했다. 너는 빛으로 이 세상에 와 할아버지 할머니의 영혼에 사랑의 빛을 점화시켰다.

너는 할아버지 할머니의 영혼에 새 희망의 싹을 틔운 위대한 생명이었다. 네가 온 후 할아버지 할머니의 생활은 너로 시작하여 너로 끝난다. 너는 우리에게 가장 큰 기쁨을 주는 보물이다. 너로 인해서 할아버지 할머니는 아침마다 즐거웠고, 날마다 행복했다. 백년 사는 사람은 없는데 우리는 너와 천년을 살고 싶구나.

사랑하는 재면아!

너의 생일을 세상의 모든 축복을 모아 축하한다. 사랑하고, 사랑하는 재면아!

9월 30일

예의 바른 생활과 도의적인 사고

가족 구성원 모두가 자기가 맡은 임무를 다하고 예의 바른 생활과 도의적인 사고를 가지고 있으면 집안에 불화할 일이 없을 것이다. 가장 작은 구성원인 가정이 평화롭다면 이웃 간에도 잘 지내게 될 것이다.

불화라고 하는 것은 자기를 다스리지 못하는 데서 일어난다. 내가 나를 다스리지 못하면서 누구를 다스릴 수가 있겠으며, 그러니 가족 간은 말할 것도 없고 이웃과도 불화할 것이며, 그런 이웃들이 모인 사회는 또 어떠하겠느냐. 그렇게 퍼져 나가다 보면 가정도, 이웃도, 사회도, 더 나아가 국가끼리도 언제나 분쟁과 전쟁 속에서 지내게 될 것이다.

세계 인구가 70억에 이르렀다지만 그 구성의 첫 단위는 '나', 즉 개개인이다. 나를 진정으로 다스린다면 이 세상은 영원히 평화로워질 것이다. 스스로의 사명을 아는 사람만이 자기 자신의 가치를 드높이는 사람이다. 그러나 그것을 알기도 어렵고, 알았어도 변함없이 지켜 나가는 것은 더욱 어렵다. 그건 어쩌면 우리 인간들의 한계인지도 모른다.

오리
놀이 못나네?
나는 숯제
낯아있고.

`놀이´
철수 2002

10월

10월 1일

석가모니의 길, 예수의 길

오늘은 재면이에게 법화경에 있는 부처님의 말씀을 전해볼
까 한다.

'나는 전생에 누구였을까. 나는 내생에 어떻게 살게 될까.'

할머니는 전생도 믿지 않고, 내생도 믿지 않는다. 지금 살고
있는 현생만 믿는다. 지금 착하게 잘 살고 있으면 전생도 그랬
을 것이고, 현재 행복하게 살고 있으면 내생도 또한 행복할 거
라고 생각한다.

전생 때문에 불행한 것도 아니고, 내생을 위해서 마음을 바
로 쓰는 것도 아니고, 현재의 삶을 위해서 성실하게 살다 보면
그것이 전생으로도 이어지고 내생으로도 이어지리라고 생각
한다. 무슨 일이든 목적 없이 행동하는 경우는 없다. 그 목적
이 선하면 거짓이나 위선이 끼어들 틈이 없다. 누가 뭐라든 개
의치 말고 네가 설정해 놓은 길로 묵묵히 뚜벅뚜벅 걸어가거
라. 괜한 호기심이나 실험은 위험하니 피하는 것이 현명하지
않을까? 거짓 없이, 선행을 하면서, 이웃과 불화하지 않고 지
내며, 세상의 음지를 없애는 데 힘을 보태고 살면 그것이 석가
모니의 길이고, 예수의 길이다.

10월 2일

나쁜 습관은 고질병이다

어렸을 때의 습관은 어른이 되어서도 고치기 어렵다. 할머니의 한 가지 걱정은 재면이가 잠을 안 자려고 하는 데 있다. 뇌가 쉬지 못하면 큰 병이 생긴다. 눈을 뜨면 무슨 생각이든 하는 것이 뇌인데, 충분히 휴식을 취하지 않으면 어떻게 되겠느냐. 밤 8시부터 멜라토닌이 나오고 성장 호르몬이 나온다는데, 너는 12시까지 안 자는 습관이 있어서 걱정이다. 밤 12시 이후에는 멜라토닌이, 그리고 성장 호르몬이 나오지 않는단다. 사랑하는 우리 재면이가 건강하게 잘 지내려면 잠자는 습관을 바꿔야 될 것 같다.

재면아! 그리고 또 과일과 채소를 많이 먹는 습관을 들이거라. 사과에는 펙틴이 많아 장의 기능을 활발하게 해주고, 배는 효소가 많은 편이어서 소화를 돕는 작용을 한다. 또 강한 알칼리성 식품으로 혈액을 중성으로 유지시켜 각종 병을 예방한다고 한다. 감은 칼슘을 많이 가지고 있어 이뇨작용이 뛰어나고, 몸의 저항력을 높여준다. 단, 꼭지와 가운데 흰 부분은 먹지 말거라. 소화를 저해하는 요소가 흰 부분에 있기 때문에 체하면 약도 없고, 변비를 유발하는 원인이다.

10월 3일

모든 것은 지나간다

어떤 사람을 미워하는 일은 덧없는 일이다. 당사자는 그것을 모르기 때문에 미워하는 사람만 감정이 훼손되는 것이다. 그것은 인생을 허비하는 헛된 일이다.

그리고 재면아!

다른 사람의 언행에 무작정 동조하지 말아라. 그가 옳다고 하면 나도 옳은 것 같고, 그가 싫다고 하면 나도 싫은 것 같고, 이것은 꼭두각시나 어릿광대의 행동이다. 그리고 인간으로서 해서는 안 되는 못난 짓이다. 언제나 자기 줏대를 가지고 옳게 판단하고, 그른 것은 비판하고 외면해야 한다. 그런 단호함 없이는 바른 삶을 살 수 없다.

그리고 무슨 일이 일어날 때마다 너무 놀라거나 슬퍼하지 마라. 인생을 살다 보면 별의별 일들이 다 일어난다. 모든 일에 성실을 다하려고 하고, 자기의 임무를 충실히 하겠다고 마음먹으면 큰 고통은 오지 않는다. 설령 고통이 온다 해도 그 고통은 어떤 고통이든 견딜 수 있는 것만 오고, 오면 금방 지나간다는 것을 기억하거라.

10월 4일

나는 나의 창조자

네가 하고자 하는 일의 목적을 충분히 알고, 그 가치를 인정한다면 망설임 없이, 조금도 주저하지 말고 그 길로 매진해라. 비바람이 몰아쳐도, 폭설이 퍼부어도 집념만 강하다면 너는 꼭 그 길을 갈 수 있을 것이다.

운명이란 이미 정해져 있는 것이 아니고, 네 운명은 네가 만들고 네가 지배하는 것이다. 누가 길을 가로막는 것도 아니고, 너를 속박하는 것도 아니다. 길을 막는 것도 너 자신이고 속박을 하는 것도 너 자신이다. 누구 때문에 환경이 허락지 않아 못했다고 하는 것은 패자의 비굴한 변명이다.

모든 것은 너 자신에게 달려 있다는 것을 잊지 말거라. 너 자신을 변화시킬 사람은 너밖에 없다. 너는 너의 주인이고, 너 자신의 창조자다. 너를 도와줄 사람은 부모도 아니고 스승도 아니고 형제도 아니고 친구도 아니다. 너에게는 오로지 네가 있을 뿐이다. 이 비정한 외로움이 인생이다. 이성적 판단과 오묘한 진리도 다 네 안에 있다. 네가 너 자신을 격려하고 사랑하고 믿어라.

10월 5일

무한한 인내심

모든 사람에게 친절해라. 그것이 겉치레로 끝난다면 문제지만 진심에서 우러나온 것이라면 그 어떤 사람의 마음이라도 움직일 수도 있고, 적의 마음도 변화시킬 수 있다.

언제나 친절을 베풀고, 상대방에게 해를 끼치는 행동은 하지 말아라. 누가 너를 떠올릴 때 온유한 성품과 관대함을 지닌 멋진 사람으로 기억하게 해라. 그리고 남에게는 화난 얼굴을 되도록 보이지 말아라. 누구든 너의 그런 모습을 기억하는 것은 그다지 유쾌한 일이 아니다.

비사회적인 행동, 이를테면 거짓말을 하는 것, 화를 내는 것, 이간질에 능한 것, 욕심이 많은 것, 감사할 줄 모르는 것, 이런 사람들과 일생을 부대끼며 살아가려면 무한한 인내심이 필요하다.

그런 부류의 사람들과는 부딪힐수록 손해만 보겠지만, 완전히 피할 수가 없는 노릇이다. 다만 네 주위에는 그런 사람들이 되도록 적게 끼어들기를 바랄 뿐이다. 그리고 그런 사람을 쉽게 판별하여 가려낼 지혜를, 그런 안목을 네가 갖게 되기를 바란다.

10월 6일

인생의 행로

사람들은 누구나 자기 자신을 귀하게 여기고 사랑하면서도, 남의 말 때문에 기분이 상하기도 하고 마음에 깊은 상처를 받기도 한다. 내가 나 자신을 어떻게 생각하느냐가 중요하지, 남이 나를 어떻게 생각하든 마음 쓸 필요가 없다고 본다. 정작 남의 의견은 존중하지도 않으면서 왜 남의 말에 마음을 다치는지 모르겠구나. 아무것에도 속박당할 필요가 없다. 스스로 판단해서 올바른 일을 하고 매일을 충실하게 살아간다면 너는 너를 이 우주에 오게 한 신(神)의 보살핌을 받게 될 것이다.

어떤 뜻밖의 일이 일어나도 크게 놀라지도 말고 실망하지도 말아라. 인생의 행로에는 불의의 일들이 꼭 일어나게 되어 있으니, 마음의 동요를 크게 일으키지 말고 이성의 힘을 앞세워 인생길을 걸어가거라. 어떤 일이 너를 괴롭힌대도 너는 네 안에 있는 이성(理性)을 신성(神性)으로 바꾸어 해결해 나가리라 믿는다.

재면아! 잘 자라. 꿈속에서 만나자.

10월 7일

일본의 만행

일본의 한 장관이 오늘 또 용서할 수 없는 망언을 했다. "우리는 정신대 여자들을 강제로 끌어온 일이 없다. 그 증거를 대라." 정신대란 다른 말로 일본군의 '종군 위안부'로, 전선에 배치되어 성 노예로 유린당한 우리나라 젊은 여성들을 가리킨다. 그들은 20여 만 명이 끌려갔고, 지금도 엄연히 살아서 매주 수요일이면 일본 대사관 앞에서 사죄와 보상을 요구하는 집회를 벌이고 있다. 강제로 끌려간 당사자들이 있는데도 일본은 그런 뻔뻔스런 망언을 되풀이해 우리의 분노를 촉발시키고 있는 것이다. 그런데 일본은 중국에게도 똑같은 망언을 일삼고 있다. "우리는 남경 대학살을 저지른 일이 없다. 그건 중국의 조작이다." 이런 황당한 말에 14억 중국인들은 모두 분노를 터뜨리고 있다.

히틀러는 유대인 600만 명을 학살했다. 그래서 독일 총리 빌리 브란트는 1970년 유대인 추모비 앞에 무릎을 꿇고 진심으로 사죄해야 했다. 일본은 그런 독일과 좋은 대조를 이루고 있다. 우리가 두고두고 역사를 새롭게 인식해야 하는 것은 바로 일본의 그런 비양심적인 태도 때문이다.

10월 8일

속임수가 통하는 일은 없다

"나는 솔직한 사람이오. 나는 거짓말을 안 하는 사람이오. 나를 믿으시오." 이렇게 말하는 사람 중에 솔직한 사람이 별로 없고, 진실한 사람도 별로 없더라. 그것을 입으로 증명하려 하는 것은 부질없는 짓이다.

눈만 보면 저절로 안다. 그의 표정만 봐도 금방 알 수 있다. 말하지 않아도 남들이 먼저 알게 되어 있다. 지금까지 살아온 인생의 면면이 얼굴에 쓰여 있기 때문에 말하지 않아도 다 드러나게 되어 있다. 가장된 솔직, 가장된 진실, 가장된 성실은 감추려 해도 감추어지지 않는다. 자신은 완벽하게 감추었다고 할지 모르지만, 그것은 완벽하게 드러나는 법이다.

속임수가 통하는 세상은 없다. 냄새를 아무리 막으려 해도 사방팔방으로 번지는 이치다. 상대방을 속으로는 경멸하면서도 그 앞에서는 친절한 웃음을 보이고, 그를 넘어뜨릴 마음이 있으면서 그 앞에서는 더 깊이 허리를 굽히는 것이 인간이다. 인간만큼 어렵고 난해한 추상화는 없다. 분별하는 지혜가 네게 있기를!

10월 9일

실행하기 어려운 일

오늘은 실행하기 어려운 일에 대해서 얘기하겠다. 너의 지혜로 어려운 일을 쉽게 풀어가길 바란다.

부유할 때 검소하기 어렵고, 슬플 때나 괴로울 때나 한결같기가 어렵고, 도움을 받을 때 비굴하지 않기 어렵고, 분노를 밖으로 나타내지 않기 어렵고, 사사로운 정에 마음 흔들리지 않기 어렵고, 없는 자를 돕기 어렵고, 남에게 언제나 친절하기 어렵고, 과한 의무를 고달프지 않게 생각하기 어렵고, 남을 진심으로 칭찬하기 어렵고, 몸이 아플 때 명랑하기 어렵고, 말과 생각과 행동이 일치하기 어렵고, 허영심을 품지 않기 어렵고, 어떤 경우에나 단정한 절도를 지키기 어렵고, 자랑하지 않기 어렵고, 잘못을 저지르지 않기 어렵고, 자기가 한 일을 후회하지 않기 어렵고, 다 어려운 일이다. 이 어려운 일들을 쉽게 풀어가면 행복한 삶이 네게 펼쳐질 것이다. 어떠한 어려운 처지에 놓이더라도 지혜롭게 헤쳐나가는 재면이 모습이 눈앞에 선하게 다가온다. 자기가 할 일을 꾸준히 열심히 하면 그런 지혜가 자연스럽게 찾아올 것이다.

10월 10일

정진과 정화에 힘을 쏟자

사람은 누구나 불필요한 말이나 행동을 하고 나면 그 기억이 머리에서 사라질 때까지 내내 괴로움을 느끼게 된다. 그렇기에 자기와 관계없는 일에는 아예 관심을 갖지 말고, 자기의 일에만 성실을 다해야 한다. 자기가 하는 일에 행복한 마음을 갖는다면 다른 일에 관심을 가질 여유가 없게 된다. 자기 자신의 주인이 되어 마음을 잘 운전하는 사람이 성공하는 사람이다.

항상 품위와 절제를 잃지 않고 일생 동안 자기 정진과 정화에 힘쓰다 보면, 너는 네가 미처 생각도 못한 열매를 얻을 것이다. 네가 커서 이 글을 매일매일 읽으며 빙그레 웃는 모습도 보이고, 할머니는 왜 이렇게 걱정이 많으실까 하고 짜증내는 얼굴도 보이고, 할머니를 그리워하는 모습도 보인다.

귀찮고 바쁘더라도 일 년 삼백육십오 일 하루도 빠짐없이 읽어주었으면 하는 것이 할머니의 바람이다. 하루치를 읽는 데 2~3분밖에 걸리지 않는다. 비슷한 내용이 반복되더라도 그 중요성 때문임을 헤아려다오. 표지에 손때가 묻어 반질반질해지도록 읽어준다면 그게 바로 할머니가 가장 받고 싶은 재면이의 사랑이다.

10월 11일

아름답고 보기 좋은 일

사람답게, 보람 있게, 일생을 보내고 싶거든 자기만의 목표를 세우고 불굴의 정신으로 도전해 나가거라. 실패를 두려워하지 말고 적극적으로 행동해 보거라. 농부가 씨앗을 뿌리고 땀 흘려 노력하면 풍성한 수확을 얻을 수 있다. 목표를 세우고 노력하면 네가 원하는 바를 이룰 수 있을 것이다. 이 세상에 불가능한 일은 없다. 재면이에게 조금 부족한 것이 있다면 좀 더 적극적인 행동력이 아닐까? 아무리 생각하고 좋은 계획을 세워도 행동하지 않고는 아무것도 거둬들일 수 없다. 적극성을 신장시키도록 지속적으로 노력해라. 자꾸 하다 보면 힘이 붙게 되고, 가속도를 낼 수 있단다.

자기에게 부족한 것을 보완하는 것, 그것이 발전이다. 이 세상에 완벽한 사람은 하나도 없다. 빈틈없는 사고, 치밀한 계획을 세워 완벽을 추구하려 노력하는 것이 우리네 삶이다. 생각과 행동은 동전의 앞뒤와 같아야 한다. 생각만 하고 행동을 안 해도 안 되고, 생각 없이 행동을 먼저 하는 것도 무척 곤란한 일이다. 사고력과 행동성이 균형 있게 잘 어울려지게 하는 것. 그것처럼 아름답고 보기 좋은 일은 없다.

10월 12일

아침이 오면 반드시 밤이 온다

어떤 어려운 문제에 부딪쳤다고 하자. 마음을 차분하게 가라앉히고 문제의 핵심을 꿰뚫어봐라. 우왕좌왕 당황하는 것은 문제 해결에 아무런 도움을 주지 못한다. 심호흡을 하고, 마음에 여유를 갖고, 근본적인 해결방법을 신중하게 모색해야만 한다. 문제가 생기는 것에 하등 신경 쓸 필요가 없다. 문제가 수시로 발행하는 것은 인생살이가 그만큼 건강하고 역동적이라는 의미이다.

아침이 오면 반드시 밤이 온다. 밤은 또 반드시 새벽을 오게 하듯이, 문제는 수시로 생기고 그 문제는 반드시 해결되게 되어 있다. 문제가 생기는 것은 자연의 이치라고 해도 틀린 말이 아니다. 문제를 푸는 열쇠는 네게 있다. 문제가 생기면 그 원인이나 해결책을 다른 사람에게서 찾는 사람이 있는데, 그런 사람은 영원히 문제를 못 풀 것이다. 재면이는 어떤 문제든지 해결할 수 있다는 의지를 앞세워 차근차근 해결해 나가거라. 그런 사람이 유능하고 훌륭한 사람이다.

10월 13일

긍정적인 생활태도

인간의 능력에는 무한한 잠재력이 내재되어 있다. 그러나 그 잠재력을 꾸준히 계발하지 않으면 아무 가치도, 의미도 없다. 평생을 그날이 그날 같으면 평범한 소시민으로 살 수밖에 없다. 배부르고 등 따뜻한 것에만 삶의 목적을 두면 그건 짐승 같은 삶과 별다를 것이 없다. 의미 있는 삶을 살고 싶으면 끊임없는 노력을 바쳐 자기의 잠재력을 깨워야 한다.

생각을 긍정적으로 갖는 생활태도를 기르도록 하거라. 그리고 항상 깨어 있어라. 그리하면 너의 금광에서 보물이 쏟아져 나올 것이다. 항시 지식을 새롭게 축적시키고, 넓은 지식을 바탕으로 사고방식을 개방적으로, 진취적으로 가꾸어 나가야 한다. 네게 있는 에너지를 네가 스스로 계발하여 활용해야 한다. 원대한 꿈과 알찬 희망을 늘 너 자신에게 일깨워라. 그리고 어떠한 어려운 난관에 부딪쳐도 포기하지 마라. 그러면 기필코 이뤄질 것이다. 소리치면 메아리가 돌아오게 마련이다.

할아버지 책상 위에는 '문학, 길 없는 길'이라는 글이 씌어 있다. 그 의미가 무엇이겠니? '나는 그 길 없는 길을 찾아 가리라' 하는 할아버지의 결의가 들어 있는 것 아니겠니.

10월 14일

인간다움의 증표

학창 시절에는 우등생이었던 사람이 사회에 진출하여 열등생이 된다는 말이 있다. 곰곰이 생각해 보니 현실에 필요한 생활의 지혜를 하나도 익히지 않고 무조건 주입식 교육에 의해 암기 공부만 했기 때문에 대인관계가 원만하지 못하고, 일의 성패를 슬기롭게 소화해 내는 사회적 능력의 부족이 초래한 결과일 것이다. 열심히 책만 파고들면 우등생이 되었던 학교생활과는 달리 사회의 현실은 수많은 시행착오와 실수를 동반하게 되어 있다. 수많은 사람들이 경쟁하고 속임수를 쓰는 사회에는 교과서가 없기 때문이다. 그런데 교과서 암기에 익숙해진 학교의 우등생은 실수를 통해서 교훈을 얻는다는 사실도 인정하고 싶지 않고, 또 실수한 자신을 용납할 수도 없는 것이다.

실수는 모든 사람이 저지르는 것인데 그 실수를 자인하지 못하고 자학을 하는 과정에서 학교의 우등생은 사회의 열등생으로 낙오하는 것이다. 우등생이 제일 두려워하는 것이 실수다.

실수나 실패를 두려워하지 마라. 그보다 큰 삶의 스승과 교훈은 없다. 실수나 실패는 인간다움의 증표다. 실수는 신(神)도 한다.

10월 15일

실수는 병가상사(兵家常事)

어제 얘기의 계속이다. 실수에서 얻는 지혜가 가장 값진 교훈이라는 것을 왜 깨닫지 못하고 열등생의 길로 들어서는지 딱할 뿐이다. 실수를 두려워하지 말아라. 한 번의 실수는 병가상사라는 말이 있다. 그런데 중요한 것은 한 번의 실수는 교훈이지만, 같은 실수를 두 번 되풀이하는 것은 어리석은 일이라는 사실이다. 같은 실수를 반복하지는 않지만 다른 일에도 계속 실수를 하는 사람이 있다. 그것은 근복적으로 실수의 원인을 규명해 내지 않고 지내기 때문이다. 내가 한 실수도 남이 한 실수도 모두가 아주 좋은 교훈이며 스승이다.

대개의 우등생들은 일이 잘 되었을 때는 자기 노력의 결과라고 자만하고, 일이 잘못되었을 때는 운이 나빴다느니 재수가 없었다느니 하고 다른 사람에게 책임을 떠넘기려고 드는 경우가 많다. 자칭 완벽주의자들이 저지르는 실수의 연속인 셈이다. 재면이는 실수는 나의 벗이며 스승이고 나를 더 발전시키는 인생 공부라고 생각하기 바란다.

같은 실수를 두 번 되풀이하지 않으면 현자이다.

10월 16일

기회는 언제나 내 곁에 있다

좋은 계획을 세우는 것은 누구나 할 수 있는 일이다. 그러나 계획에는 반드시 실천이 따라야 한다. 그리고 계획을 세우기 전에 실천이 가능한 계획인가를 꼼꼼하게 따져보아야 한다. 또 실천이 가능하더라도 노력은 100을 하고 성과가 10이라면 고려해 봐야 하는 문제다. 노력한 것보다 더 큰 성과를 바라는 것은 어리석은 일이지만, 노력한 만큼은 거둬들여야 좋은 계획이라고 할 수 있다. 그리고 오늘 일을 내일로 미루지 말라는 평범하고 쉬운 말 속에 성공과 실패가 담겨 있다. 오늘 일을 내일로 미루는 사람은 성공하기 힘든 사람이다. 오늘 일을 오늘 하는 것, 쉬운 듯하지만 제일 어려운 일이다.

재면아! 능력 없는 사람들은 언제나 기회가 없었다고 쉽게 말하지만, 기회는 수없이 많이 우리 곁을 스쳐 지나간다. 기회를 잡을 수 없는 눈을 가졌기 때문에 기회를 놓치는 것이다.

언제나 그물을 치고 있는 어부는 고기를 놓칠 일이 없고, 언제나 곡괭이를 손에서 놓는 일이 없는 농부는 흉년이 무엇인지를 모른다.

10월 17일

담력과 완력

한번 지나간 기회는 다시 오지 않는다. 무작정 큰 계획을 세우려 하지 말고 작은 계획부터 세워서 실천해 나가면 큰일은 자연스럽게 이루어진다. 실행 가능한 계획을 세우고 열심히 노력하거라. 실력을 쌓아야 하고, 그 실력을 밀어주는 끈기가 있어야 하고, 반드시 해내고야 말겠다는 의지와 열정이 있어야 한다.

계획을 세우고, 실행에 옮길 때는 꼭 즐거운 마음으로 최선을 다해야 일하는 행복이 생긴다. 재면이에게 할머니가 부탁하고 싶은 것은 좀 더 말하기를 즐겼으면 하는 것이다. 공부도 재미있어하고, 축구도 잘하고, 태권도도 잘하고, 수영도 잘하고 해서 한없이 대견하다만, '활달함'이 좀 더 강화된다면 얼마나 좋겠느냐. 남자는 강하게 행동하는 데 매력이 있는 법이다. 너무 조심하지 말고 자신 있게 앞으로 나서라는 것이다. 그것만 보완하면 우리 재면이에겐 부족한 것은 아무것도 없단다.

재면아, 할아버지는 소설가이면서도 담력과 완력이 무척 강하다. 완력이 필요할 때는 거침없이 나서고, 위험한 상황에서도 담력 크게 할머니를 보호하고 나서는 것을 여러 번 보았단다.

10월 18일

올바른 선택

세상에 태어나는 것은 선택이 아니었지만, 태어난 다음부터는 모든 것을 선택해야 하는 게 우리네 인생사다. 친구를 선택하는 일도, 직업을 선택하는 일도, 아내를 선택하는 일도 다 자신들의 몫이다. 그 수많은 선택이 인생을 풍요롭고 행복하게 하기도 하고, 삭막하고 불행하게 하기도 한다. 그만큼 선택하나하나가 다 중요한 것이다. 진실한 삶의 의미는 무엇일까. 옳은 선택을 한 다음, 그 선택을 성취시키기 위해서 최선을 다하는 것. 그 최선의 노력이 경험으로 축적되어 그 다음의 선택을 보다 쉽게 해결할 수 있는 능력이 되는 것, 그리고 그것이 발전적인 삶의 기쁨과 보람이 되는 것이다.

또 다른 선택도 있다. 개미가 될 것이냐, 베짱이가 될 것이냐, 선택은 언제나 네 자유다. 일단 선택한 후에는 후회하지 말고 끝까지 노력해서 자신의 선택에 만족해야 한다. 그것이 성공적 삶의 의미다. 선택은 스스로의 권리인 동시에 의무다. 언제나, 무슨 일이나 올바른 선택을 해야 하는 기로에 서면 너의 명석한 판단력을 최대한 발휘하거라.

10월 19일

흔하면서 귀한 한마디

살아가면서 주기만 하는 일은 없다. 반대로 받기만 하는 일도 없다. 받으면 주게 되어 있고, 주면 언젠가는 다른 모습으로라도 받게 되어 있다. 그러나 재면이는 언제나 주는 입장에 서기를 희망하거라. 그것이 행복한 인생이다.

더 많은 것을 갖고 싶어서 욕심을 부리는 사람은 언제나 그 욕심에 치여 불행해진다. 좋은 지위에 오래 머물고 싶어서, 더 많은 재물을 갖기 위해서 동분서주하는 사람들은 자기가 쳐놓은 덫에 꼭 치이고 말더라. 바다를 가는 배가 무리하게 항해를 하면 좌초하거나 침몰하기 쉽다.

우리 인생도 항해와 같다. 자기의 능력만큼 속도를 내고 차분한 여유 속에 앞길을 내다봐야 한다. 무리하게 과욕을 부리면 배는 가라앉게 되어 있다. 석가모니와 예수는 똑같이 탐욕을 부리지 말라고 가르쳤다만, 수많은 인간들은 그 가르침을 외면하여 숱하게 불행에 빠졌단다. 마음과 몸을 가볍게 하여 인생이라는 바다를 순탄하게 건너야 한다. 흔하면서 귀한 한마디. 인생사 공수래 공수거.

재면이에게 가이없는 사랑을 보낸다.

10월 20일

지금 내게 가장 중요한 것

할머니는 젊었을 때부터 무엇을 많이 쌓아두는 사람이 아니었다. 꼭 필요한 것만 갖겠다고 했지만, 그러나 세월이 쌓이는 동안 불필요한 것들이 너무 많이 쌓였더라. 옷장을 열어봐도, 책상 서랍을 뒤져보아도 필요한 것보다는 불필요한 것이 더 많이 있었다. 그 집착과 욕심에 부끄러운 생각이 들었다. 그뿐만 아니라 가치 있는 일과 무가치한 일들에 대한 구분도 정확하지 못할 때가 많았고, 쓸데없는 것에 감정 낭비를 하고, 시간을 허비하는 때가 많았던 것을 발견하고는 한다.

그럴 때면 할머니는 마음을 다잡고 앉아 '지금 내게 가장 중요한 것이 무엇인가' 하고 자기를 돌아보는 시간을 가졌다. 한심하기 짝이 없는 자신의 모습에 자학을 한 적도 많았다. 그럴 때면 할머니는 심기일전하여 잡다한 물건에 대한 집착을 끊고 지금 당장 필요치 않은 것은 주위에 나누어주기도 했고, 쓸데없는 시간 허비나 감정 낭비에 채찍을 가하기도 했다.

두 번 읽을 필요가 있는 책만 구입을 하듯이 일회용 소모품이 아닌 한평생 간직할 가치가 있는 물건들만을 신중하게 생각해서 갖도록 해라. 그럴 때는 값에 구애될 것이 없다.

10월 21일

인생의 철학

대부분의 사람들은 언제 어느 때나 남보다 잘 살아야 된다는 경쟁의식과 돈이면 안 되는 일이 없다는 천민의식에 사로잡혀 있고, 자신의 능력 밖인데도 위만 바라보고 자기의 삶에 불만을 품으며 불행을 키워낸다. 그러나 할머니는 누구나 좋아하는 좋은 시 한 편만 썼으면 하는 희망 하나만을 가지고 있었다. 그 한 편의 시를 위해 내 삶을 바쳐도 아깝지 않다는 생각이었다. 그래서 재물에 대한 욕심, 허울뿐인 매명이나 지적 허영심에서도 자유로울 수 있었다. 또한 일생 동안 많이 갖는 것보다 적게 갖고, 많이 버리는 것을 인생의 철학으로 삼으려 했다.

사랑하는 재면아!

하나뿐인 아들인 네 아빠에게도 물질만능주의가 만들어놓은, 인간미가 결여된 성공 기준을 요구하지 않았다. 사람답게 건강하게, 양심과 도덕에 어긋나지 않는 평범한 소시민이기를 바랐다. 재면이도 한 번뿐인 인생을 바쳐도 보람 있는 것이라고 생각하는 일을 선택해서 그 길로 편히 가거라. 무슨 일이 되었든 하고 싶은 일을 즐겁게 하는 것, 그것이 성공한 인생이다.

10월 22일

록펠러와 욕심

세계적인 부자 록펠러는 이미 스물세 살 때부터 돈 버는 얘기가 아니면 웃지 않았다고 한다. 그래서 그는 서른세 살에 백만장자가 되었고, 마흔세 살에 세계 최대 규모의 석유회사를 세웠고, 쉰세 살에는 세계적인 부자가 되었다. 그때 그의 얼굴은 할아버지가 되어 있었고, 몸도 병이 들어 산송장 같았다고 한다.

건강하던 록펠러가 돈을 벌기 위해 노력한 결과가 건강을 해치고 병을 얻게 된 것이다. 주치의가 병든 록펠러에게 꼭 지켜야 할 생활수칙을 정해줬다.

첫째, 모든 걱정과 고민을 내려놓아라. 어떤 일이 일어나도 절대로 걱정하거나 고민하지 말아라.

둘째, 생활에 여유를 가져라. 긴장되고 약해진 몸과 마음을 풀어줄 수 있는 운동을 즐겨라.

셋째, 식사는 반드시 시간을 맞춰 하고, 과식하지 말고 알맞게 먹어라. 더 먹고 싶은 생각이 드는 순간 수저를 놓아라.

10월 23일

록펠러의 공헌

돈 버는 일이 온통 인생의 목적이던 록펠러는 돈을 많이 벌어 세계적인 갑부가 되었지만 몸과 마음은 쇠약할 대로 쇠약해져 있었다. 그렇게 건강을 잃게 되면 목숨이 사그러들 것이고, 그때 돈이 록펠러의 삶에 과연 어떤 의미가 있는 것일까. 록펠러는 주치의의 권고대로 돈을 버는 일을 접고 이제까지의 생활과는 반대로 돈을 쓰는 일에 관심을 집중시켰다.

그래서 록펠러는 거액의 재산을 공익단체에 기부했고, 록펠러 재단을 설립하여 전 세계에서 각종 질병을 퇴치하는 데 쓰도록 했다. 페니실린을 만들었고, 말라리아, 폐결핵, 유행성감기, 디프테리아 등의 질병을 치료하는 치료법도 록펠러의 공헌으로 이루어졌다.

그렇듯 록펠러는 돈을 버리고 대신 건강을 선택했기 때문에 98세까지 행복하게 살 수 있었던 것이다. 록펠러는 돈을 잘 써서 죽어서도 세계인들의 존경을 받으며 영생을 누리고 있다. 규칙적인 생활의 소중함과 함께 돈을 잘 쓰는 것이 어떤 것인지를 보여주기 위해 이틀에 걸쳐 장황하게 늘어놓았다.

10월 24일

'고맙습니다'라는 한마디

네가 무슨 일에건 도움을 준 사람이 있을 것이다. 그것을 기억하지 말아라. 되도록 빨리 잊어버리는 것이 좋다. 왜냐하면 도움받은 사람이 그 사실을 잊어버리고 너에게 고마움을 표하지 않으면 너만 불쾌해지고 불행해지기 때문이다.

사람들은 누구나 자기가 받은 도움과 은혜를 쉽게 잊어버린다. 그건 그 사람이 특별히 나빠서 그런 것이 아니고 그게 인간의 속성이다.

베푼 것을 잊지 않고 상대방이 감사를 표하기를 바라면 이쪽의 속만 상한다. 고맙다는 말 한마디 하기가 그렇게 어려우냐고, 고깝게 생각지도 말아라. 베푸는 것은 베푸는 자의 즐거움인, 그 기쁨으로 충분한 보상을 받은 것이다.

사랑하기 위해서 세상에 인간으로 왔다고 생각해라. 베풀 수 있는 사람이 가장 성공하고 제일 행복한 사람이다. 베푸는 마음은 가장 큰 사랑의 실천이다. 남을 사랑하는 것은 곧 자기 자신을 사랑하는 길이기도 하다.

사랑하라, 또 사랑하라, 사람도 그리고 자연도. 사랑만큼 좋은 보약은 없다. 베푸는 사랑은 가장 큰 힘이고 능력이다. 오늘은 재서가 태어난 날이다. 이 세상에 하나뿐인 동생이니 얼마나 귀하고 소중하냐.

10월 25일

서로 아끼고 존중하라

사랑은 아무리 진실하고 지극해도 상대방을 괴롭히거나 귀찮게 하는 것이어서는 안 된다. 어머니의 자식에 대한 사랑은 한량없이 고마운 것이지만, 자식이 부담스럽게 생각한다면 다시 한 번 그 방법을 고려해 봐야 한다. 부모 자식 간의 사랑도 이러한데 남녀 간의 문제는 더 말할 것이 없다. 상대방과 내가 똑같이 원하는 사랑, 서로 아끼고 존중하면서 상대방에게 부담이나 상처를 주지 않는 사랑이 진정한 사랑이다.

대개의 어머니들은 "너를 위해서 하는 말이다"라고, 모든 게 너를 위해서라고 하지만 자식들은 그것을 달갑게 받아들이지 않고 귀찮아하고 간섭이라고 생각한다. 그 일방적인 사랑을 혐오하거나, 충돌이 생기는 일도 적지 않다.

사실 어머니의 사랑은 무조건적이어서 자식들은 그 사랑의 깊이를 잘 모르는 것이다. 재면아! 너는 그런 모정의 생리를 헤아리며 엄마와 다정한 대화를 나누는 것을 잊지 말고, 그런 엄마 사랑을 곱게 받으며, 너도 엄마를 깊이 사랑하도록 해라.

10월 26일

판도라의 상자

저 머나먼 옛날에 판도라의 상자가 열리면서 그 속에서 나온 것이 번뇌와 고통과 질병이라고 한다. 다른 곳에 있던 조물주가 얼른 인간에게 그것을 치유할 수 있는 방법을 가르쳐주었다고 한다. 그 방법을 잘 이용하는 사람은 번뇌와 고통에서 벗어나 질병에 걸리지 않을 수 있고, 그렇지 못한 사람은 번뇌와 고통에서 헤어나지 못하고 병이 든다고 한다.

사람들의 병은 모두 마음속에 있는 분노와 슬픔과 괴로움 때문에 생긴다고 한다. 마음속 분노를 어떻게 다스려야 할까. 그 분노를 들어주고 위로를 해주고 해결책을 마련해 주는 사람이 있으면 좋겠지만, 곁에 그럴 만한 사람이 없을 때면 어떻게 하면 되겠니. 그럴 때는 스스로 두 사람 몫을 해낼 수밖에 없다. 자기의 화난 감정을 큰 소리로 말하고, 그것을 귀로 듣고, 마음을 다스리는 방법을 찾아내 화를 삭이는 것이다. 그것이 불가능할 때는 책을 읽거나 음악을 듣거나 명상을 해서 그 화를 삭이고 다스리면 된다. 세월을 따라 습관화하다 보면 저절로 된단다.

10월 27일

분노를 마음에 담아두지 마라

할머니가 읽은 시 중에 영국의 시인 윌리엄 블레이크(William blake)의 시가 마음에 들어 너에게 들려주고 싶구나.

나는 친구에게 화가 났다.
화가 났다고 말했더니 화가 풀렸다.
나는 친구에게 화가 났다.
그 말을 하지 않았더니 화가 더 커졌다.

분노를 밖으로, 겉으로 표출시키면 화가 가라앉는다는 것을 표현한 시다.

사랑하는 재면아! 화난 감정을 마음속에 담아두지 말고 네가 제일 가깝게 느끼는 사람에게 털어놓고 마음을 안정시켜야 정신도 육체도 모두 건강해진다. 그러나 그것이 여의치 않으면 일기를 써서 네 감정을 모두 토로하면 속이 시원해질 것이다. 할머니는 재면이가 이 세상에 온 뒤로는 재면이 생각을 하면 모든 감정들이 풀린단다. 할머니도 재면이에게 그런 존재이면 더 좋겠지만 그렇지 않대도 별문제는 없다.

10월 28일

용기와 사랑

자기를 깊이 사랑해 주는 부모가 안 계시다고 상상해 보아라. 얼마나 외롭고 쓸쓸하겠느냐. 그러나 부모가 이 세상 끝날 때까지 같이 살 수는 없다. 그러니 처음부터 끝까지 나를 지켜줄 사람은 나밖에 없다. 나를 사랑할 사람도 나 자신뿐이다. 부모님이나 스승이나 친구는 있을 때도 있고, 없을 때도 있다. 그렇게 혼자 되었을 때 나 자신을 누가 지키고 보호하겠느냐. 외롭고 힘들어도 자기 혼자서 해결해야 하는 것이 인생의 노정이다. 나의 보호자가 나 자신이다. 나 자신에게 용기를 불어 넣어주고, 위로해 주고, 손을 잡아줄 존재는 바로 나 자신밖에 없다. 최선을 다해서 끝까지 나를 도와줄 사람은 내 안에 있는 나의 용기와 사랑이다. 그러므로 자신에 대한 신뢰가 강할수록 행복한 사람이다.

재면아! 그렇게 신뢰할 수 있는 자기 자신을 갖는 길은 무엇일까. 부단한 자기 연마와 자아성취를 위한 노력이라는 것을 할머니는 우리 재면이의 귀가 아프도록 얘기해 왔다. 미안하다. 엄마의 사랑만큼 할머니의 사랑도 가없는 것이니까 이해하기 바란다.

10월 29일

자연의 질서

부모에게 효도할 줄 모르고, 형제를 사랑할 줄 모르고, 어른을 공경할 줄 모르는 사람은 교육을 시키지 말라고 했다. 그런 사람은 심성이 나쁜 사람이라서 가르쳐보았자 그 가르침을 교활하게 악용할 테니까 아예 가르치지 말라는 것이다. 웃어른을 공경하고, 부모에 효도하고, 형제와 우애 있게 지내야 사람다운 사람이라고 하는 것은 자연의 질서를 무너뜨리지 말고 사회적 계율을 잘 지키라는 뜻이다.

부모에게 정성껏 효도하는 사람은 남의 부모도 제 부모같이 여길 줄 알고, 더 나아가 남을 미워하지도 않는다. 또 제 부모 공경을 잘하는 사람은 남의 부모도 공경할 줄 아는 사람이다. 부모의 고마움을 아는 사람은 누구에게나 신의를 지키며, 누구하고든 벗이 될 수 있는 사람이다. 그런 사람은 심성이 곱고 인간 도리가 바르게 갖추어진 사람이다. 그러니 재면이는 그런 사람과 친구를 하거라. 서로 일깨우고 배우며 효도도 습관화하면 그리 어려운 일이 아니다. 올바른 어른으로 성장한 재면이를 그려보며 이 글을 쓴다.

10월 30일

할머니의 경험

젊은 날에는 자연의 아름다움을 잘 느끼지 못하고 지나간
다. 계절이 변화하는 모습이나 빼어난 경치를 보고도 건성으
로 지나치기 쉽고, 오래 감동하기도 어렵다. 자연이 주는 신비
스런 아름다움, 음악이 주는 오묘한 감동, 문학을 통한 온갖
간접경험 등을 깊이 되새기면 세상이 참으로 신묘하고 아기자
기하다는 것을 더 넓게 느낄 수 있다.

어떻게 생각하고 느끼냐에 따라 인생은 아름다울 수도 있
고, 무덤덤할 수도 있다. 힘든 일이 있어도 이것이 인생이라고
생각하면 쉽게 이겨낼 수 있고, 힘들다고 화내고 짜증만 내고
있으면 인생은 너무나도 삭막하고 고통스러워질 것이다. '모든
게 생각하기 나름이다'라는 말이 있다. 우리가 일상생활에서
얼마나 흔히 쓰는 말이냐. 너무 흔히 쓴 때문일까, 우리는 그
말이 품고 있는 철학적 의미를 절실하게 깨닫지 못하며 살고
있다. 일상생활에는 따분하고 귀찮은 일들이 한두 가지가 아
니다. 짜증나는 그 일들을 '운동 삼아 한다'고 생각하면 그때
부터는 그 사소한 일들이 귀찮지도 않고, 따분하지도 않고, 짜
증나지도 않게 된다. 이건 할머니의 경험에서 나온 말이다.

10월 31일

자연스러움이 아름다운 것

"자연스럽지 않은 것은 완전할 수 없다"고 한 나폴레옹의 말이 아니더라도, 완벽한 아름다움은 자연스러움이라는 것을 재면이는 이미 알고 있을 것이다.

아가의 표정은 울고 있어도 아름답고, 욕심 많은 어른은 웃고 있어도 그 모습이 추하다. 아가의 모습은 자연스럽고, 어른의 모습은 순수함이 덜해서 그렇게 느껴진다. 인간의 아름다움은 겉모습에도 있지만, 겉모습만으로는 완벽한 아름다움을 나타낼 수 없다. 진실한 마음과 인품이 어우러져야 비로소 완벽한 아름다움을 갖추는 것이다.

억지스럽게 꾸미지 않은 자연스러운 개성이 그의 내면의 모습까지도 비추는 것 같아 그 매력에 빠져든 적도 있다. 자연이 아름다운 것은 꾸미지 않았기 때문이다. 네모반듯한 모판에 꽃을 심어놓으면 꽃의 아름다움이 반감하는 것은 자연스럽지 않고 억지스럽기 때문이다. 행동도, 말씨도, 옷차림도 자연스러운 것이 가장 진실한 것이고, 아름다운 것이다. 자연스러움이 아름다운 것이라는 사실을 기억하거라.

눈꽃나무 경수 2019

11월

11월 1일

한 번뿐인 인생

자기 자신을 인정한다는 것이 무엇보다 중요한 문제다. 잘났든 못났든, 많이 배웠든 배우지 못했든, 자기 스스로 자기를 인정하는 것이 아주 중요하다. 좀 못생겼다는 이유로, 많이 배우지 못했다는 이유로, 열등감에 빠져 있는 사람이 의외로 많다. 그러나 잘생긴 사람도, 많이 배운 사람도 그들 나름의 열등감이 없는 사람은 없다. 사람에 따라 차이가 있을 뿐, 열등감이 전혀 없는 사람은 없다. 왜냐하면 완벽한 사람은 단 하나도 없기 때문이다. 그 완벽하지 못함이 열등감을 만들어내는 뿌리다.

누구나 한 번뿐인 인생에 모든 면이 완벽하게 태어났으면 좋겠지만, 조물주는 그렇게 완벽한 사람을 만드는 것에 별 관심이 없었던 모양이다. 외모가 뛰어난 사람에게는 지능을 모자라게 만들고, 지능이 우수한 사람은 성격을 나쁘게 만들기도 했다. 모두가 한 가지 이상의 결점을 가지고 태어나게 했단다.

어쩌면 우리가 산다는 것은 그 모자라는 점들을 채우기 위한 노력인지도 모른다. 그런데 의학적으로 보면 사람의 목소리와 성격은 불변이란다. 많은 사람이 성격적 결함을 갖고 있는데, 이를 어쩌면 좋으냐!

11월 2일

장점만 있는 사람은 없다

어제의 연속이다. 그러나 기왕에 운명이라면 받아들여서 그 열등감을 우월감으로 바꾸도록 애써야 한다. 열등감을 해소하기 위해서는 남보다 뛰어난 능력을 한 가지씩 가지고 있으면 된다. 이 말을 하는 이유는, 주위에 그런 사람이 있으면 잘 보살펴주라는 뜻이다. 가령 외모가 마음에 안 들어 고민하는 친구가 있으면 누구보다도 영혼을 맑고 깨끗이 하라고 충고해 주고, 위로해 주거라. 어찌 사람에게 장점만 있겠느냐고, 장점만 있다면 세상이 얼마나 무미건조하겠느냐는 말을 곁들이거라. 우리 재면이는 외모도 빼어나고, 지능도 뛰어나고, 성격도 좋으니 얼마나 다행이냐. 청년이 되고, 장년이 되고, 노년이 되기까지 그 외모를 그대로 간직하도록 힘쓰거라. 그리고 뛰어난 지능에 만족하지 말고 계속 지적 활동에 매진하거라. 그런데, 그 성격! 좀 더 외향적이 되기를 조심스레 소망한다. 약간 겁이 많고, 약간 소심한 것은 꼭 할머니를 닮았는데, 할머니도 평생 그 성격 때문에 움츠러든 적이 많이 있었단다. 그래서 할머니는 늘 우리 재면이가 걱정스럽고 마음이 놓이지 않을 때가 있단다. 재면아! 미안해. 할머니의 지나친 생각을 이해해 다오.

11월 3일

실패와 성공은 한몸

세상 어디에도 완벽함은 존재하지 않는다. 다만 완벽하려고 노력할 뿐이다. 실패를 해보아야 성공의 기쁨도 값지게 느끼고, 후회해 보아야 더 나은 내일을 가꿀 수 있다. 뛰어난 재능을 가진 사람도 더러 실수하고, 어리석다고 생각하는 사람도 지혜로울 때가 있다. 그러니 완벽이란 사전 속에 있는 단어일 뿐이다.

사랑하는 재면아!

다른 이의 단점은 너그럽게 이해하고, 나의 단점은 엄격하게 다스려야 한다. 어쩌면 인간들이 노력하게 하기 위해서 신은 인간을 완벽하게 만들지 않았는지도 모른다. 금의 순도가 99.9퍼센트인 것처럼 사람도 흠이 없는 사람은 없다. 어쩌면 완벽하려고 노력하는 사람은 아주 피곤한 삶을 사는 사람일지도 모른다. 완벽함이란 애초에 존재하지 않으니 친구, 형제, 아내도 그 결점까지 이해하고 사랑해야만 행복할 수 있는 게 아닐까 싶다.

11월 4일

인화단결과 화합

한 송이의 꽃으로는 꽃밭을 만들지 못하고, 한 그루의 나무만으로도 숲을 만들지 못한다. 그와 마찬가지로 아무리 능력이 뛰어난 사람이라 해도 한 사람이 이 세상일을 모두 해결할 수는 없다. 모두 힘을 합해야만 큰 뜻을 이루고, 개개인도 행복감을 느낄 수 있는 것이다. 다른 사람과 어떻게 힘을 합쳐서 효과적인 일을 해내느냐가 사회인의 기본 요건이다. 축구를 할 때도 혼자 힘으로 골을 넣는 것이 아니라, 다른 팀원들과의 협동으로 골을 넣는 것 아니냐. 인화단결과 화합이 인간세상에서는 필수 조건이다.

노래만 잘하는 가수가 인기 있는 것도 아니고, 강의만 잘하는 교수가 인기 있는 것도 아니다. 그 능력에다 인간다운 성품과 매력이 조화를 이루어야만 완전한 인기를 이루어낼 수 있다. 인간관계는 서로가 만족함을 느껴야 결속되지, 어느 한쪽만 만족해서는 안 된다. 서로가 믿고, 행복할 수 있어야만 좋은 관계가 유지되는 것이다. 그렇게 마음이 맞는 친구와는 바다도 메꿀 수 있고, 태산을 옮길 수도 있다.

11월 5일

상대방을 존중하라

내가 먼저 다른 사람을 비난하지 않으면, 남도 나를 비난할 리 없다. 누구든 그 입장이 되어보지 않고서는 다른 사람을 비난해서는 안 된다. 도둑질을 하고 감옥에 있는 사람이라도 그때 그 사람의 상황을 모른다면 비난하지 말아야 한다. 만약에 나도 그와 같은 상황에 처해 있었다면 그와 다르지 않았을지도 모른다고 이해의 폭을 넓게 가지기 바란다. 상대방을 이해하고, 무심코라도 상처를 주는 일은 피해야 한다. 주변 사람들을 적으로 만들지 말아라. 주변 사람들을 모두 너의 친구로 만들어라. 그러면 삶이 평화로워진다. 주변에 적을 많이 두고 있으면 언제나 외롭고 위태롭다. 남을 존중하는 마음이 있으면 주위에 친구가 모여들 것이다. 어느 유명 여가수가 무대에서 관중을 무시하는 투의 발언을 자주 하더라. 노래 잘한다고 그런 모습을 보이니까 그 가수가 역겹게 느껴져 노래까지 듣기 싫게 되더구나. 노래를 아무리 잘해도 관중을 존중하지 않는 태도는 아주 역겹더라. 관중이 없는 가수가 어디에 소용되겠느냐. 인간관계의 중요성은 상대방을 존중하는 데 있다. 내가 상대에게 화를 내면 상대도 내게 화를 낸다는 것을 잊지 말기 바란다.

11월 6일

서로 믿고 돕는 마음

'그 친구에게 나는 어떤 존재인가?' 하고 가끔씩 생각해 볼
필요가 있다. 있어도 좋고, 없어도 좋은 그런 친구는 아닐까.
그렇다면 그 책임은 어디에 있는가. 그가 나에게 소중한 존재
이기를 원하기 전에 내가 먼저 그를 위하여 헌신적이고 희생
적이지 않으면 안 된다. 바라는 만큼 먼저 주고, 그리하여 서
로 같은 감도의 정이 교류하는 관계, 그게 가장 바람직한 우정
관계의 성립일 것이다. 천만금을 주고도 얻을 수 없는 진실한
마음을 얻었다면 그런 친구는 보배 중의 보배다. 2천 500년 전
중국의 공자나, 2천 500년 전의 석가모니나, 2천 년 전의 예수
나, 도교 창시자인 노자나, 1천 700년 전의 힌두교의 가르침은
다 똑같다. 수천 년이 흘렀어도, 동서양이 나뉘어 있어도 사람
과 사람 사이에 가장 귀중한 것은 서로 믿고 돕는 마음을 나
누는 것이라는 것을 강조한 우정론이다. 그런데 할머니가 생
각하기에 우정에 대한 가장 소중한 일깨움은 '그가 있을 때
그를 존중하고, 그가 없을 때 그를 칭찬하고, 그가 괴로울 때
그를 도와주라'는 것이다. 이렇게 한다면 우리 재면이 옆에는
진실하고 참된 친구들이 울타리를 치지 않을까 싶다.

11월 7일

존재 이유와 존재 가치

조물주는 인간을 만들면서 모두 장점과 단점을 똑같이 나
누어주었단다. 장점은 장점대로 쓰임새가 있고, 단점은 단점
대로 쓰임새가 있다고 생각했던 모양이다. 그리고 이 세상에
절대적인 것은 없게 만들었다. 힘이 강한 사람도 만들고, 힘
이 약한 사람도 만들었다. 넘치고 모자라게, 크고 작게, 강하
고 약하게, 선하고 악하게, 아름다움과 추함으로, 부와 가난으
로, 여자와 남자로 나뉘게 했다. 남자가 더 좋은 것도 아니고
여자가 나쁜 것도 아니다. 역할분담이 다를 뿐이다. 힘이 강한
것이 반드시 좋은 것이 아니고, 넘치는 것이 꼭 성공만이 아니
고, 큰 것만 소용이 있는 것도 아니고, 부자가 반드시 행복한
것도 아니고, 아름다움이 영원한 것도 아니고, 잘난 것이나 못
난 것이나 모두가 그 나름의 존재 이유와 존재 가치가 있는 것
이다. 때로는 약한 것이 이길 때도 있고, 작은 것이 꼭 필요한
곳도 있고, 가난이 죄를 덜 지을 수도 있다. 이 세상에 있는 그
어떤 것이라도 절대 무시하지 마라. 결정적일 때 꼭 필요한 것
이 아주 보잘것없는 미미한 것일 수도 있다.

11월 8일

배려는 배려를 낳는다

벤자민 프랭클린은 "보통 사람의 최대 결점은 자신이 다른 사람보다 낫다고 생각하는 것"이라고 했다. 다른 사람의 노력에 대해서는 점수를 박하게 주고 자기가 한 일에는 후하게 점수를 주기 때문에 그런 생각이 드는 것이다. 다른 사람의 노력의 피라미드는 보이지 않기 때문에 그런 결론을 내리지만 겉으로 드러난 것은 빙산의 일각이라고 생각해야 한다. 노력하지 않은 사람이 성공한 사람을 깎아내리는 것처럼 어리석은 일도 없다.

그런데도 세상 사람들은 그런 잘못을 숱하게 저지르며 산다. 다른 사람을 인정하는 것은 자기 자신이 그보다 더 우월하다는 것을 말하는 것이다. 그리고 다른 사람을 배려하는 것은 자기 앞에 놓인 장애물을 치우는 것이나 같다. 남에게 베푼 배려는 사랑이 되어 돌아온다. 천만금을 주고도 살 수 없는 사랑이, 배려로 쉽게 얻을 수 있다면 얼마나 매력적인 삶의 기쁨이냐. 지난날을 돌이켜보며 배려가 부족했던 때가 없었나 다시 되짚어보고 새날을 시작하려무나.

11월 9일

합동과 협동

종이 한 장을 찢기는 쉽다. 그러나 여러 장의 종이를 한꺼번에 찢을 수는 없다. 한 방울의 물은 바람만 불어도 말라버리지만 강물은 햇빛으로도 마르게 할 수가 없다. 사람도 혼자의 힘이란 그처럼 보잘것없이 허약한 것이다. 아무리 훌륭하고 재능이 있는 사람이라도 혼자서 하는 일에는 한계가 있다. 여럿이 힘을 합해야만 큰일을 이루어낼 수 있다. 혼자서 기를 쓰며 제아무리 능력을 발휘한다 해도 열 명이 협동해서 이룩해낸 결과를 당할 도리가 없는 법이다. 그 협동이 이룩해낸 성과가 바로 오늘날의 눈부신 사회 발전이다.

재면아! 언제나 너의 능력을 과신하지 말고, 다른 사람들과 협동하고 분업하는 사회적 의미를 깊이 깨닫고 그 실천에 게으름이 없어야 한다. 어쩌면 똑똑한 한 사람보다 덜 똑똑한 두 사람이 더 큰일을 해낼 수도 있을지 모른다. 어두운 밤길을 혼자서 가면 무섭지만 둘이 가면 무서움증이 없어질 뿐만 아니라 추억이 되기도 한다.

'모기도 수천만 마리가 모이면 천둥소리를 내고, 거미줄도 만 겹이면 호랑이를 묶는다'고 한다.

11월 10일

고통도 행복이었다

현재의 자기의 삶이 괴롭다고 생각하면 한없이 괴롭고, 즐겁다고 생각하면 아주 즐겁게 살 수 있다. 그런 감정을 조절하는 사람은 다른 사람이 아니고, 나 자신이다. 고통스러운 일이 생길 때 웅크리고 앉아 괴로워하면 그는 끝없이 우울해질 것이고, 책을 읽는다든가 음악을 들으면서 마음의 평온을 찾는다면 그는 그 고통을 곧 잊게 될 것이다.

할머니의 고통스러웠던 젊은 날이, 나이 들어 생각하니 한없이 행복했던 시절이었단다. 결국 고통도 행복이었다는 말이 성립된다. 기쁨과 괴로움, 행복과 불행, 웃음과 울음, 이런 감정들은 마음속에 같이 살며 주인의 현명한 명령대로 움직인다. 결국은 내가 원인으로 불행하기도 하고, 행복하기도 한 것이다. 사람들의 마음속에 자기 자신의 운명이 있다.

할아버지는 할머니가 가난으로 고생스러웠던 젊은 시절을 결코 고통스럽거나 싫어하지 않고 그때가 더 좋은 시절이었다고 추억하는 것을 할머니의 좋은 점으로 높이 평가하고, 할머니에게 고마워하시기도 한다. 재면이도 이런 할머니를 닮으면 어떨까?

11월 11일

에디슨의 생각

돌이 막 지났을 때, 네가 냉장고에 있는 계란을 담요로 덮어놓으려 했다. 네 엄마가 읽어준『발명왕 에디슨』을 듣고 한 행동이었다. 그때 할아버지와 할머니는 얼마나 행복했었는지 모른다. 천하를 다 얻은 것 같은 행복감에 취했다. 오늘 에디슨 이야기를 하려고 하니 아가일 때의 너의 모습이 떠오르는구나. 에디슨은 소년시절부터 노년에 이르기까지 매일 열여섯 시간 이상을 학문에 매진했고 한다. 그러면 건강이 상하니 쉬었다가 하라고 하자 "나는 지금 내 삶을 즐기는 것이다. 공부를 한다고, 연구를 한다고, 일을 한다고 생각하지 않는다. 나는 이 일을 하면서 늘 즐겁다"고 했단다.

남들이 고통스러울 것이라고 생각한 발명의 길을 에디슨은 실패하고 또 실패하면서도 기쁘고 즐겁게 해낸 것이다. 그 기쁨과 즐거움이 에디슨을 230여 가지의 발명품을 만들어낸 '발명왕'으로 탄생시킨 것이었다. 그 누가 에디슨을 능가할 수 있겠느냐. 자기가 선택한 일에 기쁘고 즐겁게 몰두하는 것, 그것이 에디슨을 발명왕으로 만든 것이다. 그것이 불변의 성공 비결이다.

11월 12일

원인과 책임

할머니의 남동생이, 네 아빠의 외삼촌이다. 위암 진단을 받고 고통을 당하고 있다. 할머니는 동생에게 무관심했던 것이 너무 아파서 많이 울었다. 정말 속이 상했다. 성심껏 음식도 해다 주고, 좋은 약이라는 약은 모두 수소문해서 갖다 주기도 한다. 할머니는 이 일을 귀찮다, 힘들다 생각지 않고 소중한 의미이고 의무라고 생각하며 즐거운 마음으로 하고 있다. 이 일이 힘들다 해도, 오래도록 간병하게 해달라고 마음속으로 기도한다. 본인의 생활습관이 그런 병을 가져왔는데 내가 왜 이런 고생을 해야 하나 하고 짜증을 낸다면 할머니의 발걸음은 한없이 무거울 텐데, 그와 반대로 생각하니 시간도 돈도 아깝지 않고 비싼 약일수록 더 흡족하게 느껴진단다.

재면아! 힘든 일이 생겼을 때 그 원인과 책임을 다 다른 사람 때문이라고 생각한다면 삶이 얼마나 짜증스러워지겠느냐. 마음을 어떻게 가지느냐에 따라서 사태가 정반대로 바뀌는 법이다. 마음을 넓게 갖고, 사태를 여유롭게 바라보며, 생각을 조금만 바꾸면 네 마음이 편한 삶을 살 수 있을 것이다.

11월 13일

자기와의 약속

자기의 삶에 대한 의지와 용기가 있다면 삶의 고통이라는 놈은 얼씬도 하지 못할 것이다. 아무리 어려운 일이라도 내가 해나가겠다는 굳은 의지만 있으면 세상살이란 그다지 어려운 것이 아니다. 전쟁에 나가서 적을 많이 물리친 사람을 용감하고 강한 사람이라고 하지만, 진정으로 강한 사람은 자기와의 싸움에서 이긴 사람이다. 네 할아버지도 자기 자신과의 싸움에서 이긴 분이다. 재면이도 자신과의 싸움에서 꼭 이기는 사람이 되도록 해라. 자기와의 약속을 안 지킨다거나, 조금만 힘이 들면 중도에서 포기해 버린다거나, 또는 주위 환경에 의해서 무너져버린다거나, 그런 행위는 자기 자신과의 싸움에서 참패를 당하는 일이다.

자기 자신의 장단점은 자기 스스로가 가장 잘 아는 것 아니냐. 그런데도 자기에 대해서 눈먼 사람들이 적지 않은 것은 놀라운 일이다. 자신을 투시하지 못하고 자신을 지배할 수 없는 사람이 어떻게 삶을 성공으로 이끌 수 있겠느냐. 자기와의 싸움에서 이기는 길은 자신을 냉철하게 아는 것으로부터 시작된다.

11월 14일

세상에 요행은 없다

요행을 바라지 마라. 실패를 두려워하는 사람은 일을 시작해 보지도 않고 요행만 바란다. 이 세상에 요행은 없다. 노력의 결과를 다른 사람들이 그저 쉽게 요행이라고 하는 것이다. 음악의 성인 베토벤이 요행으로 세계적인 음악가가 된 것이 아니다. 그는 귀가 들리지 않자 처음에는 자살할 생각을 했다. 음악가가 귀가 안 들리다니 그보다 더 큰 절망이 어디 있겠느냐. 그건 화가가 눈이 먼 절망과도 같은 것이다. 그러나 그는 자살할 용기 대신 음악을 더 열심히 하겠다는 결의로 혼신의 힘을 다한 것이다.

베토벤은 이 세상에 못해낼 일은 없다는 것을 명쾌하게 보여준 모범이다. 자신감만 있으면 무적의 제왕이 될 수가 있다. 험한 세상에 누가 너를 돕겠느냐. 너 스스로 너를 돕는 자신감을 키워 나가기 바란다. 자신을 단련시키면 어려운 일이 많을수록 고난을 이겨내는 자신감이 생긴다. 자신감은 네 안에 있다. 그건 네 스스로 찾아야 하는 광맥이다. 너 자신을 믿고, 너 자신을 계발하고, 너 자신을 사랑하거라. 그게 자신감이다.

11월 15일

장점과 단점

정신력이 유난히 강한 사람이 있다. 그런 사람은 어려운 일을 잘 이겨내고 미래의 희망을 향해서 앞만 보고 가는 사람이다. 그런 사람은 인생에 대한 긍정과 자신감이 충만한 사람이다. 이런 사람이 강한 사람이다. 네 할아버지가 그런 분이다.

어떤 어려움이 닥쳐도 겁내지 않겠다는 신념을 지니거라. 언제나 나의 취약점이 무엇인지 점검하는 습관을 갖거라. 그리고 단점이라 생각되는 부분이 발견되면 그것을 장점으로 이용하거라. 장점도 제대로 쓰지 못하면 단점이 되고, 단점을 극복하면 빛나는 장점이 되기도 한다. 장점만이 무기가 아니라, 단점도 무기가 될 수 있다.

재면이처럼 너무 조심스럽고 남에 대한 배려가 깊은 것이 단점이 될 수도 있고, 장점이 될 수도 있다. 그러나 생각이 깊고, 성실한 너의 생활태도는 아주 큰 장점이다. 가정환경이 좋은 것도 단점이 될 수 있다. 왜냐하면 집안 환경이 부유하다고 공부는 하지 않고 놀기만 한다면, 그 환경이 단점이 되어 그의 인생을 흐려놓기 때문이다. 부자 집안의 자식들이 방탕한 생활로 사회적 물의를 일으키지 않더냐.

11월 16일

일본의 비양심

독도는 어느 나라 땅이지? 어디서 배웠는지 세 살 때 벌써 '독도는 우리 땅'이라는 노래를 막힘없이 줄줄 불러댔던 재면이에게 물을 말이 아니겠지? 그런데 일본은 독도가 자기네 땅이라고 억지소리를 지껄이다 못해 그 사실을 저희들 교과서에까지 싣겠다고 말썽을 일으키고 있구나.

일본은 이렇게도 뻔뻔하고 야비하고 비양심적이다. 저 신라시대, 1천 500여 년 전부터 우리 땅이라는 역사 기록이 수없이 있는데도 그런 거짓말을 하고 있는 것이다. 어디 독도만이냐. 중국의 섬 댜오위다오(일본명 센카쿠 열도)도 저희들 것이라고 우겨대며 분쟁을 일으키고 있단다. 일본은 과거의 잘못을 사죄하지 않은 것만이 아니다. 그런 비양심으로 남의 영토까지 다시금 탐하고 있으니, 이게 어디 정상적인 국가이겠느냐. 이런 일본을 어째야 하겠느냐. 방법은 단 하나! 우리는 중국을 비롯하여 지난날 일본에게 피해를 입은 동남아 여러 국가, 필리핀, 인도네시아, 싱가포르, 말레이시아, 캄보디아, 미얀마까지 모두 함께 연대해서 국제적으로 망신을 시켜야 한다. 왜 역사를 알아야 하는지 알겠지. 재면아! 캐나다 생활은 어떤지 궁금하구나.

11월 17일

한 우물을 파라

삶의 실천력은 아주 평범한 데서 나온다. 매일매일 규칙적으로 체조를 한다든가, 밥을 꼭꼭 씹어서 먹는다든가, 일찍 자고 일찍 일어난다든가, 그런 것들이 얼마나 쉽고 평범한 일이냐. 돈도 안 들고, 시간도 안 드니 누구나 실행하기 쉬운 일이다. 그런데 그런 일들을 꾸준히 해나가는 사람들이 의외로 많지 않다. 삶을 건강하고 알차게 이루어가는 사람들을 보면, 그런 평범한 일들을 줄기차게 해나가는 사람들이다. 하찮은 것 같은 그런 일들이 육체적 건강을 지켜줄 뿐만 아니라, 정신적 건강까지도 강건하게 해준다는 것을 입증하는 사례다. 그런 끈기와 인내가 삶의 어려움들을 가볍게 이겨낼 수 있는 힘의 원천이 되었다는 사실이다.

우물을 파는 사람이 물이 빨리 나오지 않는다고 중간에 포기하고, 또 다른 곳에 우물을 판다고 해서 물이 금방 나오지 않는다. 조금만 더 파면 물이 나올 텐데 끈기와 인내가 부족하여 옮기기를 되풀이하면 우물 파기는 끝내 실패할 수밖에 없다. 그래서 '10년 한길', '한 우물을 파라'는 속담이 전해져 오는 것이다. 할머니가 우리 재면이에게는 상관없는 얘기를 하고 있나 보다.

11월 18일

삶의 대원칙

에디슨이 실패를 거듭하며 마침내 필라멘트 재료를 찾아냈고, 그래서 우리가 지금 전등을 사용하고 있는 것이다. 만약에 그때 에디슨이 좌절하여 그 일을 성공시키지 못했다면, 어쩌면 인류는 지금도 촛불을 켜고 살고 있을지도 모른다. 그리고 설리번 선생이 귀먹고 눈먼 헬렌 켈러를 가르치지 않았으면 그 감동적인 헬렌 켈러 신화는 이 세상에 존재하지 않았을 것이다. 마르크스도 대영박물관 도서실에서 14년 연구 끝에 『자본론』을 썼고, 마르크스가 앉았던 자리는 시멘트 바닥이 파였다고 한다. 그들을 보면 성공을 이룬 사람들의 공통점이 무엇인지 알겠지? 그들은 세 가지 공통점을 가지고 있다. 공부벌레, 연습벌레, 일벌레였다는 사실이다. 그들의 공통점을 본받는다면 그 누구나 한 가지 일은 성공적으로 이루어낼 수 있다는 것이다. 가야 할 곳이 산 너머에 있는데 걸을 생각은 하지 않고 산만 바라보고 있으면 어찌 되겠느냐. 그 험한 산을 넘는 것은 단 하나, 한 걸음 한 걸음을 떼어놓는 것뿐이다. 이것이 삶의 기본이며, 대원칙이다. 재면이는 어떻게 살아가려고 하느냐. 가슴에 손을 얹고 깊이 생각해 보아라.

11월 19일

약자의 비겁

"고통이 너를 키울 것이다." 캐나다로 떠나는 네게 할머니가 했던 말이다. 초등학교 2학년인 너한테는 다소 어려운 말이었을지도 모른다. 위대한 사람들의 일생을 살펴보면 수많은 시련과 이루 말할 수 없는 고통과 괴로움을 많이 겪었더라. 비바람과 추위와 무더위에도 끄떡도 하지 않는 나무가 있다. 바람이 불어도, 추위가 닥쳐와도 두려워하지 않고 꿋꿋하게 시련과 맞서 싸워 이겼기에 언제나 자랑스럽게 서 있을 수 있는 것이다. 사람의 삶도 나무와 다를 게 없을 것이다.

유명한 독일 시인 단테는 사형선고를 받고 20여 년간 국외로 추방되어서 서가식 동가숙하며 주옥같은 글을 썼고, 그때 쓴 대표적인 작품이 『꽃, 물과 땅의 논구』 『속어론』 『제정론』 『서간』 등이다. 또한 실러(Friendrich Von Schill)도 15, 6년 간 병마와 싸우며 대표작을 썼다. 존 밀턴(John Milton)도 두 눈을 모두 잃고 가난과 병마에 시달리던 가장 어려운 시기에 대표작을 썼다고 한다. 하려고 하는 의지가 없을 뿐이지 환경 때문에 못하는 일은 없다. 환경 탓을 하는 것은 약자들의 비겁이 아닐까.

11월 20일

시련을 겁내지 마라

『로빈슨 크루소』를 쓴 대니얼 디포는 감옥에서 그 유명한 소설을 쓴 것이다. 월터 롤리(Walter Raleigh)도 감금당한 상태에서 『세계사』를 썼다고 한다. 그리고 음악의 성인이라는 베토벤도 귀가 먹은 후 가장 절망적인 시기에 그 유명한 〈운명 교향곡〉을 탄생시켰다. 그 이외에도 본인들이 가장 절망적인 시기에 대표작을 내놓은 예술가들이 많이 있단다. 마르틴 루터도 바르트부르크 성에 숨어 지내면서 독일어로 신약 성서를 번역했다고 한다. 고난과 어려움을 겪는다고 못 할 일은 없다. 고난을 무서워하지 마라. 피할 수 없는 상황이 되면 맞서 이겨내야 한다. 고난을 견디고 넘어서면 거기에 샹그릴라가 기다리고 있단다. 한쪽 다리가 없는 사람이 춤을 잘 추는 것도 보았고, 눈이 안 보이는 사람이 피아노를 연주하고, 손발을 움직이지 못하는 사람이 입에 붓을 물고 그림을 그리고, 한쪽 팔이 없는 사람이 통소를 불고, 장애인 올림픽을 보고 있노라면 성성한 육신을 가진 것이 부끄러울 정도다. 시련을 겁내지 마라. 시련은 네게 더 큰 기쁨을 줄 것이다.

11월 21일

참다운 행복

바다가 언제나 잔잔할 수만은 없다. 폭풍우가 몰아치기도
하고, 거센 파도가 배를 좌초시키기도 한다. 가다가 암초를 만
날 수도 있고, 등대를 찾지 못할 수도 있다. 그러나 무서운 밤
이 지나고 아침에 해가 뜨면 언제 그렇게 사나웠나 싶게 바다
는 잔잔해진다.

우리네 인생도 그와 같아서 어려운 날만 계속되는 게 아니
다. 어려움을 잘 견디면 행복한 날이 오는 것이다. 비바람과
폭풍우를 견딜 수 있는 자신을 만들어라. 좋은 일만 있다면
좋으련만, 그렇지 못한 것이 인생이다. 그리고 좋은 일만 있으
면 그것이 좋은 줄도 모르고, 나쁜 일만 있다면 나쁜 일인지
도 모른다. 좋은 일과 나쁜 일이 적당히 섞여 있어야 좋은 것
도 알게 되고, 나쁜 것도 알게 된다.

봄, 여름, 가을, 겨울, 사계절의 의미가 음양의 조화를 깨닫게
해준단다. 시련을 견뎌낸 후에 얻게 되는 기쁨과 즐거움이 참
다운 행복이다. 두 끼를 굶은 다음에 먹는 밥, 하루 종일 땡볕
속에서 땀을 흘리다가 뒤집어쓴 찬물 목욕……. 그런 묘미 때
문에 살아볼 만한 것이 아니겠느냐. 재면이가 많이 보고 싶다.

11월 22일

디오게네스의 일화

유명한 그리스의 철학자인 디오게네스의 일화를 들려주마. 그는 반문명적인 생활을 몸소 실천한 사람인데, 평생 한 벌의 옷과 한 개의 지팡이만 가지고 생활한 기인이다. 디오게네스가 가난하여 거지 행색으로 길에 누워 있는 것을 보고, 마침 그곳을 행차하던 왕이 거지의 몰골이 딱하여 무엇이든 도와주고 싶으니 필요한 것이 무엇인지 말해 보라고 했단다. 그 거지는 햇빛을 가리지 말고 비켜달라는 한마디를 했을 뿐이다. 물질적으로는 비록 거지 행색이라도 정신적으로 부자인 디오게네스는 왕에게 궁색한 부탁을 하지 않았던 것이다. 똑같이 가난한 사람 둘이 있는데 한 사람은 늘상 웃음 띤 얼굴이고, 다른 사람은 항상 우는 얼굴이었다. 물질적으로 가난하지만 부자인 사람이 있고, 물질적으로는 넉넉하지만 정식적으로는 거지인 사람이 있다. 비록 가난하더라도 자신의 품격을 훌륭하게 지키는 사람이 있고, 부자면서도 아주 천박한 행동을 하는 사람이 있다. 물질적 가난보다는 정신적 가난이 훨씬 더 사람을 천박하게 만든다. 언제나 넉넉한 마음가짐으로 사물을 바라보거라. 당장 눈앞의 것만 보지 말고 넓은 시야로 멀리 보거라.

11월 23일

위대한 마음

세계적인 부자 록펠러는 호텔에 묵을 때 제일 값이 헐한 일반 객실만 사용했다고 한다. 이상하게 여긴 호텔 직원이 "당신 아들은 제일 좋은 객실에 묵는데 당신은 왜 일반 객실에 머무느냐"고 물었단다. 그랬더니 록펠러가 "그 아이는 백만장자 아버지가 있지만 나는 그런 아버지가 없다"고 했단다. 많은 의미를 지닌 말이다. 힘들게 돈을 번 사람은 힘들었던 만큼 검소하지 않을 수 없다. 록펠러는 사회사업도 많이 하고, 공익을 위한 기부금도 많이 냈다. 그는 물질적으로도 부자였고 정신적으로도 부자였다. 그러나 이 세상에는 물질적으로는 부자지만, 정신적으로는 가난한 사람이 너무나 많다. 나폴레옹은 '부는 곧 물질'이라는 생각이야말로 참으로 어리석은 생각이라고 했다. 물질보다 더 귀한 것은 '위대한 마음'이라고 일깨웠다. 그러나 대부분의 부자들은 그런 말에 코웃음치며 더 많이 벌고 더 많이 갖기에 심혈을 기울이고 있다. 죽을 때는 동전 한 닢 못 가져간다는 것도 생각해 보지 않은 모양이다.

이 천민자본주의의 시대에 나폴레옹의 말이 새로운 것이 당연하면서도, 마음이 언짢구나.

11월 24일

젊어 고생은 사서도 한다

가난이 성공을 방해하지는 않는다. 어쩌면 오히려 부유함이 성공을 방해할지도 모른다. 성공한 사람들은 대부분 가난했다. 가난은 그를 주저앉히는 족쇄가 아니라, 그에게 용기와 의지를 키워준 자산이었다. 가난하지 않았다면 그들은 피나는 고통을 감내할 원동력을 얻지 못했을지 모른다. 그들은 부자가 되겠다는 생각 대신 가난에서 벗어나겠다는 그 의지 하나로 성공한 것이다. 가난은 생활을 힘들게 하고 불편하게 하지만, 그 대신 강한 의지를 키워준다. 의지는 무엇보다도 중요한 삶의 추동력이고 빛이다. 부모의 재산을 물려받아 부자가 된 사람의 인생은 아무에게도 감동을 주지 않는다. 그런데 가난한 사람이 줄기찬 노력으로 부자가 되면 세상은 그를 모범으로, 교훈으로 삼는다. 그 불굴의 노력이 값지고 감동적이기 때문이다. '젊어 고생은 사서도 한다' 우리나라의 속담이다. 젊어서 고생을 겪어보아야만 삶과 인생의 소중함을 알게 되고, 고난을 헤쳐 나갈 의지력과 자신감이 생겨나게 된다는 의미다.

재면아! 네 인생의 앞날을 향해 강건하게 우뚝 서라.

11월 25일

자기의 값은 인품이다

사회적으로 성공하는 것보다, 돈을 많이 벌어 부자가 되는 것보다, 가장 고귀하고 소중한 것이 인품이다. 출세한 사람의 입에서 나오는 말이 천박할 때 출세는 보이지 않고, 천박함이 더 크게 보인다. 비록 그가 성공하지 못했다 해도, 물질적으로 풍요롭지 못하다 해도, 인품을 갖추고 있으면 그 향기로움으로 주위 사람들을 행복하게 해준다. 성공도 물질적인 부도 세월이 가면 퇴색하지만 인품은 그가 세상에 존재할 때나, 죽어 이 세상을 떠났을 때도 영원히 그 향기를 간직하며 여러 사람들의 입에 칭송되는 시들지 않는 꽃이다.

사랑하는 재면아!

인품이란 거짓말하지 않고, 자기가 한 말에 책임을 지고, 양심에 부끄러움이 없도록 정직하면서 안분지족하는 것이다. 성공하지 못해도, 가난해도, 인격을 갖춘 사람은 존경받고, 성공해도, 돈이 많아도, 인격이 없는 사람은 손가락질받는다. 자기의 값은 인품이다.

전문지식의 높이와 인품의 고결함은 비례하지 않는다. 지식과 상관없이 인품은 따로 갈고닦아야 하는 정신적 영역이다.

11월 26일

나는 부자다

돈이 인생의 수단이 되고, 목적이 되어서는 안 된다. 어떤 사람이 먹지도 입지고 않고 돈을 열심히 모아 주식을 샀는데, 주식 값이 형편없이 떨어졌다면 그 사람은 다른 희망이 없으니까 죽을 수밖에 없다.

돈이면 안 되는 게 없다는 천민자본주의의 행태를 아예 무시하거라. 돈이 목적이 되면 끝이 없는 수렁에 빠져 평생을 허우적대다가 끝난다. 돈이 많으면 좋은 점도 있지만, 돈으로 해서 얻는 스트레스가 있다.

무엇이든지 손만 대면 금으로 만들 수 있는 미다스(Midas)를 보아라. 금을 너무나 좋아한 그는 달걀과 빵까지도 모두 금으로 만들어 결국 굶어 죽었다. 돈을 너무 좋아하면 돈에 치여 버린다. 돈은 그런 것이다. 인품을 유지할 수 있는 돈만 있으면 부자다. 할머니는 한 번도 가난한 적이 없었다. 더 많은 것을 취하려고 하지 않았기에 언제나 부자였단다. 지금은 더 부자다.

11월 27일

자신과 맞서거라

지혜와 용기를 함께 지녀야 인생이라는 거친 바다를 유유히 건널 수 있다. 지혜만 있어도 안 되고, 용기만 있어도 곤란하다. 지혜와 용기를 겸비해야만 뜻하는 바를 이룰 수 있다. 문제의 본질을 환하게 알고 있어도 그것을 해결할 용기가 없다면 얼마나 딱한 노릇이냐. 지혜와 용기는 오른손과 왼손이다. 함께 있어야 제 역할을 충분히 해낸다.

용기 있는 사내가 되거라. 용기는 사나이가, 그리고 성공한 사람들이 갖추어야 할 조건이다. 어떤 어려운 일이 있어도 꺾이지 않고 앞으로 나갈 수 있는 마음이 바로 용기다.

자신과 맞서거라. 뒤로 물러서려는 자신이 보이거든 앞으로 끌어다 놔라. 자신과 싸워 이긴 사람이 지혜로운 사람이고, 용기 있는 사람이다. 어떤 일이든 부딪쳐보아라. 미리부터 겁을 낼 필요가 없다. 한 번만 견디어내면 그 다음부터는 아주 쉽다. 그걸 깨닫기 바란다.

재면이는 여러 가지 운동을 잘 하지? 처음 대하는 이 세상 일이란 새로운 운동을 대하는 것과 똑같다. 처음의 낯섦과 주저스러움은 몇 번의 시도로 익숙해지지 않더냐.

11월 28일

톰 왓슨의 말

"성공하고 싶다면 더 많은 실패를 하라." IBM의 창업자 톰 왓슨의 말이다. 이 말은 톰 왓슨의 말만이 아니고, 성공한 사람들의 얘기를 들어보면 모두가 많은 실패를 거듭한 끝에 성공할 수 있었다고 한다. 그래서 '실패는 성공의 어머니'라는 말이 나온 게 아니겠느냐.

사랑하는 재면아!

어떤 사람이 있었다. 그는 21세에 겁 없이 뛰어들었던 사업에 실패하였고, 22세에 주의회 선거에 출마하여 낙선했고, 24세에 다시 시작한 사업에 또 실패했고, 26세에는 사랑하는 사람과 사별하고, 27세에는 건강이 안 좋아져 신경쇠약증에 걸렸다. 그러나 그는 낙망하거나 포기하지 않고 33세에 다시 하원 의원에 도전했으나 또 다시 낙선하였고, 그래도 희망의 끈을 놓지 않고 45세에 상원의원에 다시 도전했으나 또 낙선하였다. 심기일전하여 47세에 부통령에 출마하였으나 또 다시 낙선의 고배를 마셔야 했다. 꼭 실패한 인생인 것 같지?

11월 29일

링컨의 도전

그 사람은 다시 또 49세에 상원의원에 재도전하였으나 낙선하고 말았다. 그리고 3년 뒤인 52세에 미국 대통령에 당선되었다. 바로 에이브러햄 링컨의 이야기다. 그는 미국 역사상 가장 존경받는 대통령이 아니냐.

그의 불굴의 의지에 할머니는 고개가 숙여지더라. 실패를 성공의 어머니로 삼은 아주 훌륭한 예다. 누가 링컨을 실패를 많이 했다고 무시하겠느냐. 그도 실패할 때마다 자신감을 잃었을 것이고, 낙심하고 낙망했을 것이다. 그러나 그는 좌절하지 않고 절망하거나 포기하지 않았다. 실패가 거듭될 때마다 그는 조금씩 조금씩 강해졌을 것이다. 그러면서 자기의 부족한 점을 개선하고 보완에 보완을 거듭했을 것이다. 그런 여러 번의 실패에 주저앉지 않고 다시 시작한 링컨이기에 마침내 미국의 대통령에 당선되었던 것이다.

그는 대통령이 되어서 노예를 해방시키는 위대한 업적을 남겼다. 그의 실패의 결과는 찬란한 성공이었다. 인생은 그런 것이다.

11월 30일

에디슨과 장애

너에게는 필요 없는 말이지만, 참고삼아 이야기해 보려 한다. "이 아이는 저능아입니다. 정상적인 교육을 받을 형편이 못되니 학교에 보내지 마십시오." 귀가 잘 안 들리는 네 살 어린이의 부모에게 학교 선생님이 보낸 가정통신문 내용이었다. 그런 편지를 받고, 어머니는 우리 아들은 저능아가 아니다, 약간의 장애가 있을 뿐이다, 그렇게 확신한 후 어머니가 직접 교육을 시키기로 했다, 에디슨의 어린 시절이었다. 에디슨이 정규교육을 받은 것은 석 달뿐이었다.

에디슨은 귀에 장애가 있어 말을 잘 알아듣지 못했다. 그런 악조건 속에서도 꾸준히 노력하며 포기하지 않았기에 세계적으로 유명한 과학자가 된 것이다. 과학자 중에서도 '발명왕'이라는 칭호를 얻었다. 건강한 사람도 이루기 힘든 일들을, 장애를 딛고 이루었으니 그 고통과 시련은 말로 다할 수 없었을 것이다. 아무리 힘들고 괴로워도 포기하지 않고, 실패하면 그 실패를 딛고 일어선 그의 의지력에 사람들은 힘찬 박수를 보냈다. 인생에 시련은 과정이다. 시련을 통해 큰 업적을 이루는 것이 참된 성공이다.

멀리가는 새들, 함께, 혼자 난다,

12월

'먼길가는 새들' 철속에

12월 1일

줄기차게 하루 5분!

빌 게이츠가 이런 말을 했다. 할머니의 생각과 같기 때문에 여기에 옮겨본다.

"아무리 인물이 빼어나게 잘생기고, 물려받은 돈이 많아도, 그리고 아무리 친절한 사람도, 게으르고 아무 일도 하지 않는 사람은 진정한 행복이 무엇인지 모른다. 삶이란 노동의 연속이고, 노동은 곧 삶을 가르쳐주는 것이다. 그렇기 때문에 게으른 사람은 실패할 수밖에 없다."

게으름이 얼마나 큰 삶의 장애물인가를 일깨워주는 말이다. 게으른 사람은 언제나 '시간이 없었다'고, '바빠서 못했다'고 한다. 자기 자신이 게을러서 그랬다고 말하는 사람은 대체로 부지런한 사람이다. 기타에 취미가 없어서 기타를 못 친다고 말하는 사람은 취미가 없는 것이 아니고, 그럴 생각도 안 해본 게으른 사람이다. 무엇을 하고 싶고, 얻고 싶지만 그것을 얻기 위해 치러야 할 고통이 싫어 미리 외면하는 것이다.

줄기차게 하루 5분! 그것이 한평생. 그 효과는 얼마일까? 그렇게 5분, 10분 단위로 인생을 설계해 열성적으로 노력한다면 얼마나 큰 인생의 수확을 거둘 수 있을까.

12월 2일

생각과 뜻

이 세상에 미리부터 할 수 없다고 생각하면 할 수 있는 일은 아무것도 없다. 그러나 사람의 힘으로 이루지 못할 일은 하나도 없다. 거대한 건축물도, 영혼을 울리는 위대한 음악도, 미술도, 문학도, 첨단의학도, 비행기도, 배도 모두가 사람의 힘으로 이루어진 것이다. 자연을 제외하고 이 세상에 존재하는 그 많고 많은 것들이 모두 사람의 생각과 노력으로 이루어진 것이다.

중국 속담에 '세상에 두려워 할 일은 없다. 가장 두려운 것은 뜻이 있는 사람이다'라는 말이 있다. 생각과 뜻은 모든 일을 이룰 수 있다는 것을 일깨우는 말이다. 그런데 뜻이 없는 사람도 두려운 사람이긴 하다. 자신을 믿고, 다른 사람이 해낸 일을 나라고 못할 리 없다, 나는 더 잘할 수 있다고 생각해라. 그리고 스스로에게 용기를 주거라. 자신감이 세상을 살아가는 데 제일 중요한 자산이다. 모든 일에 자신감을 가져야 한다. 자신의 능력을 과소평가하는 사람은 의지박약인 사람이다. 그것은 병이고 불행이다. 서둘러 치유해야 한다.

12월 3일

자기와의 싸움

성공을 가로막는 것은 무엇일까. 실패를 유도하는 사람은
누구일까. 우리의 인생에 장애물은 무엇일까. 그리고 시련과
고난은 누가 보낸 악의적 선물일까. 무엇일까, 누구일까.

그건 다른 사람이 아닌 바로 나 자신이다. 성공을 가로막는
것도 나 자신이고, 실패를 맛보게 한 것도 나 자신이고, 시련
과 고난과 장애물도 내가 만들어 겪는 것이다. 나 자신이 경영
하는 인생마당에서 내가 원인을 제공하고, 그 대가도 치르는
것이다. 나를 단련시키고, 생각을 굳건히 하고, 그리고 나를
믿고, 용기와 자신감을 갖고 장애물 경주를 즐기겠다는 각오
를 하면 인생은 그렇게 힘들지도 어렵지도 않을 것이다.

내 앞을 가로막고 서 있는 나 자신을 수시로 밀어내고 넘어
서면서 잠든 내 영혼을 줄기차게 깨워야 한다. 삶의 실패는 내
일 다시 일어설 수 있다는 성공의 암시다. 앞으로 나아가게 하
는 훈련이다.

우리 인간의 마음속에 도사리고 있는 여러 개의 마음을 항
시 응시하고, 다스릴 줄 알아야 한다. 그 부정적인 마음들을
다스리는 것, 그것을 일러 '자기와의 싸움'이라고 한다.

12월 4일

횡재와 횡액은 형제다

맛있는 것만 좋아하고, 항상 편한 것만을 찾는 사람, 그런 사람은 조금만 힘들어도 짜증을 내고 그 난관을 견뎌내지 못하고 넘어지는 사람이다. 그런데 그런 사람들이 적지 않다. 그렇게 게으른 사람은 노력해서 이룰 생각은 하지 않고 누가 주기를 바라고, 공짜만 기다린다.

할머니는 평생에 걸쳐 누구에게 받는 것을 불편해했고, 주는 것을 더 즐겼다. 이 세상에 공짜는 없고, 횡재는 아예 믿지 않았다. 횡재에는 횡액이 따른다는 생각을 하고 있었기에 횡재를 아예 바라지 않았다. 노력한 만큼 얻는다는 생각을 생활 신조로 삼았다. 할머니가 제일 경멸하는 사람은 게으른 사람이다. 게으른 사람은 언제나 자기변명에만 부지런하다. 남을 탓하고, 운을 탓하고, 시국을 탓하는 사람이다. 그런 사람은 잘 먹는 것에만 신경 쓰고, 잠이나 많이 자려 하고, 사치와 낭비에만 열을 올리는 가엾기 짝이 없는 사람이다. 게으름은 인생의 무덤이다.

12월 5일

게으른 사람과 부지런한 사람

행복을 추구하지 않으면서 행복하기를 바라는 사람이 있다. 행복은 저절로 열리는 열매가 아니다. 시련과 고통과 노력과 인내를 먹고 크는, 아주 얻기 어려운 열매다. 행복은 부지런한 사람이 받는 선물이고, 불행은 게으른 사람에게 찾아오는 횡액이다. 게으른 사람들이 능란하게 잘하는 것은 변명이다. 그때 비만 오지 않았어도, 바람만 불지 않았어도 충분히 해낼 수 있었다고 자신을 변명하느라 바쁜 사람이다.

성공한 사람들은 비가 억수로 퍼붓고 광풍이 세차게 불어도 그것을 다 견뎌낸 사람이다. 그리고 그저 운이 좋았다고 겸손해하는 사람이다.

게으른 사람들은 기댈 언덕이 없어서 성공하지 못했다고 말한다. 스스로 언덕을 만들어 기댈 생각은 하지 않고, 언덕만 탓한다. 게으른 사람은 그 게으름의 원인을 미리부터 준비해두는 사람이다. 핑계대기에만 부지런한 사람이다. 우리 재면이는 이름만 보아도 부지런한 사람이라는 것을 금방 알아차릴 수 있다. '있을 재, 근면할 면', 언제나 부지런한 사람이라는 뜻이다. 재면이의 행복한 삶을 위해 쓴 이 글이, 재면이가 세상을 살아가는 데 조금이라도 도움이 된다면 할머니는 더 바랄 것이 없겠다.

12월 6일

노력 끝에 성공

가령 물이 먹고 싶은데 일어나기 싫어서 그것을 피한다면 물을 마실 수 없다. 마찬가지로 원하는 그 무언가를 갖고 싶은데 노력하지 않으면 갖지 못하는 것은 당연한 이치다. 산꼭대기에 있는 것을 갖고 싶다면 산으로 올라가야 한다. 오르지 않고 누가 갖다주기를 바란다면 사과나무에서 감 떨어지기를 기다리는 것과 같다. 얻고 싶으면 그와 상응하는 대가를 치르는 것이 원칙이다. 노력도 하지 않고, 고통을 회피하는 것은 파렴치한 짓이다.

할아버지와 할머니가 살아보니 자신이 노력해서 이룬 것만큼 마음을 뿌듯하게 하고 행복한 것도 없더라. 자꾸 바라기만 하면, 자꾸 편한 일만 생각하게 된다면 무기력한 인간으로 전락할 수밖에 없다. 노력하지 않고 얻는 것이 무가치한 것은 말할 것도 없고, 부끄러운 것이다. 노력하지 않고 얻은 것은 물거품과 같이 사라진다. 그것은 진정한 내 것이 아니다.

'노력 끝에 성공'

초등학교 시절 할머니 책상 앞에 붙어 있던 글귀다.

12월 7일

성공의 비결은 자기 자신

매일매일 이렇게 불러도 또 부르고 싶은 재면아! 신이 불공평하다고 불만을 토로하는 사람이 있다. 어떤 사람에게는 재능도 주고 행운도 주면서 왜 나에게는 아무것도 주지 않느냐고 불평하는 사람을 자세히 관찰해 보면, 그는 성공한 사람들의 결과만 보고 그 과정의 노력을 보지 않는 사람이다. 아무런 준비도 없이 성공이 올 리 없잖느냐. 누구든 열심히 자기가 하는 일에 신명을 다 바친다면 신은 외면하지 않고 손을 잡아 줄 것이다.

그래서 아인슈타인은 "성공은 준비된 두뇌만을 사랑한다"고 했다. 성공의 기회는 누구에게나 평등하게 주어지는데, 그 기회를 놓치지 않는 사람은 성공하고, 기회를 준비하지 않은 사람은 실패한다. 공부를 하지 않고 시험을 잘 보리라고 기대하는 사람은 없을 것이다. 기회가 오지 않는다고 낙담하지 말고 노력하여 기회를 만들면 된다. 고생한 대가가 기회다. 성공의 비결은 자기 자신이다. 비결을 가지고 있으면서 성공하지 못한다면, 그가 성공을 시도해 보지도 않은 때문이다.

12월 8일

실패는 성공을 싹틔우는 거름

성공의 기회는 살아 있는 동안에는 계속 온다. 그가 노력하는 한 성공은 그의 주위를 맴돌고 있다. 실패하고, 또 실패하더라도 다시 일어서는 사람에게 성공의 기회는 끊임없이 주어진다. 실패를 두려워하지 말아라. 실패한 후 의지를 새롭게 하여 다시 시작한다면 성공은 가까이까지 온 것이다. 실패를 겪은 후 의기소침한 사람은 성공을 밀어내는 사람이고, 다시 분발하여 더 노력하는 사람은 그에게 새로운 기회가 주어져 능력과 잠재력을 키워낼 사람이다. 그런 사람이 위대한 역량을 갖춘 사람이다. 이미 반은 성공한 것이나 같다.

실패는 의지를 시험하는 과정이다. 강인한 의지는 실패를 두려워하지 않는다. 실패는 성공을 싹틔우는 거름이다. 거름을 주지 않으면 싹이 자라지 않는다. 실패 없는 성공은 없다. 넘어질 때마다 더 힘차게 일어나면 된다. 실패를 많이 한 사람이 성공한 예를 보더라도 실패는 성공의 씨앗일 뿐 그렇게 겁낼 것도, 부끄러워할 필요도 없다.

12월 9일

파블로 피카소

자기만족은 위험한 안주다. 오늘보다 더 나은 내일을 위해서 자기만족은 게으름일 뿐이다. 또 다른 길을 향해 쉼 없이 걸어가야 한다. 스페인의 화가 파블로 피카소를 보아라. 그는 91세에 생을 마감했다. 그는 고령의 나이에도 불구하고 끝없이 새로운 표현기법을 찾아냈고, 작품에 몰두했다. 젊은이보다 더 열심히 새로운 작품에 욕심을 냈다. 현실에 안주하지 않고 끝없이 새로운 작품을 위해 도전했다. 그런 그의 노력이 세계적인 화가 피카소를 탄생시킨 것이다. 지난 여름에 피카소 박물관에 가서 할머니는 신선한 충격에 머리가 띵할 정도였다. 특히 젊은 사람이 현실에 안주하는 것을 보면 딱하기 그지없다.

마르크스는 "언제나 나는 만족해 본 적이 없습니다. 공부를 하고 책을 접할수록 지식의 한계를 느낍니다. 과학의 신비로움이 끝이 없는 것처럼 나는 지식에 끝없이 목말라합니다"라고 했다. 현실에 안주하지 말고 진취적인 생각으로 더 발전해야 된다는 일깨움이다. 매일 새로움 없이 똑같은 생활을 반복하는 것은 퇴보라는 것을 명심하거라.

12월 10일

완성이란 없다

사람들은 누구나 자신이 원하는 대로 살아가는 것이다. 인생도 그렇게 귀결지어진다. 어느 정도의 목적을 이뤄냈다고 그 자리에 만족한다면 그 정도로 사는 것이고, 그날부터 추락의 길을 걷게 되는 것이다. 예술가가 명성을 얻으면 나태해진다든가, 운동선수가 돈을 벌고 이름을 얻으면 훈련을 게을리한다든가, 법관이 어느 자리에 오르면 육법전서에서 손을 놓아버린다든가, 그렇게 나태해지면 그들은 차츰차츰 쇠락해져 갈 것이다.

피카소처럼 죽기 직전까지 새로운 영감을 끌어내기 위해 노력하는 모습은 참으로 귀감이 되는 좋은 모습이다. 인생에 완성이란 없다.

신성한 목표를 향해, 그 목표를 즐기면서 발전해 나간다는 생각을 가지고 생활하기 바란다. 평범한 생활에 만족하지 말아라. 끊임없이 새로운 인생을 위해 도전하거라. 빛나는 인생만이 재면이 앞에 펼쳐지기를 할머니는 기도한다. 매일매일 발전하는 자만이 살아 있는 것이라고 해도 과한 말이 아니다.

12월 11일

신념을 굽히지 마라

빈둥빈둥 놀면서 성공하기를 바란다면 그 사람은 머리가 아주 나쁜 사람이거나, 얼간이다. 성공한 사람들의 면면을 들여다 보면 첫째, 부지런하고, 둘째, 무엇이든지 해낼 수 있다는 용기, 셋째, 강한 의지, 넷째, 자신감을 가지고 있더라. 그런 것들이 합쳐져 성공을 이끌어낸 것이다. 내일의 행복한 삶을 위해 나는 어떻게 살고 있나를 점검해 보아라. 혹시 미진한 점이 있다면 곧바로 고치려고 노력해야 한다.

등산가 엄홍길 대장은 8천 700미터 높이에서 발을 잘못 디뎌, 로프에 발목이 감겨 다리와 허리가 180도로 돌아가는 사고를 당했다. 다리와 허리가 골절되었는데도 4천 미터까지 누워서 내려오는 투혼을 보였다. 어떤 위험 속에서도 신념을 굽히지 않았고 죽음과도 맞서 싸웠다. 그는 의지 하나로 세계에서 제일 높은 산을 정복하게 된 것이다. 그의 원대한 포부는 그런 사투 끝에 이루어진 것이다. 노력하지 않고 성공을 바라는 사람은 천치나 바보나 얼간이임에 틀림없다.

12월 12일

자기를 이기는 싸움

재면아! 거울을 보고 웃어보렴, 거울 속의 너는 웃음을 보일 것이다. 거울을 보고 울어보렴. 거울 속의 너도 울 것이다. 화를 내면 화를 낼 것이다. 마찬가지로 상대방을 보고 웃으면 상대방도 너를 향해 웃음을 보일 것이다. 욕을 하면 상대방도 너를 향해 욕을 할 것이고, 울리면 울게 될 것이다. 그래서 '오는 말이 고와야 가는 말이 곱다'는 속담이 생겨난 것이다. 그러나 할머니는 '가는 말이 고와야 오는 말이 곱다'고 고치고 싶다.

남을 존중해 주면 그도 나를 존중할 것이다. 어떠한 경우라도 부모나 형제나 친구나 후배에게도, 일차적인 감정으로 대하지 마라. 더러운 흙탕물을 가라앉히면 앙금은 가라앉고 맑은 물만 뜨는 것처럼, 감정도 가라앉히면 분노는 가라앉고 맑은 마음만 남는 것이다. 개성과 인격과 인품과 환경과 성별이 다른 사람끼리의 삶 속에서 어찌 좋은 일만 매일 있을 수 있겠느냐. 나쁜 일이 있을 때나 좋지 않은 감정이 있으면, 그 감정을 가라앉히는 습관을 들이거라. 그것이 인품이고, 인격이다. 그것이 자기를 이기는 싸움이다.

12월 13일

좋은 스승

어째서 다른 사람의 잘못은 눈에 잘 띄고, 내 잘못에는 눈이 어두운 것일까. 다른 사람을 평가하기는 쉬운데, 누가 나를 평가하는 것은 왜 싫을까. 눈에 거슬리는 행동을 하는 다른 사람은 비난하기 쉬운데, 내 행동에 비난을 보내는 사람을 나는 왜 증오하는가. 이런 생각을 할머니는 많이 했다. 반성의 반복인 삶을 살았다.

사랑하는 재면아! 다른 이의 잘못을 보고 내 잘못을 바로고친다면 그보다 더 좋은 스승은 없을 것이다. 다른 사람을 평가하기 전에 나 스스로를 평가해 보고, 눈에 거슬리는 행동을 하는 사람을 보면서 지난날의 내 행동을 돌이켜본다면, 그를 평가하거나 비난하기에 앞서 부끄러움을 느낄 것이다. 부끄러움은 인간이 가장 순수할 때 생기는 감정이다. 남이 하는 일에는 신경 쓰지 말고 항상 나를 반성하고 옳은 길로 가도록 이끌어야 한다. 화는 화를 부르고, 악은 악을 부르고, 선은 선을 부르고, 아름다움은 아름다움을 부르고, 즐거움은 즐거움을 부르고, 사랑은 사랑을 부른다.

12월 14일

괜찮아! 힘내! 그럴 수도 있어!

불경에 있는 말이다.

> 자기의 마음을 스승으로 삼아라.
> 다른 사람을 따라 스승으로 삼지 마라.
> 자기를 잘 닦아 스승으로 삼는 자는
> 지혜로운 자로 법을 얻을 것이다.

사랑하는 재면아! 자기를 구하는 것도 자기 자신이고, 자기 자신을 가르치는 것도 내 마음이라는 것을 알거라. 좋은 가르침에, 좋은 환경에도, 내 마음이 그것들을 받아들이지 않으면 아무 소용이 없다. 매일매일 자기 자신의 마음과 대화를 나누거라. 그리고 하루 일을 돌이켜보고, 잘한 일에는 격려를 보내고, 마음에 들지 않는 일은 고쳐 나가자고 다짐하거라. 나는 나의 좋은 친구이고, 스승이고, 기쁨이고, 즐거움이어야 한다. 이 세상에 나보다 더 귀하고 소중한 것이 어디 있겠느냐. 네 안에는 또 하나의 네가 있으니 우울하고 슬픈 일이 있을 때는, '괜찮아! 힘내! 그럴 수도 있어!' 하면서 위로하거라.

12월 15일

남의 단점을 즐기지 마라

죄 가운데 제일 큰 죄가 입으로 지은 죄라 한다. '한 입으로
두 말을 하지 말라'는 말이 있다. 그 사람이 있는 앞에서는 듣
기 좋은 말만 하고, 없는 데서는 그 사람을 헐뜯는 것을 말한
다. 사람들 사이에 들어서서 이간질을 하는 것도, 또는 다른
사람에게 잘 보이기 위해서 아부나 아첨의 말을 하는 것도,
말해서는 안 되는 말, 말 안 해도 되는 말을 하는 것도 나쁘
다. 그리고 사실이 아닌 말을 사실인 것처럼 능청스럽게 하는
사람들도 있다.

그 밖에 남이 불쾌하게 생각하는 말, 남의 사생활에 대한
참견, 허풍스런 말, 헛소리, 남을 나쁜 일에 끌어들이는 꼬임
말, 이 세상의 거의 모든 말썽과 갈등은 이런 말들 때문에 생
겨 나는 것이다. 남의 말을 하지 않으면 견디지 못하는 사람
이 있다. 습관적으로 남의 사생활을 칭찬하는 척하면서 폭로
하는 사람은 남의 단점을 즐기는 사람이다. 가엾은 사람의 슬
픈 습관이다. 그런 사람을 조심하거라.

12월 16일

인생의 설계

사람의 제일 조건은 정직함이다. 모든 생활을 정직하게 하여, 정직이 네 트레이드마크가 되게 하여라. 이렇게 되면 인생의 절반은 성공하는 셈이다. 그리고 자기 자신을 통제하는 규칙 같은 것을 정해서 그 규칙을 꼭 지키도록 하거라. 그것은 자기 자신과의 약속이다. 네 주위에 있는 사람들과 잘 지내야 한다. 다른 사람과 잘 지낸다는 것은 너의 인품이 훌륭하다는 것을 말하는 것이다. 그리고 다른 사람에 비해 더 열심히 노력하는 성실함을 몸에 익히거라. 좋은 계획을 세워서 그 계획대로의 인생을 설계하면 된다.

사랑하는 재면아! 많이 배우는 것도 중요하지만 그 학식을 자기만을 위해 쓰는 것은 안 배운 것만 못하고, 더구나 그 학식으로 불의를 저지르거나, 다른 이에게 해를 입힌다면 그것이야말로 사회에 악을 끼치는 행위이다. 학식이든 물질이든 남에게 받는 것을 피하고 주는 것을 배우고 즐기도록 하거라.

12월 17일

인간의 집을 지어라

새로운 환경을 접하게 되면 모두가 낯선 사람이다. 그 사람들과 사귀고 싶으면 네가 먼저 그의 친구가 되려고 해라. 그렇다고 과잉 친절이나 아부나 아첨의 말을 하라는 것은 아니다. 진실한 마음을 보내고, 진정으로 행동하면 그들의 마음의 문이 열릴 것이다. 누구든 하루아침에 친구로 만들기는 어려운 일이다. 친구를 사귀는 것은 인간의 집을 짓는 것이니, 한 장씩 벽돌을 쌓아올리듯 정성스럽게 마음을 다해라. 슬퍼할 때 같이 슬퍼하기는 쉽다. 그가 앉아 있을 때 함께 앉아 있기도 쉽다. 그러나 그가 기쁠 때 같이 기뻐해줄 수 있는가. 그렇다, 진정한 친구는 기쁠 때 같이 기뻐해줄 수 있어야 한다. '사촌이 땅을 사면 배가 아프다'는 말이 있듯이 친구가 잘되는 것을 시샘하는 사람이 많다. 언제나 가까운 사람이 시기하고 질투하는 법이다.

재면아! 너의 마음 씀에 따라 상대방의 마음도 정해진다. 항상 넓고 푸근한 마음으로 대해서 좋은 친구들이 네 인생에 숲을 이루기를 바란다. 삶의 길벗들이 좋아야, 인생이 즐겁고 행복한 것이다.

12월 18일

긍정적인 사고방식

누구나 한 가지 일에만 몰두하면 정신이 쉽게 피로해진다. 정신이 건강해질 일을 찾아야 한다. 예를 들어 음악을 듣는다든가, 그림을 그린다거나, 책을 읽는다든가, 그런 취미생활로 삶을 즐기기 바란다. 그래야 본업에 신명이 나는 법이다. 그리고 머릿속에 항상 희망, 자신감, 인내력, 의지, 사랑, 용서, 용기, 동정심, 자비심을 입력시켜 두어라. 긍정적인 생각은 진정한 삶의 자세다.

슬픔이나 불안, 질투, 시기심, 고집불통, 그런 말은 아예 네 머릿속에 넣지 말아라. 부정적인 생각은 네 인생을 어둡게 할 테니 미리부터 외면하거라. 긍정적인 생각은 자신감을 줄 것이고, 부정적인 생각은 용렬함이란 덫을 씌울 것이다.

매사에 긍정적인 사고방식으로 네 인생을 펼쳐가거라. 그러나 분노는 마음속에 담아두지 말고 어떤 식으로든 표출해 내야 한다. 분노를 마음속에 담아두면 스트레스가 쌓여 성격 형성에도 장애를 가져온다고 한다.

12월 19일

아인슈타인의 뇌

오늘은 천재 과학자 아인슈타인에 얽힌 일화를 이야기해 주고 싶다. '어떻게 그렇게 머리가 좋을 수 있을까. 그의 뇌를 한번 볼 수 있었으면 좋겠다.' 세계 거의 모든 과학자들이 가지고 있었던 궁금증이었다. 그래서 몇몇 과학자들은 아인슈타인을 찾아가 말했다. "박사님께서 돌아가신 다음에 뇌를 해부해 보고 싶습니다." 그러자 아인슈타인은 순순히 허락했다. 아인슈타인의 뇌를 해부해 본 과학자들은 깜짝 놀랐다. 첫째, 그의 뇌에는 피가 3분의 1 정도만 번져 있었던 것이다. 둘째, 뇌의 크기도 생김새도 보통 사람들과 별로 다를 것이 없었다. 사람의 뇌는 노력에 따라 계발되면서 피가 번져가게 되어 있다. 아인슈타인도 하늘이 준 뇌를 겨우 3분의 1밖에 계발하지 못하고 세상을 떠난 것이다. 그 사실은 세계의 수많은 지식인들에게 큰 충격을 주었다. 그러니까 인류 역사상 과학이 최고로 발달한 20세기에 최고의 천재로 꼽힌 아인슈타인의 뇌가 3분의 1밖에 계발되지 않았다면, 그의 뇌 전체가 계발되었다면 어찌 되었을 것인가. 그들의 충격은 엄청났다. 재면아! 할머니가 왜 이런 얘기를 하는지 알겠지?

12월 20일

인내를 딛고 피운 꽃

로마의 희극작가인 플라투스는 세상살이의 이런저런 골치
아픈 문제들에 대해 "인내는 온갖 곤란의 가장 좋은 해결책이
다"라고 했다. 플라투스는 기원전 200년경 사람이다. 그때도
인내는 인생사의 여러 어려운 문제들을 풀어주는 최고의 열쇠
였다는 뜻이다. 수많은 사람들이 서로 얽혀 사는 것이 사회생
활이고, 그 부대낌 속에서 골치 아픈 일들과 예상 못한 시련
들이 닥쳐오는 것은 지극히 당연한 일이다. 그 어려움을 해결
하는 것은 인내뿐인 것이다. 16세기 프랑스의 작가 라블레는
"인내심이 강한 사람은 어떤 일이든 이루어낼 수 있다"고 했
고, 셰익스피어도 '인내력이 없는 사람은 얼마나 가난한 사람
인가'라고 말했다. '인내는 쓰나 그 열매는 달다'라는 말이 왜
세계적인 금언이 되었겠니. 재면아, 넓고 넓은 바다를 바라보
면 파도가 끊임없이 밀려오고 또 밀려오지 않더냐. 세상을 살
다 보면 크고 작은 시련들이 끝없이 밀려오는 파도처럼 계속
닥쳐온다. 그때마다 인내력을 가지고 대처하는 사람이 훌륭한
사람이다.

모든 성공적인 일들은 인내를 딛고 피운 꽃이다.

12월 21일

오늘 하루!

계획이나 꿈이 크고 원대한 것도 좋지만, 그런 마음을 갖기 전에 오늘을 열심히 살겠다는 작은 결심을 하고 오늘 하루를 성실하게 보내거라. 그 오늘이 쌓여서 내일이 되고, 그 내일이 꿈을 이루게 하고 계획을 실천하게 하는 것이다. 오늘만 적당히 보내겠다는 생각은 일생을 적당히 보내겠다는 결심과 같다. 자기가 하고 싶은 일을 하고, 그 일에 만족감과 성취감이 따른다면 그보다 더 보람 있는 일이 어디 있겠느냐. 자기가 하는 일에 불만을 갖는 사람은 불행한 사람이다. 그는 직업을 잘못 선택했거나, 아니면 성실하지 못한 사람이다. 열심히 노력해서 얻은 결실은 무엇과도 바꿀 수 없이 귀한 것이다. 너를 돕고 이끄는 것은 너의 성실과 노력이다. 그것이 너의 생명이다. 그것이 너를 꽃피울 것이다. 그리고 너의 성실과 노력을 방해하는 것도 네 안에 있다. 네 안에 동거하는 적과 동지를 잘 다스리거라. 하루하루를 알차게 보내거라.

오늘 하루, 그 하루는 영원에 잇닿아 있다. 재면아! 보고 싶다. 많이 보고 싶다.

12월 22일

선행의 효과

선행처럼 사람을 행복하게 하는 일도 없다. 선한 일을 한 후에는 웃음이 절로 나오고 유쾌하고 즐겁다. 아주 작은 선행이라도 기회가 있을 때마다 행하는 것도 삶의 즐거움이고, 보람이다. 두 손에 무거운 짐을 든 사람이 문을 열려고 애쓰고 있을 때 문을 열어주는 것, 몸이 불편한 노인이 차에서 내릴 때잠깐 부축해 주는 것, 버스나 전철에서 자리를 양보하는 것, 길을 묻는 사람에게 친절하게 길 안내를 해주는 것, 이런 작은 일들이 많은 사람을 즐겁게 함과 동시에 이 사회를 명랑하고 건강하게 만든다. 친절하고 다정한 행동이 서로를 기분 좋게 한다는 것을 알면서도 사람들은 꽤나 인색하게 군다. 남을 돕는 의미가 마음에 담겨 있지 않은 사람들이 의외로 많다. 또는, 남을 돕는 것을 부끄럽게 여겨 행동으로 옮기지 못하는 사람들도 있다.

선행은 꼭 행동만이 아니고, 위로의 말 한마디가 그 사람의 아픈 마음을 어루만져주었다면 그것도 훌륭한 선행이 아닐 수 없다. 조그마한 선행이라도 베풀고 나면 남이 모르는 자기만족으로 행복감에 젖게 된다. 선행의 효과는 이런 것이다.

12월 23일

성공적인 삶

신문지상에 간간이 보도되는 개인들의 자발적인 선행을 보게 된다. 기부금을 많이 내놓는 사람들은 돈이 많아서 돕는 것이 아니라, 어렵고 힘든 상황 속에서 모은 돈을 자기처럼 힘든 사람들을 위해서 써달라고 내놓는 것이다. 그들의 그 고결하고 순수한 마음에 박수를 보내지 않을 수 없다. 병든 사람을 위로하고, 슬픈 일을 당해 울고 있는 사람의 눈물을 닦아주고, 장학금을 받지 못하면 학업을 지속할 수 없는 젊은이에게 장학금을 마련해 주고, 여러 종류의 선행이 우리 주위에서 베풀어지고 있다.

작은 일부터 큰일까지, 네가 도와줄 수 있을 때는 서슴지 말고 도와주도록 해라. 남을 도울 수 있는 능력이 있다는 것, 그것이 바로 성공적인 삶을 살고 있다는 증거다.

재면아! 시인 필립 제임스 베일리는 "인생은 세월을 그냥 흘려보내는 것이 아니라 '행위'다"라고 했다. 그 행위란 사람으로서 사람답게 살고자 하는 의지로 행하는 선행을 말한다.

12월 24일

도스토옙스키의 『사가의 기록』

〈웃음의 효과〉라는 글이 있더구나. 꼭 필요한 것 같아 네게 일러주려고 한다.

1. 웃음은 힘을 북돋워준다.
2. 웃음은 어려움을 극복할 능력을 강화시킨다.
3. 웃음은 대화이며, 마음을 나눌 수 있는 통로를 만들어준다.
4. 웃음은 긴장감을 완화시킨다.
5. 웃음은 분노를 몰아내고 공격성을 약화시킨다.
6. 웃음은 일의 능력을 높여주고 기억력을 증가시킨다.

웃음은 만병통치약이다. 웃음은 몸을 치료해 주는 명약일 뿐 아니라, 정신도 함께 치료해 주는 치료제라고 한다. 도스토옙스키는 소설 『사가의 기록』에서 "사람이 웃는 모습을 보고 그 사람의 됨됨이를 평가할 수 있다. 만약 전혀 알지 못하는 남자의 웃음을 보고 호감을 느낀다면 그 남자는 인간성이 좋은 사람이다"라고 자신 있게 말했다. 웃음은 수백 마디 말을 대신하는 것이고, 진심을 드러내는 통로며, 가장 넓은 소통로이다. 재면이는 아주 귀하게, 그리고 정답게 웃는 얼굴로 태어났다. 어렸을 때부터 보여주는 그 웃음, 할아버지 할머니의 행복이었고 보배였다.

12월 25일

유머감각

유머감각이 없는 사람은 웃음의 철학을 모른 채 인생을 삭막하게 사는 사람이다. 유머감각을 타고난 것이라고 생각하지 마라. 유머감각은 필요에 따라 신장시킬 수 있다. 유머 능력을 갖추고 싶으면 그다지 큰 힘 들이지 않는 관심과 노력으로 해결할 수 있다. 그런데 어떤 사람들은 "나는 그런 기질이 아니다"고 자못 엄숙하게 말하며 유머를 멸시하는 듯한 태도를 취한다. 그건 유머의 효과를 모르는 사람들의 생각일 뿐이다.

유머는 긴장된 마음을 풀어주기도 하고, 건조하고 바쁜 일상생활의 피로를 씻어주기도 한다. 그리고 이 세상에 웃음이 없다면 인간관계와 사회생활이 어떻게 되겠니. 사람들이 모두 무표정한 얼굴들이라면 그건 바로 지옥일 것이다. 그 웃음을 자아내게 하는 것이 유머다. 그래서 매력 있는 사람의 조건으로 유머감각을 꼽는 것이다. 항공사 사우스웨스트의 기내 방송을 듣고 사람들은 전부 웃음을 터뜨리지 않을 수 없었단다. "담배를 피우고 싶은 분은 비행기 날개 위에 있는 라운지를 이용하면 환상의 노천카페에서 명화 〈바람과 함께 사라지다〉를 감상하실 수 있습니다." 얼마나 멋진 유머냐.

12월 26일

평범한 시조 한 수

인생에 실패한 사람들의 가장 쉬운 변명은 항상 환경 탓이었다. 환경이 나빠서 성공하지 못했다면, 환경이 나쁜데도 불구하고 크게 이룬 사람들이 어떻게 생겨났겠느냐. 환경 때문에 이루지 못할 일은 없다. 여건이나 환경을 탓한다는 게 말이 되겠니? 그것이야말로 무책임한 자기기만이다. 자기 인생의 주인은 자기 자신이고 그 책임도 전적으로 자기 자신에게 있다. 재면아! 이 시조 한 수를 음미해 보아라.

태산이 높다 하되 하늘 아래 뫼이로다.
오르고 또 오르면 못 오를 리 없건마는
사람이 제 아니 오르고 뫼만 높다 하더라.

얼마나 쉽고 평범한 시조냐. 그러나 그 시조 속에 담고 있는 의미는 얼마나 깊고 크냐. 마음만 단단히 먹으면 태산인들 오르지 못하겠느냐. 그런데 할머니 주위에도 환경이 나빠서 성공하지 못했다고 말하는 사람들이 수두룩하다. 할머니는 그들에게는 아무런 말도 안 한다. 그들에게는 충고를 들을 귀가 없으니까.

12월 27일

사람의 능력은 무한대

사람은 누구나 스스로를 향상시킬 잠재력을 가지고 있다. 그러나 게으르기 때문에 그 능력을 찾아내지 못하고 인생을 실패로 마감하는 것이다. IQ라고 하는 것은 사물의 인지도를 테스트한 것이지, 머리가 좋은가, 나쁜가를 테스트한 것이 아니라고 한다. IQ가 높다고 성공하는 것도 아니고, 그게 낮다고 실패하는 것도 아니다. 사람의 능력은 제각기 무한대이기 때문에 그 능력은 쉽게 판단할 수 없다고 한다. 숨겨진 능력이 1천 400억 개나 된다고 하니 누가 그것을 알겠느냐. 시야가 넓고 융통성이 있는 사람이 능력이 뛰어난 존재라고 한다. 재면아. 다음 네모칸에 들어 갈 숫자를 적어 보아라.

```
 1  3  1     7  □  1
 2  □  8     8  3  □
 3  3  1     9  3  0
 4  3  0    10  3  1
 5  3  1    11  3  0
 6  3  0    12  3  1
```

이 문제를 맞히는 것은 IQ와는 아무 상관이 없다고 한다. 능력의 총체는 계발하기에 따라 다르게 나타난다고 하니, 시야를 넓게 가지려고 노력하거라.

12월 28일

웃음과 용서

우리를 가장 행복하게 하는 것은 웃음이고 용서라고 생각한다. 마음만 바꾸면 웃음과 용서처럼 쉬운 것도 없다. '나는 본래 잘 웃지 않는 사람이다, 지금 웃을 기분이 아니다'라고 말하는 사람을 보면 딱하기 그지없다. 그 결정을 스스로에게 내리고 평생을 불행에 갇혀 지내다니!

재면이는 언제나 좋은 일만 생각하거라. 그리고 되도록 많이 웃어라. 웃기 때문에 행복한 것이다. 욕심을 버리고 긍정적인 생각을 하면 웃음은 저절로 피어날 것이다.

사랑하는 재면아!

웃음은 사람과 사람 사이에 막힌 벽을 일시에 무너뜨리는 것이고, 공경하고 존경하는 마음을 보여주는 것이고, 고난과 역경을 이기게도 해준다. 인간의 표정 중에 가장 아름답고 정다운 표정은 웃음이다. 웃음은 만국 공통어다. 언제나 얼굴에 웃음 띤 네 모습을 보고 싶다. 웃음은 인생의 묘약이니, 그 묘약의 의미를 새기며 웃음으로 하루를 열고, 웃음으로 하루를 마감하거라. 힘들 때일수록 더 웃어라. 힘들 때 웃는 웃음이 진정한 웃음이다.

12월 29일

김구의『백범일지』

할아버지가 쓰신 여러 위인전 중에서『김구』가 있다. 최근에 5만 원짜리와 10만 원짜리 새 지폐를 만드는 데 어떤 인물을 올리는 것이 좋겠느냐는 여론 조사를 실시했다. 최고액권 10만 원짜리에 1등이 김구 선생이었다. 왜 그랬을까? 그분이 일제 강점기의 임시정부 대통령으로 독립투쟁을 했기 때문만이 아니다. 해방된 상황에서 이념 때문에 남북이 분단되려 할 때에 "민족 분단은 식민지 시대만도 못하다"고 외치다가 그분은 끝내 흉탄에 암살되고 말았다.

어느덧 민족분단 63년, 통일은 언제 될지 기약이 없고, 분단이 길어질수록 김구 선생의 혜안은 빛을 발하고 있다. 그분의 말씀대로 우리가 뭉쳐서 민족 분단을 막아냈더라면 지금 우리 민족의 삶은 훨씬 더 풍요롭고 평화롭고 행복했을 것이다. 참으로 안타깝고 아쉬운 일이다. 할머니는 오늘 다시 그분의 일대기인『백범일지』를 넘기며 숙연해진다. 재면이도 중학생이나 고등학생이 되거든『백범일지』를 읽도록 하거라. 여러 길을 밝혀주는 책이다.

12월 30일

사람다운 사람

할머니는 너보다 이 세상을 60여 년 정도 더 살아오면서 숱한 사람들을 대해왔다. 그 많은 사람들 중에 머리 좋은 사람들도 적잖았다. 그런데 할머니는 그들에게서 현명함도 발견했지만, 어리석음도 적잖이 발견했단다. 머리 좋은 사람들은 그 '머리 좋은 것'이 자신의 능력이라고 생각해서, 언제나 거만스러운 자만에 빠져 있었다.

사랑하는 재면아! 그것은 꼭 그들만의 능력은 아닐 것이다. 이성적으로 따져보면 그건 그들의 능력이 아니라, 그냥 좋은 부모 만나서 거저 얻은 것뿐이다. 쉽게 말해서 운 좋고 재수 좋아 그렇게 태어난 것뿐이다. 그런데도 머리 좀 좋다는 사람들은 자기보다 못한 사람들 앞에서 언제나 잘난 척한다. 그 겸손과 겸허함이 없는 교만이야말로, 인간이 저지르는 수많은 어리석음 중에 가장 큰 어리석음이라고 할머니는 생각한단다. 그 어리석음 때문에 인간의 긴 역사 속에서, 어느 나라에서나 큰 잘못은 거의 머리 좋은 자들이 저질렀는지도 모른다.

재면아! 머리가 좋은 것도 좋은 것이지만, 소중하고 값진 것은 '노력'이고, '사람다운 사람'이 되는 것이다.

12월 31일

해가 바뀌면 다시 또 읽고!

어느덧 1년이 지나갔다. 처음 할머니가 이 글을 시작할 때는 아주 훌륭하고 좋은 이야기를 써서 우리 재면이 인생의 정다운 안내서가 되게 하려고 했다만, 다 써놓고 보니 미진한 점도 있고, 아쉬운 점도 많이 있구나. 그래도 할머니의 사랑을 생각하며 날마다 하루씩의 분량을 꼭 읽었으면 좋겠다. 시간을 3분 정도 할애하면 된다. 더러 반복되거나 문장이 안 되는 곳이 있으면, 반복되는 것은 중요한 문제라서 할머니가 다시 언급한 것이라고 생각하고, 문장이 좀 어색한 것은 할머니가 피곤해서 잘못 썼구나 하고 이해해 주기 바란다. 매일매일 읽으면서 빙그레 미소 짓는 재면이의 모습을 그려보며 할머니는 한없이 행복하단다.

사랑하는 재면아! 1년만 읽고 꽂아두지 말고 해가 바뀌면 다시 또 읽고, 다시 해가 바뀌면 또 읽으면서 영원한 할머니의 정다운 마음이라 여겨다오. 할머니가 중학교 1학년에 입학했을 때 할머니의 오빠가 입학 기념 선물로 『톨스토이 인생독본』을 사주었다. 50년이 지난 지금까지도 할머니는 그 책을 책상 위에 두고, 그때 할머니의 오빠가 바라던 삶을 살려고 노력했단다. 50년 동안 한 번도 할머니 책상에서 떠나본 적이 없는 그 책은 표지도 헐고, 본문 종이도 바삭거릴 정도로 낡아 있단다. 재면이도 할머니의 이 선물을 네 책상 위에 놓아두고 읽기 바란다. 그리고 결혼하여 자식이 생기거든, 할머니가 그랬듯 너도 네 자식이 중학생이 될 때 이 책을 물려주면 좋을 것 같구나. 진리는 몇천 년 전이나 몇천 년 후에도 변하지 않는 영원이다.

할머니가 쓴 글에 쓴 약이 있을지 모르나, 그것은 아마 너의 앞길을 여는 길이 될 것이다. 이 글은 할머니의 가슴이고, 깊은 사랑이니, 뜻으로 읽어주기 바란다.

2008년 12월 31일
할머니가

덧붙임: 중학교 입학 기념 선물로 할머니가 선물한 이 노트를 책으로 내자는 출판 요청에 고개를 저었던 네가, 일 년 후 자신은 '원본'을 가지고 있으니 책을 내도 좋다는 윤허(允許)를 내려 책으로 꾸민다. 표지 그림과 제목은 네가 초등학교 1학년 5월 어버이날에 할머니에게 선물한 공작물을 그대로 사용하기로 했다.

2014년 4월 1일

행복이

ⓒ 김초혜 2014
ⓒ 김초혜 2020

1판 1쇄 발행 | 2014년 5월 2일
1판 6쇄 발행 | 2016년 8월 31일
개정판 1쇄 발행 | 2020년 4월 27일

지은이 | 김초혜
펴낸이 | 박기석

펴낸곳 | ㈜아이스크림미디어
출판등록 | 2007년 3월 3일
신고번호 | 제 2007 − 000055 호
주소 | 경기도 성남시 분당구 판교역로 225-20 아이스크림미디어
전화 | 02-3440-2300 (대표)
팩스 | 02-3440-2301
e메일 | webmaster@i-screammedia.com
홈페이지 | www.i-screammedia.com

ISBN 979-11-5929-045-9   03810